AF189110

Jack London

Der Ruhm des Kämpfers

Bibliografische Information der Deutschen Nationalbibliothek:
Die Deutsche Nationalbibliothek verzeichnet diese Publikation in der Deutschen Nationalbibliografie; detaillierte bibliografische Daten sind im Internet über http://dnb.dnb.de abrufbar.

Herstellung und Verlag: BoD – Books on Demand, Norderstedt

ISBN: 978-3-7448-5069-8

Inhaltsverzeichnis

Der Ruhm des Kämpfers

[I]

Sam Stubener überflog nachlässig und hastig seine Post
Als Boxer-Manager war er gewohnt, sehr verschiedenartige und höchst seltsame Briefe zu erhalten. Alle möglichen verdrehten Menschen, Sportsleute, Sportinteressenten und Sportreformatoren schienen Ideen zu haben, die sie ihm mitteilen mußten.

Von fürchterlichen Bedrohungen seines Lebens bis zu sanfteren Warnungen, daß man ihm die Fassade zu verschandeln gedächte, von Angeboten glückbringender Hasenpfoten und Hufeisen bis zu Angeboten kleiner Barbeträge oder Vermögen bis zu einer Viertelmillion Dollar von unverantwortlichen Unbekannten, kannte er diesen ganzen Schwung von Briefen.

Einmal hatte er einen Abziehriemen für Rasiermesser, aus der Haut eines gelynchten Negers verfertigt, erhalten und ein andermal einen in der Sonne gedörrten, eingeschrumpften Finger, der von der Hand eines Weißen abgehauen und später im »Tal des Todes« gefunden worden war. Sam war ganz sicher, daß der Briefträger nichts mehr bringen konnte, das ihn jemals verwundern würde.

Heute morgen aber befand sich unter den Briefen einer, den er zweimal las, dann in die Tasche steckte, um ihn später wieder herauszuholen und ein drittes Mal zu lesen.

Die Briefmarke trug den Stempel einer Poststation irgendwo im Siskiyou-Bezirk, von der er noch nie etwas gehört hatte, und der Brief lautete:

»Lieber Sam!
Sie kennen mich nicht persönlich, nur dem Namen nach. Sie kamen nämlich erst nach meiner Zeit, als ich schon mit dem Spiel aufgehört hatte. Aber glauben Sie mir, ich habe die Zeit nicht verschlafen. Mir ist nichts entgangen, was den

Sport betraf, und ich habe Ihre Karriere verfolgt, seit Sie von Kal Aufman besiegt wurden, bis Sie neulich Pat Nelson losließen, und ich bin der Ansicht, daß Sie der tüchtigste Manager sind, den ich je in unserer Sache getroffen habe.

Ich will Ihnen einen Vorschlag machen. Ich biete Ihnen den besten Unbekannten an, der je gelebt hat. Das ist keine Redensart, sondern voller Ernst.

Was meinen Sie zu einem Kerl, der mit der ganzen Bande bis zu zweihundert Pfund fertig wird, zweiundzwanzig Jahre alt ist und einen Schlag im Leibe hat, der doppelt so hart ist wie der beste, den ich seinerzeit leisten konnte?

So ist dieser Junge, und er ist mein Sohn, der junge Pat Glendon – das ist der Name, unter dem er kämpfen soll.

Ich habe den ganzen Plan schon fix und fertig. Und das beste, was Sie jetzt tun können, ist, daß Sie mit dem ersten Zuge herkommen und mit mir reden.

Ich habe ihn selbst erzogen und trainiert. Alles, was ich vom Spiel kenne, habe ich ihm in den Schädel gehämmert. Und Sie werden mir kaum glauben, wenn ich Ihnen sage, daß das, was er selbst hinzugefügt hat, noch bedeutend mehr ist.

Er ist der geborene Boxer. Es ist geradezu fabelhaft, wie er die Entfernung berechnen und den rechten Augenblick abpassen kann. Er irrt sich nicht um einen Zoll und nicht um eine Sekunde, und er braucht nicht einmal zu berechnen, er macht das ganz gefühlsmäßig. In einem seiner kleinen kurzen Schläge aus sechs Zoll Entfernung ist mehr von der richtigen Schlafmedizin als in einem Vollschwinger von all den andern.

Man redet von der Hoffnung der weißen Rasse. Die ist er. Kommen Sie her und schauen Sie sich ihn an. Als Sie Jeffries managten, da waren Sie ganz wild darauf, auf die Jagd zu gehen. Wenn Sie mich besuchen, sollen Sie ein bißchen richtige Jagd und Fischfang erleben, was Sie Ihre Filmeinnahmen vergessen läßt. Der junge Pat soll sich Ihrer annehmen. Ich selbst bin nicht imstande, Sie richtig zu führen.

Das ist auch der Grund, daß ich Ihnen schreibe. Eigentlich hätte ich selbst sein Manager sein wollen. Aber es geht nicht mehr, meine Zeit kann jeden Augenblick um sein. Ich möchte, daß Sie ihn in die Mache nehmen.

Sie können beide ein Vermögen damit verdienen, aber ich will selbst den Kontrakt aufsetzen.

Stets der Ihre
Pat Glendon.«

Stubener war verwundert. Im ersten Augenblick sah die ganze Sache wie ein Spaß aus – die Leute vom Ring galten für große Spaßvögel –, und er studierte die Schrift genau, ob er nicht die feinen Schriftzüge Corbetts oder die großen, Vertrauen einflößenden Buchstaben Fitzsimmons herauserkennen konnte.

War dieser Brief aber echt, so war er es schon wert, daß man sich näher mit ihm beschäftigte.

Pat Glendon war aus der Zeit vor der seinen, aber er konnte sich erinnern, als Kind einmal den alten Pat ein Schauboxen zugunsten Jack Empseys haben geben sehen. Schon damals hatte man ihn den »alten Pat« genannt. Schon seit Jahren war er nicht mehr im Ring. Wer sich für Boxen interessierte, kannte Pat Glendons Namen, wenn auch nur wenige von den heute Lebenden ihn in seiner Glanzperiode gesehen hatten, aber sein Name war in die Geschichte des Boxsports übergegangen, und kein Sportlexikon konnte vollständig genannt werden, wenn nichts über Pat Glendon darin stand.

Sein Ruf schien fast übertrieben zu sein. Kaum jemand hielt man höher in Ehren, und doch wurde er nie Inhaber der Weltmeisterschaft. Er hatte stets Pech gehabt und war zuletzt nur als der »unglückliche Boxer« bekannt. Viermal wäre er fast Schwergewichtsmeister geworden, und jedesmal mit Recht. Da war zum Beispiel der Kampf auf dem Schiff in der Bucht von San Franzisko. Bei dieser Gelegenheit brach er sich den einen Arm, als er gerade im Begriff stand, den Träger der Meisterschaft zu besiegen.

Bei einem andern Kampf auf einer kleinen Themseinsel, wo die Kämpfenden zuletzt in sechs Zoll Wasser herumwaten mußten, weil die Flut zu steigen begonnen hatte, brach er sich im entscheidenden Augenblick ein Bein, als jeder schon sehen konnte, daß er der sichere Sieger war.

In Texas geschah es an einem Tage, den man nie vergessen wird, daß gerade in dem Augenblick, als sein Gegner ihm völlig preisgegeben war, die Polizei eindrang und den Kampf verbot. Und endlich der Kampf in der Maschinenhalle in San Franzisko, wo er einem elenden Schieber von Schiedsrichter und einem ganzen Komplott von Spielern zum Opfer fiel. Bei dieser Gelegenheit kam Pat Glendon nicht zu Schaden, da er seinen Gegner aber mit einem rechten Haken gegen das Kinn und einem linken gegen den Solarplexus k. o. geschlagen hatte, disqualifizierte ihn der Schiedsrichter wegen Tiefschlages.

Jeder einzelne Zuschauer, jeder, der etwas vom Boxen verstand, und die ganze Welt, soweit sie sich für Sport interessierte, wußte, daß es sich hier nicht um ein Foul gehandelt hatte. Aber Pat Glendon war ja wie jeder Boxer verpflichtet, die Entscheidung des Schiedsrichters anzuerkennen, und Pat fand sich in das Geschehene als in etwas, das er seinem gewöhnlichen Pech zu verdanken hatte.

Das war Pat Glendon. Was Stubener aber besonders interessierte, war, ob Pat wirklich den Brief geschrieben hatte oder nicht. Er fuhr damit in die Stadt.

»Was ist aus Pat Glendon geworden?« So begrüßte er alle Sportsleute an diesem Morgen. Niemand schien etwas zu wissen. Einige meinten, er müsse tot sein, aber keiner wußte etwas Bestimmtes. Der Sportredakteur einer Morgenzeitung schlug in der Rekordliste nach und konnte feststellen, daß von seinem Tode nichts vermerkt war.

Erst Tim Donovan brachte ihn auf die Spur.

»Gestorben ist er bestimmt nicht«, sagte Donovan. »Warum hätte er sterben sollen? – ein Mann von seiner Konstitution, der weder trunksüchtig noch rauflustig war! Er hat viel Geld gemacht, und was mehr ist, er hat es gehalten und gut angelegt. Hatte er doch einst drei Kneipen auf einmal. Und als er sie verkaufte, hat er einen schönen Batzen dabei verdient. Übrigens war es damals, als ich ihn das letzte Mal sah. Das ist rund zwanzig Jahre her, wenn nicht mehr. Seine Frau war gerade gestorben. Ich traf ihn, als er zur Fähre ging.

›Wohin, alter Sportsmann?‹ fragte ich. ›Ich gehe in die Wälder‹, sagte er. ›Hier hab' ich nichts mehr zu suchen. Leb wohl, Tim, mein Junge.‹

Und seit dem Tage habe ich nichts mehr von ihm gesehen oder gehört. Aber tot ist er natürlich nicht.«

»Du sagst, das war, als seine Frau starb – hatte er Kinder?« forschte Stubener.

»Ja, eines, ein ganz kleines. An dem Tage trug er es gerade auf dem Arm.«

»War es ein Junge?«

»Wie sollte ich das wissen?«

Da faßte Sam Stubener einen Entschluß, und am Abend saß er in einem Pullmanwagen und war auf dem Wege in die Wildnis Nordkaliforniens.

II

Früh am nächsten Morgen stieg Stubener in Deer Lick aus und trat sich eine Stunde lang die Hacken ab, ehe die einzige Gastwirtschaft ihre Türen öffnete. Der Wirt wußte nichts von Pat Glendon.

Er hatte nie von ihm gehört, und wenn Pat hier in der Gegend lebte, so mußte es irgendwo auf der andern Seite des Tales sein.

Auch der einzige Stammgast hatte nie etwas von Pat Glendon gehört. Im Hotel wußte man ebensowenig, und erst als der Kaufmannsladen und die Post geöffnet wurden, kam Stubener auf die rechte Spur.

Jawohl, Pat Glendon wohnte drüben. Sam müßte die Post bis Stage nehmen – das wäre ein Holzfällerlager, vierzig Meilen von Deer Lick. In Alpine sollte er sich ein Pferd mieten und durch das Antilopental über die Wasserscheide nach dem Bärenbach reiten. Dort wohnte Pat Glendon irgendwo. In Alpine wüßten die Leute sicher Bescheid. Ja, es gäbe einen jungen Pat, der Kaufmann hätte ihn gesehen, er sei vor ein paar Jahren mal in Deer Lick gewesen.

Aber der alte Pat hätte sich seit fünf Jahren nicht gezeigt. Er kaufte seine Waren in der Zweigniederlassung und bezahlte stets mit Schecks – er sei ein wunderlicher, weißhaariger alter Mann.

Das wäre alles, was der Kaufmann wüßte, aber in Alpine könnte er sicher jede gewünschte Auskunft erhalten.

Stubener war ganz zufrieden. Es lebten also zweifellos sowohl ein junger Pat Glendon wie ein alter hier in der Gegend.

Die Nacht verbrachte der Manager im Holzfällerlager von Alpine, und früh am nächsten Morgen ritt er auf einem Gebirgspfad nach dem Antilopental hinauf und kam über die Wasserscheide zum Bärenbach. Er ritt den ganzen Tag durch das wildeste, rauheste Gelände, das er je gesehen hatte, und erreichte bei Sonnenuntergang das Pintotal auf einem Steig, der so steil und schmal war, daß er es mehr als einmal vorzog, abzusteigen und das Pferd am Zügel zu führen.

Es war elf Uhr, als er vor einer Blockhütte abstieg, wo er von dem Bellen zweier riesiger Jagdhunde empfangen wurde. Dann öffnete Pat Glendon die Tür, legte ihm den Arm um die Schulter und führte ihn ins Haus.»Ich wußte, daß Sie kommen würden, Sam, mein Junge«, sagte Pat, während er herumschlurfte, Feuer machte, Kaffee kochte und ein großes Stück Bärenfleisch briet.»Der Junge kommt heute nacht nicht nach Hause. Das Fleisch geht uns aus, und da ist er bei Sonnenuntergang weggegangen, um einen Hirsch zu schießen. Aber ich will Ihnen noch nichts von ihm erzählen. Warten Sie nur, bis Sie ihn sehen. Morgen früh kommt er heim, und dann können Sie draußen einen Versuch mit ihm machen. Dort liegen die Handschuhe. Aber warten Sie nur, bis Sie ihn gesehen haben.

Was mich betrifft, bin ich fertig. Im kommenden Januar werde ich einundachtzig, und das ist recht hübsch für einen früheren Boxer. Aber ich habe auch nie gegen meine Natur gewütet, mich nie spät in der Nacht schlafen gelegt und mein Licht nie an beiden Enden angezündet. Ich hab' ein ganz hübsches Licht gehabt und soviel wie möglich daraus hervorgeholt, wie Sie zugeben werden, wenn Sie mich ansehen. Und das hab' ich auch dem Jungen eingetrichtert.

Ich weiß nicht, was Sie zu einem Burschen von zweiundzwanzig sagen, der noch nie im Leben Alkohol getrunken oder Tabak geschmeckt hat? So ist er. Er ist ein Riese und hat sein Leben lang natürlich gelebt. Warten Sie nur, bis er mit Ihnen auf die Jagd geht! Sie würden einen Herzschlag von dem kriegen, was ihm so leicht wie gar nichts fällt, und dabei können Sie ihn ruhig Ihr ganzes Gepäck und einen großen Rehbock obendrein schleppen lassen. Er ist im Freien aufgewachsen und hat weder Sommer noch Winter je mit einem Dach über dem Kopf geschlafen.

Frische Luft ist das beste für ihn, das hab' ich ihm beigebracht. Und das ist es auch eigentlich, wovor ich die meiste Angst habe: Wie wird es ihm bekommen, in einem Haus zu schlafen, und wie soll er den Tabaksrauch ertragen können, wenn er in den Ring steigt? Das ist so ziemlich das Schlimmste, was ich kenne, dieser Tabaksrauch, wenn man kämpft und nach Luft schnappt!

Aber jetzt genug davon, Sam, mein Junge. Sie sind müde und hätten längst schlafen sollen. Warten Sie, bis Sie ihn sehen, mehr sage ich nicht. Warten Sie, bis Sie ihn sehen!«

Aber die Geschwätzigkeit des Alters war über Pat gekommen, und es dauerte noch lange, bis er Stubener erlaubte, die Augen zu schließen.

»Er kann mit seinen Beinen einen Hirsch einholen, der Bengel«, rief er wieder. »Das ist gerade das rechte Training für die Lunge, das Jägerleben. Sonst weiß er nicht viel, wenn er auch ein paar Bücher mit so poetischem Zeug gelesen hat. Er ist der reine Naturmensch, wie Sie selber sehen werden, wenn Sie ihn erst vor Augen haben. Die alte irische Kraft ist in ihm.

Manchmal, wenn er so herumschwärmt, liegt der Gedanke nahe, daß er an Märchen und dergleichen glaubt. Er liebt die Natur so heiß wie nur einer, aber vor den Städten hat er Angst. Er weiß von ihnen nur das, was er von ihnen gelesen hat, und die größte, die er kennt, ist Deer Lick. Es gefiel ihm nicht, daß dort so viele Menschen waren. Das ist jetzt zwei Jahre her, und dort sah er das erste und letzte Mal eine Eisenbahn.

Und er spielt mit ihnen, wie Sie und ich mit jungen Hunden spielen würden.«

Als Stubener wieder einmal aufwachte, hörte er den Alten schwatzen.

»Und das Komische bei der Sache ist, daß er das Boxen gar nicht ernst nimmt. Es fällt ihm zu leicht, es ist eine Spielerei für ihn. Aber wenn es mal ernst wird, dann werden Sie sehen. Ich sage nur: Warten Sie es ab. Dann werden Sie sehen, wie der Saft, der in ihm eingefroren war, aufbraust und wie alles, was er gelernt hat, an den Tag kommt.«

In der kühlen grauen Dämmerung der Berge wurde Stubener von dem alten Pat aus den Decken gejagt. »Jetzt kommt er«, flüsterte er heiser. »Heraus mit Ihnen, und sehen Sie sich den größten Boxer an, der jemals in den Ring steigt.«

Der Manager sah, sich den Schlaf aus den Augen reibend, zur offenen Tür hinaus und erblickte einen jungen Riesen in der Lichtung.

In der einen Hand hielt er ein Gewehr, und über den Schultern lag ein schwerer Hirsch. Der junge Jäger war derb gekleidet, trug einen blauen Overall und ein wollenes, am Halse offenes Hemd, an den Füßen Mokassins.

Stubener bemerkte, daß sein Gang leicht und weich wie der einer Katze war trotz seiner zweihundert Pfund und dem Gewicht des Hirsches. Gleich der erste Anblick machte Eindruck auf den Manager. Herrlich gewachsen war der junge Bursche sicher, aber der Beobachter sah noch etwas Merkwürdiges und Ungewöhnliches an ihm.

Er war ein neuer Typ, ganz anders als der große Haufen der übrigen Boxer. Dies war ein Geschöpf aus dem Urwald, mehr ein umherschweifender Naturmensch aus den alten Sagen als ein junger Mann aus dem zwanzigsten Jahrhundert.

Eines entdeckte Stubener sehr bald: Der junge Pat war kein Schwätzer. Als der alte Pat die Vorstellung erledigt hatte, drückte er ihm wortlos die Hand und begann schweigend Feuer zu machen und das Frühstück zu bereiten. Die Fragen seines Vaters beantwortete er einsilbig. Als der Vater ihn zum

Beispiel fragte, wo er den Hirsch erlegt hätte, antwortete er nur:

»South Fork.«

»Elf Meilen über die Berge«, erklärte der Alte dem Manager stolz, »und ein Weg, daß Sie einen Herzschlag gekriegt hätten.«

Das Frühstück bestand aus schwarzem Kaffee, Brot und einer ungeheuren Menge von über den Kohlen gebratenem Bärenfleisch.

Der junge Mann machte sich gierig darüber her, und Stubener zog den Schluß, daß beide Glendons fast ausschließlich von Fleisch lebten.

Der alte Pat besorgte die ganze Unterhaltung, aber erst nach beendeter Mahlzeit kam er auf das zu sprechen, was ihm am Herzen lag.

»Pat, mein Junge«, begann er. »Du weißt ja, wer der Herr ist.«

Der junge Pat nickte und warf einen schnellen verstehenden Blick auf den Manager.

»Na ja, er will dich also mit nach San Franzisko nehmen.«

»Ich möchte lieber hierbleiben, Vater«, lautete die Antwort.

Stubener fühlte sich enttäuscht. Der Schein hatte also getrogen. Dies war also gar kein Boxer, der auf Kampf versessen war. Seine mächtigen Muskeln galten nichts. Das war nichts Neues. Das waren diese großen Kerle, die meistens mit der Zeit dick wurden. Aber jetzt flammte der Zorn des alten Pat auf, und seine Stimme klang hart und gebieterisch:

»Du wirst in die Städte gehen und kämpfen, mein Junge. Dazu hab' ich dich erzogen, und du wirst es tun.«

»Gut«, lautete die unerwartete Antwort, die gleichgültig aus tiefer Brust kam.

»Und kämpfen wie der Deubel«, fügte der Alte hinzu. Wieder war Stubener enttäuscht über den Mangel an Feuer und Begeisterung in den Augen des jungen Mannes, als er antwortete:

»Gut, wann reisen wir ab?«

»Sam möchte erst ein bißchen auf die Jagd gehen und fischen, und er möchte auch gern mal einen Gang mit dir versuchen.«

Er sah Sam an, und der nickte.

»Ich denke, du ziehst dir das Hemd aus und gibst ihm eine kleine Probe von deinem Können.«

Eine Stunde später waren Sam Stubener die Augen geöffnet. Früher selbst Boxer, und zwar Schwergewichtler, war seine Stärke doch die Beurteilung von Boxern, und noch nie hatte er einen Mann gesehen, der solche Vorzüge aufzuweisen hatte.

»Sehen Sie seine Geschmeidigkeit«, sang der alte Pat sein Loblied. »Er ist aus dem richtigen Stoff gemacht. Sehen Sie die Schräge seiner Schultern und seine Brust! Sauber, alles ist sauber, und nicht ein schlechter Blutstropfen ist in ihm. So einen Mann wie den da haben Sie noch nie gesehen, Sam. Nicht eine Muskel in ihm ist steif. Und dabei macht er kein Gewichtstemmen oder Sandowsche Übungen. Seine Muskeln sind wie weiche Schlangen, die sich träge unter der Haut winden. Er steht seine vierzig Runden und, wenn es sein muß, auch hundert. Also los! Time!«

Sie boxten in Drei-Minuten-Runden mit je einer Minute Pause, und Sam Stubener wurde diesmal nicht enttäuscht.

Jetzt gab es kein Fett, keine Interesselosigkeit mehr, nur ein fast zögerndes, gutmütiges Spiel mit den Handschuhen, und dabei eine Gewandtheit, Schnelligkeit, Sicherheit und Härte, wie es nur – das wußte Sam – der geübte Boxer mit dem richtigen Instinkt zeigen konnte.

»Leicht, immer leicht«, warnte der alte Pat. »Sam ist nicht mehr wie früher.«

Das reizte Sam nur, was auch beabsichtigt gewesen war, und er versuchte es jetzt mit seinen berühmten Tricks und seinem Lieblingsschlag – eine Finte, als wolle er in Clinch gehen, und dann ein gerader Rechter in die Magengrube.

Aber so schnell er auch war, der junge Pat sah es doch und ging zurück, als sein Gegner den Schlag landete. Das nächste Mal aber ging er nicht zurück. In dem Augenblick, als

Sam zu dem Schlage ansetzte, machte er eine Bewegung seinem Gegner entgegen und kehrte ihm die Hüfte zu.

Er drehte sich nur um wenige Zoll, aber er blockte dadurch den Schlag. Und jetzt konnte Stubener es, so oft er wollte, versuchen, sein Handschuh traf immer nur die Hüfte.

Stubener hatte seinerzeit gegen manchen großen Boxer gestanden, und in Schaukämpfen hatte er immer seinen Mann gestellt. Hier aber sah er sich verraten und verkauft. Der junge Pat spielte mit ihm und ließ ihn sich beim Clinch kraftlos wie ein kleines Kind fühlen. Sein Gegner landete seine Schläge anscheinend ganz nach Belieben; faßte und blockte ihn mit meisterhafter Genauigkeit und dabei fast, als nähme er gar keine Notiz von seiner Existenz. Während der Hälfte der Zeit schien der junge Pat träumerisch die Landschaft um sich her zu betrachten.

Und gerade da beging Stubener wieder einen Fehler. Er hielt das für einen Trick, den der alte Pat seinem Sohn beim Training beigebracht hatte, und versuchte unerwartet einen kurzen Stoß mit gebeugtem Arm zu landen. Aber im selben Augenblick saß sein Arm fest, und er bekam zum Dank für seine Mühe ein paar Ohrfeigen mit dem flachen Handschuh.

»Er weiß instinktiv, wenn ein Schlag kommt«, grunzte der alte Pat. »Das hab' ich ihm nicht beigebracht, will ich Ihnen sagen. Er ist der reine Hexenmeister. Er weiß, ohne hinzugucken, wann der Schlag kommt, wie schnell er ist und wie weit er reicht. Es ist die reine Inspiration. Es ist angeboren.«

Bei einem überraschenden Clinch stemmte der Manager seinen Handschuh dem jungen Pat gegen den Mund, und die Art und Weise, wie er das machte, war nicht ganz ohne eine gewisse Tücke. Aber einen Augenblick später, beim nächsten Clinch, wurde Sam der Handschuh des andern selbst gegen den Mund gepreßt. Das geschah durchaus nicht gewaltsam, aber durch den langsamen, gleichmäßigen Druck wurde der Kopf ihm zurückgepreßt, bis ihm die Halswirbel knackten und er glaubte, das Genick gebrochen zu haben. Er ließ seinen Körper schlaff werden und die Arme sinken, zum Zeichen, daß der Kampf beendet war. Im selben Augenblick fühlte er sich frei und taumelte zurück.

»Er ist – er ist richtig«, ächzte er, und sein Blick zeigte die Bewunderung, die in Worten auszudrücken ihm der Atem fehlte.

Die Augen des alten Pat schimmerten feucht vor Stolz und Freude.

»Und was, meinen Sie, geschieht, wenn irgend so ein verfluchter Kerl den gemeinen Kniff im Ernst an ihm versucht?« fragte er.

»Er bringt ihn um, bestimmt«, meinte Stubener.

»Nein, dazu ist er zu kaltblütig; er gibt ihm nur seine Strafe für die Dreckigkeit.«

»Also lassen Sie uns den Kontrakt aufsetzen«, sagte der Manager.

»Warten Sie, bis Sie ganz über ihn Bescheid wissen!« antwortete der alte Pat. »Es sind schwere Bedingungen, die ich stellen werde. Gehen Sie jetzt erst mal mit dem Jungen auf die Hirschjagd in den Bergen und lernen Sie seine Lunge und seine Beine kennen. Nachher wappnen Sie sich und unterschreiben den Kontrakt.«

Stubener war zwei Tage lang auf dieser Jagd und erfuhr noch mehr, als der alte Pat ihm versprochen hatte.

Vollkommen erschöpft und sehr klein kam er zurück. Die Unwissenheit des jungen Mannes in bezug auf die Welt hatte den abgebrühten Sam in Erstaunen gesetzt, aber er hatte doch gemerkt, daß er sich von niemand an der Nase nehmen ließ.

Sein Geist war jungfräulich, unberührt von allem, außer den Erfahrungen, die die nahen Berge ihm schenken konnten, und doch erwies er sich im Besitz von Scharfsinn und Verschlagenheit über den Durchschnitt hinaus.

Auf seine Weise war er ein Rätsel für Sam, der den unerschütterlichen Gleichmut des jungen Mannes nicht verstehen konnte. Nichts war ihm unangenehm, über nichts konnte er sich ärgern, und seine Geduld war von einer nie versagenden Einfalt. Nie fluchte er, nie gebrauchte er die üblichen nichtssagenden Kraftworte, die junge Leute seines Alters stets im Munde führten.

Der alte Pat schloß den Vertrag und verabschiedete sich vor dem Hause von ihnen.

»Es wird nicht lange dauern, bis ich in den Zeitungen über dich lese, Pat, mein Junge. Ich würde dich am liebsten begleiten, aber ich glaube doch, es ist am besten für dich, wenn ich bis ans Ende meiner Tage hier in den Bergen bleibe.«

Und dann zog der Alte den Manager beiseite und wandte sich in fast drohendem Ton an ihn:

»Vergessen Sie nicht, was ich Ihnen immer wieder gesagt habe. Der Junge hat ein reines und ehrliches Herz. Er weiß nichts von den Schiebungen beim Sport. Davon hab' ich ihm nie was erzählt, will ich Ihnen sagen. Er kennt den Schwindel nicht. Er kennt nur die Tapferkeit, die Romantik und den Ruhm des Kämpfers, denn ich habe ihm tausend Geschichten von den alten Helden des Rings erzählt, obgleich das wenig genug geholfen hat, ihn zu begeistern.

Mann, Mann, ich sage Ihnen, ich habe die Sportberichte aus den Zeitungen ausgeschnitten, unter dem Vorwand, daß ich sie für mein Sammelbuch brauchte, nur damit er sie nicht lesen sollte. Daher hat er nie etwas von Boxern gehört, die aufgaben oder sich absichtlich besiegen ließen. Bringen Sie dem Jungen nichts Schlechtes bei.

Das ist der Grund, daß ich den Ungültigkeitsparagraphen in den Kontrakt eingefügt habe. Die erste Schiebung stößt den Kontrakt um. Keine verabredete Kassenteilung. Keine geheimen Vereinbarungen mit Filmleuten, die eine gewisse Dauer der Kämpfe für ihre Aufnahmen garantiert haben wollen.

Es bleibt noch genug Geld zu verdienen für euch beide. Aber ehrliches Spiel, oder es ist aus. Haben Sie mich verstanden?«

Und als eine letzte Ermahnung an den jungen Pat, der schon zu Pferde saß und das Tier pflichtschuldig zügelte, um zu hören, sagte der alte Pat:

»Und was auch immer geschieht, nimm dich vor den Weibern in acht. Weiber bedeuten Tod und Verdammung, vergiß das nicht. Wenn du aber die eine, die einzige findest, dann lasse sie nicht. Sie wird mehr für dich sein als Geld und Ruhm.

Aber zuerst mußt du deiner Sache sicher sein, ganz sicher, und wenn du das bist, dann lasse sie nicht wieder aus den Fingern. Halte sie fest mit beiden Händen und laß nicht locker. Halt sie fest, und wenn die Welt zusammenstürzt.

Pat, mein Junge, eine gute Frau ist ... nun eben eine gute Frau. Das ist mein erstes Wort und mein letztes.«

III

Kaum waren sie in San Franzisko, so begannen auch schon die Schwierigkeiten für Sam Stubener. Nicht, daß der junge Pat unfreundlich oder träge gewesen wäre, wie sein Vater gefürchtet hatte. Im Gegenteil, er war unsagbar milde und sanft. Aber er hatte Heimweh nach seinen geliebten Bergen, und dann stieß die Stadt ihn im geheimen ab, wenn er auch ihre lärmenden Straßen mit der Unermüdlichkeit eines Indianers durchstreifte.

»Ich bin hierhergekommen, um zu boxen«, verkündete er nach Ablauf der ersten Woche. »Wo ist Jim Hanford?«

Stubener stieß einen leisen Pfiff aus.

»Ein großer Champion wie der sieht Sie gar nicht an«, lautete die Antwort. »›Geh erst, und schaff dir einen Namen‹, würde er sagen.«

»Ich kann ihn besiegen.«

»Aber das weiß das Publikum nicht. Wenn Sie ihn besiegten, würden Sie Weltmeister sein, und das ist noch keiner bei seinem ersten Kampf geworden.«

»Ich kann es.«

»Aber das weiß das Publikum nicht. Es würde niemand kommen, um sich den Kampf anzusehen. Und die Zuschauer sind es doch, die das Geld und die großen Börsen bringen. Das ist auch der Grund, daß Jim Hanford nicht eine Sekunde daran denken würde, mit Ihnen zu kämpfen. Bei einem solchen Kampf könnte er nichts verdienen.

Außerdem verdient er jetzt gerade dreitausend wöchentlich an einem Varieté. Glauben Sie, darauf würde er verzichten, um mit einem Mann zu kämpfen, den kein Mensch kennt?

Zuerst müssen Sie mal was geleistet haben, eine Rekordliste aufweisen. Sie müssen mit den kleinen lokalen Größen anfangen, die die weitere Öffentlichkeit nicht kennt, Vogelscheuchen wie Klempner-Collins, Kittchen-Kelly und dem Fliegenden Holländer.

Wenn Sie die erledigt haben, dann stehen Sie erst auf der untersten Sprosse der Leiter. Aber dann werden Sie auch steigen wie ein Luftballon.«

»Ich will mit den dreien hintereinander im selben Ring antreten«, sagte Pat. »Arrangieren Sie die Sache nur.«

Stubener lachte.

»Warum lachen Sie? Glauben Sie nicht, daß ich mit denen fertig werde?«

»Das weiß ich, daß Sie das können«, versicherte Stubener ihm. »Aber so läßt sich das nicht machen. Sie müssen sich immer einen zur Zeit vornehmen. Vergessen Sie nicht, daß ich das Geschäft verstehe. Es muß alles genau zurechtgelegt werden, und ich weiß, wie. Wenn alles klappt, können Sie in einem Jahr oben sein, Weltmeister werden und Geld scheffeln.«

Pat seufzte über diese Aussicht, dann aber klärte sich sein Gesicht auf. »Und dann kann ich mich zurückziehen und wieder nach Hause zu dem Alten gehen.«

Stubener wollte antworten, besann sich aber. War dieser Anwärter auf die Meisterschaft auch recht sonderbar, so war er doch davon überzeugt, daß der junge Mann, wenn er das Ziel erst erreicht hatte, genau so werden würde wie die andern, die es so weit gebracht hatten, wie sie konnten. Außerdem waren zwei Jahre eine lange Zeit, und unterdessen konnte viel geschehen.

Als Pat sich in der Gegend herumzutreiben begann und unaufhörlich Gedichtbücher und Romane las, die er sich aus einer öffentlichen Bibliothek holte, schickte Stubener ihn auf eine Ranch auf der andern Seite der Bucht, wo er unter der Aufsicht von Spider Walsh leben sollte.

Aber nach einer Woche kam Spider und erklärte, der Aufgabe nicht gewachsen zu sein. Sein Zögling war von morgens bis abends verschwunden, war über alle Berge, angelte Forellen in den Gebirgsbächen, schoß Wachteln und Kaninchen und schoß den einsamen Rehbock, der Dutzenden von Jägern, die es auf ihn abgesehen hatten, entgangen war.

Spider saß faul herum und wurde dick, während sein Zögling gut in Form blieb.

Es ging, wie Stubener erwartet hatte. Die Manager der Boxklubs lachten, wenn er mit seinem neuen Mann kam. Waren die Wälder nicht voll von Unbekannten, die sich plötzlich für die Meisterschaftskämpfe meldeten? Einen Kampf auf vier Runden, um das Programm zu füllen ja, darüber ließ sich reden. Aber als Hauptnummer – nie.

Stubener hatte sich indessen in den Kopf gesetzt, daß der junge Pat gerade als Hauptnummer anfangen sollte, und durch das Gewicht seines eigenen Namens setzte er es schließlich durch. Nach vielem Hin und Her willigte der Missionsklub ein, Pat Glendon auf fünfzehn Runden gegen Zuchthaus-Kelly zu stellen, und zwar um eine Börse von hundert Dollar.

Es war etwas ganz Übliches, daß junge Boxer die Namen der alten Helden des Rings annahmen, und deshalb kam keiner auf den Gedanken, daß der junge Pat ein Sohn des großen Pat Glendon sein könnte. Stubener sagte auch nichts davon. Es konnte später gut als Sensation für die Presse gebraucht werden.

Einen Monat mußten sie warten, dann kam endlich der Abend, an dem der Kampf stattfinden sollte. Stubener war sehr nervös. Er hatte seinen Namen dafür eingesetzt, daß sein Schützling eine Sehenswürdigkeit wäre, und zu seinem Entsetzen sah er jetzt, daß Pat, als er kaum fünf Minuten in seiner Ecke des Ringes gesessen hatte, die Farbe verlor und ganz fahl wurde.

»Kopf hoch, mein Junge«, sagte Stubener und klopfte ihm auf die Schulter. »Es ist immer ein komisches Gefühl, wenn man das erste Mal im Ring steht, und Kelly hat den Trick, daß er seinen Gegner warten läßt, in der Hoffnung, daß er Lampenfieber kriegt.«

»Das ist es nicht«, antwortete Pat. »Es ist der Tabakrauch. Ich bin ihn nicht gewohnt, und er macht mich ganz krank.«

Der Manager atmete erleichtert auf. Wenn es nur der Tabakrauch war – an den würde sich der Junge schon gewöhnen.

Der Eintritt des jungen Pat in den Ring erfolgte unter allgemeinem Schweigen, während Zuchthaus-Kelly mit ohrenbetäubendem Beifall begrüßt wurde, als er unter den Seilen hindurchkletterte.

Er war ein Mann von wirklich furchteinflößendem Aussehen, dunkelhäutig, stark behaart und mit gewaltigen Muskeln, der gut hundertachtzig Pfund wog. Pat betrachtete ihn neugierig und mußte dafür einen bösen Blick einstecken.

Als sie beide dem Publikum vorgestellt waren, mußten sie sich die Hände reichen. Und sogar, als ihre Handschuhe sich berührten, knirschte Kelly mit den Zähnen, sein Gesicht verzerrte sich vor Wut, und er knurrte:

»Du hast doch wohl keine Angst?«

Roh schlug er Pats Hand beiseite und zischte:

»Ich will dich bei lebendigem Leibe fressen, du kleiner Köter.«

Das Publikum lachte; es hatte erraten, was Kelly gesagt haben mußte, und freute sich darüber.

Als Pat wieder in seine Ecke kam, um dort auf den Schlag des Gongs zu warten, wandte er sich zu Stubener und fragte:

»Warum ist er böse auf mich?«

»Das ist er gar nicht«, antwortete Stubener. »Das ist seine Art, er will versuchen, Sie einzuschüchtern. Das ist nur Großmäuligkeit.«

»Aber das ist doch kein Boxen«, meinte Pat, und Stubener, der einen schnellen Blick auf ihn warf, bemerkte, daß seine blauen Augen so mild wie immer waren.

»Aber passen Sie auf!« warnte er Pat, als der Gong zur ersten Runde ertönte. »Er wird wie ein Menschenfresser auf Sie losgehen.«

Und wie ein Menschenfresser ging Kelly auf ihn los, schoß in wilder Wut durch den Ring.

Pat, der in seiner leichten Art nur zwei Schritte vorwärts gemacht hatte, berechnete die Schnelligkeit des andern, tanzte seitwärts und landete einen rechten Kinnhaken. Dann blieb er stehen und wartete neugierig, was da kommen würde.

Der Kampf war aus. Kelly war wie ein vor die Stirn geschlagener Ochse auf den Boden gegangen und lag da, ohne sich zu rühren. Der Schiedsrichter beugte sich über ihn und zählte mit lauter Stimme die zehn Sekunden aus.

Als Kellys Sekundanten nach Ablauf der zehn Sekunden in den Ring sprangen, um ihn fortzutragen, kam Pat ihnen zuvor. Er las das große, schlaffe menschliche Bündel auf und trug es in die Ecke des Ringes, wo er es auf den Stuhl setzte und den Sekundanten zu weiterer Behandlung überließ.

Nach einer halben Minute hob Kelly den Kopf und öffnete die Augen. Er sah sich verwirrt im Saal um, dann wandte er sich zu dem einen seiner Sekundanten.

»Was ist geschehen?« fragte er heiser. »Ist das Dach über mir eingestürzt?«

IV

Im allgemeinen herrschte die Ansicht, Pat habe lediglich durch einen Zufall gesiegt, aber trotzdem verschaffte der Sieg über Kelly ihm doch einen Kampf mit Rufe Mason.

Dieser Kampf wurde drei Wochen später vom Sierra-Klub in Dreamland Rink arrangiert, aber das Publikum bekam nicht zu sehen, was geschah.

Rufe Mason war ein Schwergewichtler, der in gewissen Kreisen seiner Tüchtigkeit wegen einen guten Ruf genoß. Als der Gong das Zeichen zum Beginn der ersten Runde gegeben hatte, trafen sich die beiden in der Mitte des Ringes. Keiner von ihnen griff an, keiner schlug zu, sie umschlichen sich mit gebeugten Armen einander so nahe, daß ihre Handschuhe sich fast berührten.

Dann geschah es und so schnell, daß kaum einer von hundert Zuschauern es sah. Rufe Mason machte mit der Rechten eine Finte. Es war augenscheinlich nicht einmal eine richtige Finte, nur ein Versuch, einen Ausfall vorzutäuschen.

In diesem Augenblick landete Pat seinen Schlag. Sie waren so dicht aneinander, daß ein freier Raum von kaum zwanzig

Zentimetern vorhanden war, und es war ein Haken mit dem linken Vorderarm, von einer Schulterdrehung begleitet.

Der Schlag traf Rufe Masons Kinn, und das erstaunte Publikum sah, wie die Beine des Mannes nachgaben und er auf der Stelle, wo er stand, zusammenbrach. Der Schiedsrichter hatte genug gesehen und begann gleich zu zählen, und wieder trug Pat den Gegner an seinen Platz. Als Rufe Mason zehn Minuten später imstande war, den Ring zu verlassen, mußten seine Sekundanten ihn stützen, seine Knie waren noch schlaff und seine Augen matt.

»Kein Wunder«, sagte er später zu seinen Sekundanten, »daß Zuchthaus-Kelly glaubte, das Dach wäre über ihm eingestürzt.«

Nachdem Pat auch Klempner-Collins in der zwölften Sekunde der ersten Runde eines Matches von fünfzehn Runden k. o. geschlagen hatte, sah Stubener sich genötigt, mit Pat Glendon zu reden.

»Wissen Sie, wie die Leute Sie nennen?« fragte er. Pat schüttelte den Kopf.

»Den Einschlag-Glendon.«

Pat lächelte höflich. Es interessierte ihn durchaus nicht, wie die Leute ihn nannten. Er wußte, daß er eine gewisse Arbeit zu leisten hatte, ehe er in seine Berge zurückkehren konnte, und er tat diese Arbeit, ohne sich weiter aufzuregen, das war alles.

»Das geht nicht«, fuhr der Manager fort und schüttelte bedeutungsvoll den Kopf. »Sie können die Leute nicht immer gleich k. o. schlagen. Sie müssen ihnen mehr Zeit lassen.«

»Bin ich denn nicht hier, um zu kämpfen?« fragte Pat überrascht.

Wieder schüttelte Stubener den Kopf.

»Die Sache ist so, Pat, Sie wollen doch als guter und großmütiger Boxer gelten. Bringen Sie nicht alle andern Boxer gegen sich auf. Und es ist auch nicht anständig gegen das Publikum. Das will was sehen für sein Geld. Und es endet noch damit, daß Sie keinen finden, der gegen Sie antreten will. Sie kriegen es ja alle mit der Angst. Und Zehn-Sekunden-Kämpfe ziehen nicht. Bitte, sagen Sie selbst: Würden Sie einen Dollar oder gar fünf bezahlen, um einen Kampf zu sehen, der nicht mehr als zehn Sekunden dauert?«

Pat sah es ein und versprach, dem Publikum etwas für sein Geld zu geben, wenn er es auch nicht begriff; er persönlich ging lieber fischen, als daß er sich einen Boxkampf von hundert Runden ansah.

Aber bei alledem kam Pat in Wirklichkeit nicht weiter. Die ansässigen Sportsleute lachten, wenn sein Name genannt wurde. Dann fielen ihnen komische Kämpfe ein, wie der mit Zuchthaus-Kelly, der geglaubt hatte, daß das Dach über ihm zusammenstürzte. Niemand ahnte etwas von Pats Können, denn nie hatte man ihn wirklich kämpfen sehen. Wie stand es mit seiner Atemtechnik, seiner Ausdauer, seinem Standvermögen gegen scharfe Angriffe von längerer Dauer? Bisher hatte er nur gezeigt, daß er Zufallschancen auszunutzen verstand und ein unglaubliches Glück hatte.

So standen die Dinge, als der vierte Match arrangiert wurde, und zwar gegen Pete Sosso, einen Portugiesen aus Butchertown, der namentlich durch die erstaunlichen Tricks bekannt geworden war, die er im Ring anwandte.

Pat trainierte nicht für diesen Kampf, vielmehr machte er in aller Eile eine traurige Reise in die Berge, um seinen Vater zu begraben. Der alte Pat war sich längst darüber klar, wie es mit seinem Herzen stand, und jetzt hatte es plötzlich aufgehört zu schlagen.

Der junge Pat kam im letzten Augenblick nach San Franzisko zurück. Er vertauschte nur schnell die Reisekleidung mit der Boxhose, und trotzdem mußten die Zuschauer zehn Minuten warten.

»Denken Sie daran, ihm eine Chance zu geben«, ermahnte ihn Stubener, als Pat durch die Seile in den Ring kletterte. »Spielen Sie mit ihm, aber so, daß er es für Ernst hält. Halten Sie ihn zehn bis zwölf Runden hin, ehe Sie ihn k. o. schlagen.«

Pat richtete sich nach dieser Belehrung, und obgleich Sosso so tückisch kämpfte, daß Pat sich nur mit Mühe zurückhalten konnte, schlug er ihn nicht nieder, was eine Kleinigkeit für ihn gewesen wäre.

Es wurde eine schöne Darbietung, und das Publikum war begeistert. Sossos wirbelnde Angriffe, seine wilden Finten, seine plötzlichen Rückzüge und Ausfälle erforderten Pats volle Aufmerksamkeit, um sich zu decken, und doch konnte er nicht verhindern, daß er ab und zu getroffen wurde.

Stubener lobte ihn in den Pausen, und alles wäre wohl nach Wunsch gegangen, hätte Sosso nicht in der vierten Runde einen seiner gemeinsten Tricks angewandt.

Pat hatte, als sie dicht aneinander waren, einen Haken gegen Sossos Kinn gelandet, als zu seinem Erstaunen sein Gegner die Arme sinken ließ, mit rollenden Augen und wankenden Beinen rückwärts taumelte und offenbar halb betäubt war. Pat ließ die Arme sinken und betrachtete verwundert Sosso, der fallen zu wollen schien, sich dann aufrichtete und mit Augen, die scheinbar nichts sahen, wieder ein paar Schritte vorwärts wankte.

Und da geschah es zum ersten und letzten Mal in Pats Boxerlaufbahn, daß er nicht auf dem Posten war. Er war einen Schritt beiseite getreten, um den taumelnden Mann vorbeizulassen, als Sosso plötzlich mit der Rechten zustieß.

Pat bekam den Schlag gerade gegen das Kinn und mit solcher Kraft, daß ihm die Zähne im Munde knirschten. Das Publikum johlte vor Begeisterung.

Aber Pat hörte es nicht. Er sah nur Sosso, der grinsend vor ihm herumtanzte, vollkommen kampffähig und nicht im geringsten mehr taumelnd.

Der Schlag schmerzte, aber weit mehr erbost war Pat über die Tücke seines Gegners. Der Zorn, den sein Vater stets vergeblich in ihm anzufachen versucht hatte, stieg in ihm auf. Er schüttelte den Kopf, wie um den Schlag abzuschütteln, und trat dem Mann entgegen.

Und was jetzt geschah, war das Werk einer Sekunde. Nach einer Finte, die seinen Gegner ablenkte, landete seine Linke auf dem Solarplexus, und fast im selben Augenblick richtete er einen Schlag seiner Rechten gegen das Kinn Sossos. Er traf den Mund, ehe noch der fallende Körper den Boden erreicht hatte.

Die Klubärzte mußten eine halbe Stunde arbeiten, bis es ihnen glückte, Sosso wieder zum Bewußtsein zu bringen.

Dann vernähten sie ihm die Lippen mit elf Nadeln und verpackten ihn in einen Krankenwagen.

»Es tut mir wirklich leid«, sagte Pat zu seinem Manager, »ich glaube, ich verlor meine Ruhe. Das will ich nie wieder tun im Ring. Vater hat mich immer davor gewarnt. Er sagte, es hätte ihn mehr als eine verlorene Schlacht gekostet. Ich wußte nicht, daß es mir passieren könnte, die Ruhe zu verlieren. Aber jetzt, da ich es weiß, werde ich mich vorsehen.«

Und Stubener glaubte ihm. Er war jetzt so weit, daß er seinem Pflegling alles zutraute.

»Sie haben gar nicht nötig, zornig zu werden«, sagte er. »Wenn Sie im Ring stehen, können Sie ja mit Ihrem Gegner umspringen, wie es Ihnen beliebt.«

»Ja, in jeder Sekunde des Kampfes«, bestätigte Pat.

»Sie können ihn erledigen, sobald es Ihnen beliebt.«

»Gewiß. Ich will nicht prahlen. Aber ich glaube, ich habe die Fähigkeit dazu. Meine Augen erspähen jede Chance, die sich mir bietet, und das Gefühl für Zeit und Entfernung ist mir angeboren. Vater hat mir schon immer gesagt, daß es eine besondere Begabung wäre, aber ich glaubte, er wolle mich nur dadurch anspornen. Jetzt, nach diesen Kämpfen, glaube ich, daß er recht hatte. Er nannte es eine Wechselbeziehung zwischen Geist und Muskeln.«

»Und das in jeder Sekunde des Kampfes«, wiederholte Stubener nachdenklich.

Pat nickte. Und Stubener hatte die Überzeugung von einer goldenen Zukunft.

»Na also, dann vergessen Sie nur nicht, daß wir den Leuten etwas für ihr Geld bieten müssen«, sagte er. »Wir werden uns immer im voraus einigen, wie viele Runden ein Kampf dauern soll. Zunächst treten Sie jetzt gegen den Fliegenden Holländer an. Ich schlage vor, daß Sie es die ganzen fünfzehn Runden dauern lassen und ihn erst in der letzten erledigen. Das gibt Ihnen Gelegenheit zu zeigen, was Sie können.«

»Gemacht, Sam«, lautete die Antwort.

»Es ist eine Probe für Sie«, warnte Stubener ihn. »Wenn es Ihnen nun mißlingt, ihn in der letzten Runde auf die Bretter zu schicken?«

»Hören Sie«, Pat machte eine Pause, um seinem Versprechen größeren Nachdruck zu verleihen, und nahm dann einen Band Longfellow aus der Tasche. »Wenn ich ihn nicht in der fünfzehnten Runde erledige, will ich nie mehr im Leben ein einziges Gedicht lesen.«

»Das ist ja allerhand«, erklärte Sam, »wenn es auch über meinen Horizont geht, daß Sie sich aus dem Zeug etwas machen.«

Pat seufzte, antwortete aber nicht. In seinem ganzen Leben hatte er erst einen einzigen Menschen getroffen, der sich etwas aus Gedichten machte: die rothaarige Lehrerin, vor der er in die Wälder geflüchtet war.

V

»Wo wollen Sie hin?« fragte Stubener überrascht und sah auf die Uhr.

Pat blieb, die Hand auf dem Türgriff, stehen und drehte sich um.

»Nach der Hochschule«, sagte er. »Dort hält heute ein Professor eine Vorlesung über Browning, und Browning ist einer von den Schriftstellern, die einem erklärt werden müssen. Manchmal scheint mir, daß ich in die Abendschule gehen sollte.«

»Aber großer Gott, Mann!« rief der Manager entsetzt. »Sie sollen doch heute abend mit dem Fliegenden Holländer kämpfen.«

»Ich weiß. Aber ich brauche erst vor halb oder drei Viertel zehn im Ring zu sein. Die Vorlesung ist um Viertel nach neun zu Ende. Wenn Sie Angst haben, daß ich zu spät komme, dann holen Sie mich in Ihrem Wagen ab.« Stubener zuckte hilflos die Achseln.

»Das schadet doch nicht«, meinte Pat. »Vater sagte immer, das Schlimmste wären die letzten Stunden vor dem Kampf, und mancher Kampf sei verloren worden durch das Versagen eines Mannes, der nichts zu tun gehabt hätte, als zu denken, und der nervös geworden wäre.

Na, die Sorge brauchen Sie sich um mich nicht zu machen. Sie sollten sich freuen, daß ich noch Lust habe, eine Vorlesung zu hören.«

Und später, am Abend, während eine der fünfzehn prachtvollen Runden der andern folgte, dachte Stubener mehr als einmal, was dieses Sportpublikum wohl sagen würde, wenn es wüßte, daß dieser junge Boxer direkt von einer Browning-Vorlesung in den Ring gekommen war.

Der Fliegende Holländer war ein junger Schwede, der einen ungewöhnlichen Kampfwillen und eine gewaltige Ausdauer besaß.

Er gönnte sich nicht einen Augenblick Ruhe während des Kampfes und griff von Beginn der Runde, bis der Gong ertönte, unaufhörlich an. Beim Outfighting wirbelten seine Arme wie Dreschflegel durch die Luft, und beim Infighting gebrauchte er die Schultern, lieferte fast einen Ringkampf und schlug, sobald er nur eine Hand freibekam.

Von Anfang bis zu Ende war er wie ein Sturmwind und machte seinem Namen Ehre. Seine Schwäche war die mangelnde Fähigkeit, Entfernung und Zeit zu berechnen. Dennoch hatte er viele Kämpfe dadurch gewonnen, daß er auf ein Dutzend der Schläge, die er unaufhörlich auf seinen Gegner niederhageln ließ, einen guten Treffer landete.

Pat, der sich immer in acht nehmen mußte, daß er seinen Gegner nicht zu Boden schickte, hatte genug zu tun. Es war ihm auch nicht möglich, diesen ewig fliegenden Handschuhen ganz zu entgehen, wenn er auch nicht ernsthaft gefährdet wurde. Aber es war ein gutes Training für ihn und machte ihm Vergnügen.

»Könnten Sie ihn jetzt erledigen?« flüsterte Stubener ihm in der Pause nach der fünften Runde zu.

»Gewiß«, lautete Pats Antwort.

»Sie wissen doch, daß er noch nie k. o. geworden ist«, warnte Stubener ihn ein paar Runden später.

»Dann, fürchte ich, werde ich mir die Knöchel zerbrechen«, lächelte Pat. »Ich kenne meine Stoßkraft und weiß, daß etwas in Stücke gehen muß, wenn ich einen Schlag lande. Wenn er nicht will, dann eben meine Knöchel.«

»Glauben Sie, daß Sie es jetzt machen könnten?« fragte Stubener am Ende der dreizehnten Runde.

»Zu jeder Zeit, sage ich Ihnen doch.«

»Na, Pat, dann lassen Sie ihn meinetwegen in die fünfzehnte kommen.«

In der vierzehnten Runde übertraf der Fliegende Holländer sich selbst. Als der Gong ertönte, schoß er durch den Ring auf Pats Ecke los, ehe der richtig auf den Füßen stand.

Das Publikum jubelte, denn es wußte, daß der Fliegende Holländer jetzt loslegte.

Pat, dem das Spaß machte, beschloß, sich gegen den heftigen Angriff ganz passiv zu verteidigen und nicht einmal zu schlagen. Er gab eine hübsche Vorstellung im Decken. Manchmal deckte er das Gesicht mit dem linken Arm und den Leib mit dem rechten, dann wieder paßte er sich der wechselnden Angriffsweise an und deckte das Gesicht mit beiden Händen oder den Leib mit Ellbogen und Unterarmen. Und bei alledem griff er nicht ein einziges Mal an, obwohl er unter den stürmischen Schlägen bebte, die wie ein Trommelfeuer niedergingen.

Die Zuschauer, welche dem Ring zunächst saßen, sahen und erkannten, was vor sich ging, die übrigen aber ließen sich täuschen. Sie erhoben sich und brüllten vor Begeisterung über die Abreibung, die Pat scheinbar infolge der Überlegenheit des andern erhielt.

Als die Runde vorbei war, waren sie ganz verblüfft, als sie Pat sich ruhig in seine Ecke begeben sahen. Das war unbegreiflich. Er hätte eigentlich zu Apfelmus geschlagen sein müssen, und doch war ihm nichts geschehen.

»Kommt es jetzt?« fragte Stubener ängstlich.

»Binnen zehn Sekunden«, erklärte Pat zuversichtlich. »Passen Sie nur auf.«

Alles ging ohne jeden Trick vor sich. Als der Gong den Beginn der letzten Runde verkündete, sprang Pat auf, und jetzt sah man, daß er zum erstenmal während des ganzen Kampfes wirklich auf seinen Gegner losging. Das war so unverkennbar, und der Fliegende Holländer fühlte es selber so stark, daß er zum erstenmal in seiner Boxerlaufbahn, als sie sich in der Mitte des Ringes trafen, sichtlich zögerte.

Den Bruchteil einer Sekunde standen sie sich Angesicht zu Angesicht gegenüber. Dann sprang der Fliegende Holländer auf seinen Gegner los, und Pat schickte ihn, während er noch im Sprunge war, mit einem wohlberechneten rechten Kreuzschlag auf die Bretter.

Dieser Kampf war es, der Pats unerhört schnellen Aufstieg zur Berühmtheit begründete. Sportsleute und Sportreporter wurden auf ihn aufmerksam. Der Fliegende Holländer hatte zum erstenmal in seinem Leben eine k.-o.-Niederlage erlitten. Sein Besieger hatte sich als ein Meister in der Verteidigung erwiesen. Seine früheren Siege waren kein Zufall gewesen. Er hatte eine ungeheure Kraft in seinen Fäusten, war ein Riese, der es noch weit bringen mußte. Die Zeit ist schon vorbei, versicherten die Berichterstatter, da er seine Kraft auf Boxer dritten Ranges verschwendete, die nur Versuchskaninchen für ihn darstellen konnten. Wo waren Ben Menzies, Rege Rede, Bill Tarwater und Ernest Lawson? Es wurde Zeit, daß sie gegen diesen jungen Mann antraten, der sich so plötzlich als ein Boxer von Rang erwiesen hatte. Was für ein Manager war das, der keine Herausforderungen verschickte?

Und dann kam eines Tages die Sensation. Stubener lüftete das Geheimnis, daß dieser junge Mann kein anderer war als der Sohn Pat Glendons, des alten Pat, des unvergeßlichen Helden der vorigen Generation.

So wurde er der »junge Pat Glendon« getauft, und Sportsleute und Journalisten scharten sich um ihn, bewunderten ihn, ermunterten ihn und schrieben über ihn.

Mit Ben Menzies beginnend und mit Bill Tarwater endend, forderte er die vier Boxer zweiten Ranges heraus und besiegte sie.

Er mußte hierzu verschiedene Reisen unternehmen; die Kämpfe fanden in Goldfield, Denver, Texer und New York statt, und es dauerte Monate, bis er sie alle hinter sich hatte, denn größere Kämpfe sind nicht immer leicht zu arrangieren, und seine Gegner verlangten auch Zeit, um zu trainieren.

Das zweite Jahr seiner Laufbahn sah ihn mit dem halben Dutzend großer Boxer kämpfen, die dicht unter der obersten Sprosse des Ruhmes standen. Auf der obersten Sprosse stand fest und sicher der »Große Jim Hanford«, der unbesiegte Weltmeister. Hier, in der Höhe, ging es langsamer vorwärts, obgleich Stubener unermüdlich Herausforderungen verschickte und die öffentliche Meinung der Sportwelt bearbeitete, um die Kämpfe zu erzwingen.

Will King war in England.

Tom Harrison war ebenfalls weg, und Glendon mußte ihn nahezu um die ganze Welt verfolgen, bis er ihn endlich am zweiten Weihnachtstag in Australien besiegen konnte.

Aber die Börsen wurden immer größer. Statt der hundert Dollar, die seine ersten Kampfe ihm eingebracht hatten, erhielt er jetzt zwischen zwanzig- und dreißigtausend Dollar für einen Kampf, und ähnliche Summen zahlten ihm die Filmgesellschaften. Gemäß dem Kontrakt, den der alte Pat aufgesetzt hatte, erhielt Stubener von allem seine Manager-Prozente, und trotz der großen Kosten, mit denen diese Reisen verbunden waren, wurden sie beide reich.

Diesen Reichtum hatten sie mehr als allem andern ihrer enthaltsamen Lebensweise zu verdanken. Sie waren auch keine Verschwender.

Stubener legte sein Geld mit Vorliebe in Grundstücken an, und sein Besitz in San Franzisko, wo er Wohnhäuser baute, war größer, als Glendon sich je träumen ließ. Es gab jedoch ein geheimes Wettsyndikat, das die Einnahmen, welche Stubener zuflossen, besser kannte, und eine schwere Vergütung nach der andern wurde, ohne daß Glendon etwas davon wußte, seinem Manager von den Filmleuten bezahlt.

Die wichtigste Aufgabe Stubeners war es, über die Tugend seines jungen Helden zu wachen. Aber auch das war nicht schwer. Glendon hatte nichts mit der geschäftlichen Seite der Dinge zu tun, und sie interessierte ihn auch wenig. Im übrigen verbrachte er alle freie Zeit, wohin er auch kam, mit Jagen und Fischen. Selten ließ er sich näher mit Leuten aus der Sportwelt ein, er war als scheu und verschlossen bekannt und zog Museen und Gedichtbücher allen sportlichen Veranstaltungen vor.

Seine Trainer und Sparringspartner waren von Stubener streng darauf hingewiesen, Glendon niemals auch nur das geringste von den im Ring üblichen Schiebungen zu erzählen. Überhaupt isolierte Stubener ihn nach Möglichkeit von der Welt. Selbst interviewt wurde er nur in Gegenwart des Managers.

Nur ein einziges Mal machte man einen Annäherungsversuch bei Glendon. Das war vor seinem Kampf mit Henderson. Man bot ihm hunderttausend Dollar, wenn er sich besiegen ließe. Das Angebot wurde ihm eilig in einem Hotelkorridor zugeflüstert, und es war ein Glück für den Mann, daß Pat sich beherrschte, nur verächtlich die Achseln zuckte und ihn stehen ließ. Aber er erzählte es Stubener, welcher sagte:

»Das war nur Scherz, Pat. Man hat Sie aufziehen wollen.« Er bemerkte, daß die blauen Augen funkelten. »Vielleicht auch Schlimmeres! Wenn Sie die Sache ernst genommen hätten, würden die Zeitungen einen guten Sensationsstoff gehabt haben, und Sie wären erledigt gewesen. Aber ich bezweifle, daß es Ernst war. So etwas kommt heutzutage nicht mehr vor. Es ist eine Sage, die aus der Frühzeit des Boxsports auf uns überkommen ist. Damals wurde viel im Sport geschoben. Heute aber würde sich kein Boxer oder Manager von Ruf auf so etwas einlassen.« Und während Stubener so sprach, wußte er ganz genau, daß der kommende Kampf mit Henderson nicht weniger als zwölf Runden – wegen der Filmaufnahmen und nicht mehr als vierzehn dauern durfte. Und er wußte auch, daß Henderson sich verpflichtet hatte, nicht mehr als vierzehn Runden durchzuhalten, und daß große Einsätze darauf gewettet waren.

Glendon, der sonst nie derartige Angebote erhalten hatte, schlug sich die Geschichte aus dem Sinn und ging aus, um den Nachmittag mit der Aufnahme von Farbenphotographien zu verbringen. Die Kamera war seine neueste Liebhaberei. Da er keine Bilder malen konnte, suchte er Ersatz dafür im Photographieren. Unter seinem Gepäck befand sich ein kleiner Koffer voller einschlägiger Bücher, und er verbrachte viele

Stunden, um sich mit den verschiedenen Prozessen bekannt zu machen.

Nie hatte ein Boxer gelebt, der der Boxwelt so fremd war wie er. Weil er so wenig Berührungspunkte mit den Leuten hatte, mit denen er kämpfen sollte, galt er bald für tückisch und ungesellig, und hiernach bildeten sich die Zeitungen ihre Meinung von ihm, die weniger eine Übertreibung als eine völlige Verkennung war. In aller Kürze charakterisierte man ihn als ein stumpfsinniges Tier mit den Muskeln eines Stiers, und ein unreifer Sportreferent, der ihn gar nicht kannte, taufte ihn »Höllenbiest«.

Der Name blieb an ihm haften. Die ganze Sportwelt übernahm ihn, und bald las man nichts mehr über ihn, ohne daß die Bezeichnung »Höllenbiest« an seinen Namen geheftet war. Man fand sie sogar oft ohne weitere Bezeichnung in den Überschriften der Artikel und Unterschriften von Bildern. Die ganze Welt wußte, wer dieses Biest war. – Das veranlaßte ihn, sich noch mehr als bisher in sich selbst zurückzuziehen, und entwickelte gleichzeitig in ihm ein bitteres Vorurteil gegen alle Zeitungsschreiber.

Was das Boxen selbst betraf, so wurde sein anfangs schwaches Interesse allmählich größer. Die Männer, mit denen er jetzt kämpfte, waren alles eher als Anfänger, und die Siege wurden ihm nicht mehr so leicht gemacht. Es waren auserwählte Männer, erfahrene Generäle des Ringes, gegen die er jetzt antreten mußte, und jeder Kampf gab ihm Probleme zu lösen. Bei manchen Gelegenheiten war es ihm nicht möglich, den Gegner in der vorausbestimmten Runde zu Boden zu bringen. So erging es ihm zum Beispiel mit dem gigantischen Deutschen Sulzberger. Der Versuch, ihn, wie beabsichtigt, in der achtzehnten Runde zu fällen, mißlang, in der neunzehnten war es dieselbe Geschichte, und erst in der zwanzigsten glückte es ihm, den unbändigen Widerstand seines Gegners zu brechen und den Kampf zur Entscheidung zu bringen. Glendons wachsende Freude am Sport brachte es mit sich, daß er eifriger und anhaltender trainierte. Er vergeudete die Zeit nicht, jagte viel in den Bergen und war tatsächlich immer in Form. Er hatte nicht das Pech seines Vaters in seiner Laufbahn, brach sich nie einen Knochen, ja, verletzte sich nicht einmal einen Knöchel. Und eines bemerkte Stubener mit stiller Freude: Sein junger Boxer sprach nicht mehr davon, für immer in seine Berge zurückzukehren, sobald er Jim Hanford die Weltmeisterschaft entrissen hätte.

VI

Er näherte sich schnell dem Höhepunkt seiner Laufbahn. Der Weltmeister hatte öffentlich verkündet, gegen Glendon anzutreten, sobald dieser die drei oder vier Anwärter auf die Meisterschaft, die noch zwischen ihnen standen, besiegt hätte.

In sechs Monaten glückte es Pat, Kid McGrath und Jack McBridge zu erledigen, und so blieben nur noch Nat Powers und Tom Cannam übrig.

Ein gewisses junges Mädchen aus der guten Gesellschaft aber war aus Abenteuerlust Journalistin geworden. Stubener hatte seine Einwilligung dazu gegeben, daß die Dame Pat in ihrer Eigenschaft als Reporterin interviewte.

Sie unterzeichnete ihre Aufsätze immer mit ihrem wirklichen Namen, Maud Sangster. Die Sangsters waren eine bekannte reiche Familie. Ihr Begründer, der alte Jacob Sangster, hatte sein Bündel geschnürt, als Knecht auf Farmen im Westen gearbeitet und ein unerschöpfliches Boraxlager in Nevada entdeckt, das er anfangs mit Mauleselgespannen bearbeitete, bis er schließlich eine Eisenbahn baute, um den Transport selbst zu besorgen. In der Folge hatte er auf Hunderten und Tausenden von Quadratmeilen in Kalifornien, Oregon und Washington Borax abgebaut und den Verdienst eingesteckt.

Später hatte er mit seinen Geschäften Politik verbunden, Politiker, Richter und Maschinen gekauft und war Leiter eines großen industriellen Konzerns geworden. Und dann starb er, reich an Ehren und Pessimismus, und hinterließ seinen Namen den Geschichtsschreibern der Zukunft zum Beschmutzen und ein paar hundert Millionen seinen Söhnen zum Streiten.

Die folgenden Prozesse und industriellen und politischen Kämpfe verärgerten und belustigten ganz Kalifornien ein

Menschenalter hindurch und endeten mit tödlichem Haß zwischen den vier Söhnen.

Der jüngste von ihnen, Theodore, machte plötzlich, im besten Mannesalter, eine Wandlung durch. Er verkaufte seine Landsitze und seine Rennställe und stürzte sich in einen Kampf gegen alle Korruption in dem Staat, in dem er geboren war. Und er traf die meisten Millionäre dieses Staates bei seinem Versuch, sich von der Schande zu befreien, die der alte Jacob Sangster begründet hatte.

Maud Sangster war die älteste Tochter Theodores. Das Geschlecht der Sangster erzeugte durchweg kampflustige Männer und schöne Frauen. Maud bildete keine Ausnahme. Dazu mußte sie etwas von der alten Abenteuerlust der Sangsters geerbt haben, denn als sie erwachsen war, tat sie vieles, was eine Dame in ihrer Stellung sich nicht hätte leisten dürfen. Obgleich sie eine glänzende Partie war, blieb sie unverheiratet. Sie hatte sich in Europa aufgehalten, ohne einen adligen Gatten heimzuführen, und hatte unter ihren Landsleuten zahlreiche Körbe ausgeteilt. Sie liebte den Freiluftsport, hatte die Tennismeisterschaft von Kalifornien gewonnen und die Zeitschriften der besseren Kreise durch unpassende Artikel in Atem gehalten. Sie war in einem Rennboot von San Mateo nach Santa Cruz gesegelt und hatte einmal Aufsehen erregt, weil sie sich als einzige Frau an einem Polokampf beteiligt hatte.

Die reformatorischen Bestrebungen ihres Vaters ergriffen auch sie. In leidenschaftlichem Unabhängigkeitsdrang setzte sie, die noch nie einem Manne begegnet war, dem sie sich freudig unterworfen hätte, und die ihrer vielen Anbeter längst überdrüssig war, ihren Missetaten die Krone auf, verließ ihr Heim und nahm eine Stellung beim »Courier-Journal« an.

Einmal glückte es ihr, Morgan in einer wichtigen Sache zu interviewen, während ein Dutzend hervorragender New-Yorker Journalisten vergebens Jagd auf ihn machte. Sie ging mit einem Taucher auf den Grund des Goldenen Tors hinab und flog mit Rood, dem »Vogelmenschen«, als er alle Rekorde schlug.

Nach alledem sollte man glauben, daß Maud Sangster eine derbe Amazone gewesen wäre. Aber im Gegenteil: sie war eine grauäugige, schlanke junge Dame, drei- oder vierundzwanzig Jahre alt, mittelgroß, mit ungewöhnlich kleinen Händen und Füßen. Und im Gegensatz zu andern Sportmädels war sie von einer ausgesprochenen Weiblichkeit.

Sie hatte selbst dem Redakteur vorgeschlagen, daß sie Glendon interviewen wolle. Außer Bob Fitzsimmon, den sie einmal flüchtig im Frack im Grillraum des Palace-Hotels gesehen hatte, war ihr noch nie im Leben ein Boxer begegnet. Sie hatte sich übrigens auch nie etwas daraus gemacht, einen kennenzulernen, und war nie neugierig gewesen, bis Pat Glendon nach San Franzisko kam, um für seinen Kampf mit Nat Powers zu trainieren. Da reizte sie der Ruf, den er in den Zeitungen genoß. Das »Höllenbiest« – das zu sehen mußte sich lohnen!

Nach dem zu urteilen, was sie über ihn gelesen hatte, mußte er wirklich ein Ungeheuer in Menschengestalt, stumpfsinnig und mit der Tücke und Wildheit des Dschungeltieres, sein.

Zwar ließen Bilder von ihm diese Eigenschaften nicht erkennen, aber sie zeigten doch deutlich die mächtige Muskulatur, die darauf schließen ließ, daß er ein solches Ungeheuer war.

Und so stellte sie sich in Begleitung eines Pressephotographen zu der von Stubener angegebenen Zeit im Trainingssaal ein.

Stubener hatte Sorgen. Pat war rebellisch. Er ließ das eine seiner kräftigen Beine über die Stuhllehne baumeln, hatte die Sonette von Shakespeare aufgeschlagen auf dem Knie liegen und protestierte gegen das Kommen dieser Frau.

»Warum wollen die Weiber sich jetzt in Sportsachen mischen?« fragte er. »Da haben sie gar nichts zu suchen. Was verstehen Weiber davon? Die männlichen Reporter sind schon schlimm genug. Ich habe es nie ausstehen können, daß Weiber im Trainingssaal herumlungerten, und es ist mir ganz einerlei, ob sie Reporterin ist oder nicht.«

»Aber sie ist keine gewöhnliche Reporterin«, unterbrach Stubener ihn. »Sie haben doch wohl von den Sangsters gehört – den Millionären?«

»Warum arbeitet sie dann für eine Zeitung – und nimmt andern armen Teufeln die Arbeit weg?«

»Sie hat sich mit ihrem alten Herrn überworfen. Sie gerieten aneinander, als er in San Franzisko auszumisten begann. Sie ging. Ging ganz einfach, verließ ihr Heim und suchte sich Arbeit.

Und das will ich Ihnen sagen, Pat: Sie schreibt ein tadelloses Englisch. Nicht einer von all den Zeitungsschmierern in der Gegend kann es mit ihr aufnehmen, wenn sie erst mal loslegt.«

Jetzt begann Pat Interesse zu zeigen, und Stubener beeilte sich hinzuzufügen:

»Sie macht Gedichte – so ein richtiges Tralala-Zeugs, gerade wie Sie. Nur glaube ich, daß ihre besser sind, denn sie hat schon mal ein ganzes Buch voll davon herausgegeben. Und sie schreibt über Theatervorstellungen. Sie interviewt alle großen Schauspieler, die hierherkommen.«

»Ich habe ihren Namen in den Zeitungen gesehen«, räumte Pat ein.

»Das kann ich mir denken. Es ist direkt eine Ehre, wenn sie Sie interviewt. Es wird auch keine Belästigung für Sie sein. Ich werde die ganze Zeit dabei sein und ihr selbst das meiste erzählen. Das tue ich immer, wie Sie wissen.« Pat machte ein dankbares Gesicht.

»Und noch eines, Pat: Vergessen Sie nicht, daß Sie diese Interviews über sich ergehen lassen müssen. Das gehört mit zum Geschäft. Es ist eine gute Reklame und gratis dazu. Wir können sie nicht kaufen. Es interessiert die Leute und zieht das Publikum an.«

Stubener machte eine Pause und sah auf die Uhr.

»Ich denke, daß sie jetzt da ist. Ich will sie empfangen und herbringen. Dann kann ich ihr schon einiges erzählen, so daß es nicht so lange dauert.«

In der Tür drehte er sich noch einmal um.

»Und seien Sie ein bißchen nett zu ihr, Pat. Tun Sie nicht, als wenn Sie taubstumm wären. Erzählen Sie ihr ein bißchen, wenn sie ihre Fragen stellt.«

Pat legte die Sonette auf den Tisch, nahm sich eine Zeitung vor und war scheinbar in ihren Inhalt vertieft, als die beiden eintraten. Er stand auf. Es durchfuhr sie beide. Als die blauen Augen den grauen begegneten, war es fast, als stießen Mann und Frau einen Freudenruf aus, als hätten sie unerwartet gefunden, was sie lange gesucht. Aber das dauerte nur einen Augenblick. Jeder hatte sich den andern so verschieden von der Wirklichkeit vorgestellt, daß die Freude des Erkennens der Verwirrung gleichen mußte.

Als Frau war sie es, die zuerst die Selbstbeherrschung wiedergewann, und sie tat es, ohne sich merken zu lassen, daß sie sie überhaupt je verloren hatte.

Sie durchschritt den größten Teil der Entfernung, die sie von Glendon trennte. Er seinerseits wußte kaum, wie er die Vorstellung überstand. Hier vor ihm war eine Frau, eine Frau. Er hatte nie geahnt, daß es ein solches Geschöpf gäbe. Die wenigen Frauen, die ihm bisher begegnet waren, hatten diese Vorstellung nie in ihm geweckt.

Einen Augenblick dachte er, was der alte Pat wohl gesagt haben würde, wenn er sie gekannt hätte, ob sie wohl zu denen gehörte, die man nach seinem Ausspruch mit beiden Händen festhalten sollte? Und da merkte er plötzlich, daß er immer noch ihre zarte Hand festhielt und neugierig und wie verzaubert betrachtete.

Sie ihrerseits hatte sich gleich zur Wehr gesetzt gegen das Gefühl, daß sie im ersten Augenblick zu ihm hinzog. Es war ein neues und seltsames Gefühl gewesen, die plötzliche Anziehungskraft, die dieser fremde Mann auf sie ausübte. Denn war er nicht der Boxer, diese stumpfsinnige Masse menschlichen Fleisches, die auf andere Männer mit den Fäusten loshämmerte? Sie lächelte darüber, daß er immer noch ihre Hand festhielt.

»Ich möchte sie gern wiederhaben, Herr Glendon«, sagte sie. »Ich ... ich brauche sie nämlich, müssen Sie wissen.«

Er sah sie verständnislos an, als er dann aber ihrem Blick bis hinab zu der gefangenen Hand folgte, ließ er sie sogleich los, und das Blut stieg ihm in die Wangen. Sie bemerkte sein Erröten, und ihr kam der Gedanke, daß er doch wohl kein so gefühlloses Tier sein konnte, wie sie es sich ausgemalt hatte. Jedenfalls konnte sie sich nicht vorstellen, daß ein Tier überhaupt errötete. Dazu amüsierte sie sich über die Tatsache, daß er nicht einmal die Gewandtheit besaß, eine Entschuldigung zu murmeln. Aber die Art und Weise, wie er sie mit den Augen verschlang, war verwirrend. Er starrte sie an, und seine Wangen röteten sich noch mehr.

Stubener hatte ihr unterdessen einen Stuhl geholt, und Pat setzte sich ganz mechanisch auf den seinen.

»Er ist glänzend in Form, gnädiges Fräulein, glänzend in Form«, sagte der Manager. »Stimmt das nicht Pat? Sie haben sich nie im Leben so wohl gefühlt wie jetzt, nicht wahr?«

Das berührte Glendon peinlich. Er runzelte ärgerlich die Brauen, ohne zu antworten.

»Ich habe mir schon lange gewünscht, Ihnen einmal zu begegnen, Herr Glendon«, sagte Fräulein Sangster jetzt. »Ich habe noch nie einen Boxer interviewt, Sie müssen also verzeihen, wenn ich nicht sachverständig mit Ihnen reden kann.«

»Vielleicht wäre es besser, wenn Sie ihn zuerst in der Arbeit sähen«, schlug der Manager vor. »Während er sich umzieht, kann ich Ihnen schon eine ganze Menge über ihn erzählen – auch Neues. Wir wollen Walsh rufen, Pat, er kann ein paar Runden gegen Sie stehen.«

»Nicht zu machen«, knurrte Glendon in rauhem Ton, »nur los mit Ihrem Interview!«

Die Unterhaltung entwickelte sich durchaus unbefriedigend.

Stubener sprach fast die ganze Zeit allein und kam immer mit neuen Vorschlägen, die Maud Sangster beunruhigten und Pat nicht ermunterten.

Sie studierte seine feinen Züge, das klare Blau seiner Augen, das sich scharf vom Weißen abhob, die gut modellierte Adlernase, die festen, keuschen Lippen, die anmutig und doch männlich wirkten und sich in den Mundwinkeln auf eine Art kräuselten, die aber durchaus nicht bösartig wirkte.

Wenn das stimmte, was die Zeitungen schrieben, dann täuschte sein Äußeres, so schloß sie. Vergebens suchte sie an seinen Ohren die unverkennbaren Zeichen des Tieres. Und vergebens versuchte sie in Kontakt mit ihm zu kommen, denn sie verstand zuwenig von Boxern und vom Ring, und sooft sie den Mund öffnete und etwas fragte, war Stubener sofort mit seinen Erklärungen da.

»Dieses Leben als Boxer muß sehr interessant sein«, sagte sie einmal und fügte seufzend hinzu: »Ich wünschte, ich wüßte etwas mehr davon. Sagen Sie mir: Warum kämpfen Sie? – Abgesehen vom Geld, meine ich?«

Diese Bemerkung war dazu berechnet, Stubener von einer Einmischung abzuhalten.

»Macht Ihnen das Boxen Freude? Ist es Ihnen ein Nervenkitzel, sich mit andern Männern zu messen? Ich weiß nicht, wie ich ausdrücken soll, was ich meine, Sie müssen schon Geduld mit mir haben.«

Pat und Stubener begannen gleichzeitig zu sprechen, diesmal aber schnitt Pat seinem Manager das Wort ab.

»Anfangs machte es mir gar keinen Spaß –«

»Wissen Sie, es wurde ihm zu leicht«, warf Stubener ein.

»Später aber«, fuhr Pat fort, »als ich erst mit den besseren Boxern kämpfte, mit den wirklich großen und tüchtigen, die, wie ich fühlte, mehr –«

»Ihrer würdiger waren«, half sie ihm.

»Ja, das ist richtig – die meiner würdiger waren, da merkte ich, daß es mir Freude machte ... viel Freude sogar. Aber ich bin doch nicht so mit meinem ganzen Herzen dabei, wie ich es wohl sein sollte.

Wissen Sie, obwohl jeder Kampf eine Art Problem ist, das ich mit Hilfe meines Verstandes und meiner Muskeln zu lösen habe, so bin ich mir über den Ausfall doch nie im Zweifel.«

»Er hat noch nie einen Kampf gehabt, der mit einem Punktsieg endete«, erklärte Stubener. »Er hat immer durch k. o. gesiegt.«

»Und diese Sicherheit über den Ausgang macht es wohl, daß ich nie das fühle, was wohl gerade das schönste am Boxen ist«, schloß Pat.

»Na, vielleicht werden Sie etwas von dieser Spannung fühlen, wenn Sie erst gegen Jim Hanford antreten«, sagte der Manager.

Pat lächelte, sagte aber nichts.

»Erzählen Sie mir noch etwas«, drang sie in ihn. »Noch etwas über Ihre Gefühle beim Kämpfen.«

Und da setzte Pat seinen Manager, Fräulein Sangster und sich selbst in Erstaunen, indem er herausprudelte:

»Mir scheint, ich habe keine Lust mehr, mit Ihnen über diese Dinge zu reden. Mich dünkt, es gibt etwas Wichtigeres für uns beide zu reden. Ich –«

Er brach plötzlich ab, da er gewahr wurde, was er sagte, ohne eigentlich zu wissen, warum er es tat.

»Ja«, rief sie eifrig, »Sie haben recht. Darauf kommt es an, wenn man ein gutes Interview haben will – auf das rein Persönliche, wissen Sie.«

Aber Pat blieb stumm, und Stubener begann Maße und Gewicht seines Meisterboxers mit denen Sandows, des furchtbaren Türken, Jeffries' und der andern starken Männer der Gegenwart zu vergleichen.

Das interessierte Maud Sangster nur wenig, und sie zeigte deutlich, daß sie sich langweilte. Ihr Blick fiel zufällig auf die Sonette. Sie nahm das Buch vom Tisch und sah Stubener fragend an.

»Es gehört Pat«, sagte er. »Er interessiert sich für das Zeug, auch für Farbenphotographie, für Kunstausstellungen und dergleichen. Aber um Gottes willen, schreiben Sie nichts darüber. Das würde seinen Ruf einfach vernichten.«

Sie blickte Glendon tadelnd an, der sogleich verlegen wurde. Das freute sie. Dieser verlegene junge Mann mit dem Körper eines Riesen, ein König der Boxer, las Gedichte, besuchte Kunstausstellungen und beschäftigte sich mit Farbenphotographie. Soviel war sicher: Es war nichts von einem Höllenbiest an ihm. Jetzt empfand sie, daß seine Zurückhaltung Empfindlichkeit und nicht Dummheit war. Die Shakespearesche Sonette! Einige Minuten später eröffnete sie ganz unbewußt den Hauptangriff.

Die starke Anziehung, die sie gleich am Anfang gefühlt hatte, meldete sich jetzt, da sie die Sonette entdeckt hatte, von neuem. Seine prachtvolle Gestalt, sein hübsches Gesicht, die reinen Linien, die klaren Augen, die feine, von dem kurzgeschnittenen Haar nicht bedeckte Stirn, der Duft von körperlichem Wohlbefinden und von Sauberkeit, der ihn zu umwehen schien – das alles wirkte auf sie, wie nie ein Mann auf sie gewirkt hatte.

Und doch spukte in ihrem Kopf immer noch ein häßliches Gerücht, das sie gestern in der Redaktion des »Courier-Journal« gehört hatte.

»Sie haben recht«, sagte sie. »Es gibt Wichtigeres, über das wir reden können. Etwas, das mir am Herzen liegt, und das ich Sie bitten möchte, mir zu sagen. Haben Sie etwas dagegen?«

Pat schüttelte den Kopf.

»Darf ich aufrichtig sein – unangenehm aufrichtig? Ich habe die Leute manchmal von eigentümlichen Kämpfen und Wetten reden gehört, und wenn ich damals auch nicht besonders darauf achtete, so schien es mir doch, und es wurde mir ganz bestimmt versichert, daß mit dem Sport ein gut Teil Schwindel und Betrug verbunden wäre.

Wenn ich Sie aber jetzt sehe, so kann ich schwer begreifen, daß Sie solche Schiebungen mitmachen können. Ich verstehe Ihre Liebe zum Sport und verstehe auch, daß das Geld, welches er Ihnen einbringt, viel für Sie bedeutet, was ich aber nicht verstehen kann, ist –«

»Da gibt es nichts zu verstehen«, beeilte sich Stubener einzuwerfen, während Pats Lippen sich zu einem sanften, nachsichtigen Lächeln kräuselten. »Das sind alles Märchen, diese Geschichten von Verstellung, von verabredeten Kämpfen und solchen Schiebungen. Es ist nichts Wahres daran, gnädiges Fräulein, das kann ich Ihnen versichern.

Und jetzt lassen Sie mich Ihnen erzählen, wie ich Herrn Glendon entdeckte. Ich bekam einen Brief von seinem Vater –«

Aber Maud Sangster wollte sich nicht ablenken lassen, und sie wandte sich an Pat selbst.

»Hören Sie. Ich entsinne mich namentlich eines Falles. Es war ein Kampf, der vor einigen Monaten stattfand, ich weiß nicht mehr, zwischen wem. Einer der Redakteure des »Courier-Journal« sagte mir, daß er viel dabei gewinnen wolle. Er sagte nicht ›hoffe‹, er sagte ›wolle‹. Er sagte, daß er zu den Eingeweihten gehöre und daß er auf die Zahl der Runden wette. Er sagte voraus, daß der Kampf in der neunzehnten Runde enden würde.

Es war am Abend vor dem Kampf, und am nächsten Tage machte er mich triumphierend darauf aufmerksam, daß der Kampf eben in der neunzehnten Runde beendet worden war.

Ich habe damals nicht weiter über die Sache nachgedacht, ich interessierte mich ja nicht für Boxen. Aber jetzt tue ich es. Damals kam mir die Sache ganz natürlich vor, so wenig verstand ich davon.

Aber sagen Sie, das sind doch alles Märchen, nicht wahr?«

»Ich weiß, welchen Kampf Sie meinen«, sagte Glendon. »Es war der zwischen Owen und Murgweather. Und es stimmt, daß er in der neunzehnten Runde endete, Sam. Und jetzt hören Sie, daß Fräulein Sangster das schon am Tage vorher wußte – wie können Sie das erklären, Sam?«

»Wie soll man erklären, daß jemand in der Lotterie ein Gewinnlos zieht?« sagte der Manager ausweichend, während er sich den Kopf zerbrach, wie er antworten sollte. »Die Sache ist so: Leute, die die Form der Boxer, die Sekundanten und die Regeln sehr genau studieren, können oft die Zahl der Runden, die ein Kampf dauern wird, richtig voraussagen, genau wie man in einem Rennen gerade auf das richtige Pferd unter hundert tippen kann.

Und vergessen Sie eines nicht: Auf jeden, der gewinnt, kommt ein anderer, der verliert – ein anderer, der nicht die richtige Nummer gezogen hat. Gnädiges Fräulein, ich versichere Ihnen auf Ehre, daß es Schwindel und Schiebungen im Boxsport einfach – einfach nicht gibt.«

»Und wie ist Ihre Meinung, Herr Glendon?« fragte sie.

»Genau wie meine«, kam Stubener ihm mit der Antwort zuvor. »Er weiß, daß ich die Wahrheit spreche – Wort für Wort. Er hat immer nur ehrlich gekämpft. Stimmt das nicht, Pat?«

»Ja, das stimmt«, versicherte Pat, und am sonderbarsten erschien es Maud Sangster, daß sie von der Wahrheit seiner Worte überzeugt war.

Sie strich sich mit der Hand über die Stirn, als wolle sie die Verwirrung verscheuchen, die ihr Gehirn beschattete.

»Hören Sie«, sagte sie. »Derselbe Redakteur erzählte mir gestern abend auch, Ihr bevorstehender Kampf wäre in allen Einzelheiten so gut arrangiert, daß sogar die Runde feststünde, in der er enden solle.«

Stubener wußte vor Schrecken nicht, was er sagen sollte, aber Pat enthob ihn einer Antwort.

»Dann lügt der Redakteur«, sagte er und hob zum ersten Male die Stimme.

»Das wäre das erste Mal. Bei den andern Kämpfen stimmte es, was er sagte«, antwortete sie herausfordernd.

»In welcher Runde, sagte er, würde mein Kampf mit Nat Powers enden?«

Ehe Maud Sangster antworten konnte, ergriff Stubener wieder das Wort.

»Ach, kümmern Sie sich nicht darum, Pat!« rief er. »Das ist ja nur das übliche Gerede. Lassen Sie uns weitermachen mit dem Interview!«

Aber Glendon beachtete ihn nicht. Seine Augen, die in die ihren blickten, waren nicht mehr von einem sanften Blau, sondern hart und gebieterisch.

Jetzt war sie sicher, auf etwas Bedeutungsvolles gestoßen zu sein, auf etwas, das alles, was sie verwirrte, erklären würde. Gleichzeitig durchschauerte sie die Kraft seiner Stimme und seines Blicks.

Hier vor ihr stand ein Mann, der das Leben packen und aus ihm herausschütteln konnte, was er wollte. »Welche Runde sagte der Redakteur?« wiederholte Glendon.

»Zum Donnerwetter, Pat, so hören Sie doch auf mit dem Unsinn«, mischte Stubener sich wieder ein.

»Ich wünschte, Sie gäben mir eine Möglichkeit zu antworten«, sagte Maud Sangster.

»Ich glaube wirklich, daß ich imstande bin, mit Fräulein Sangster zu reden«, fügte Glendon hinzu. »Gehen Sie nur, Sam. Gehen Sie und nehmen Sie sich des Photographen an.«

Sie blickten sich einen Augenblick schweigend an, dann ging der Manager zögernd zur Tür und öffnete sie. Er wandte den Kopf, um besser zu hören.

»Und jetzt sagen Sie bitte: welche Runde nannte er?«

»Ich hoffe, daß ich nicht irre«, sagte sie unsicher, »aber ich glaube bestimmt, daß er die sechzehnte Runde sagte.«

Sie sah, wie sich plötzlich Überraschung und Zorn in Glendons Gesicht zeigten, und Zorn und Anklage galten seinem Manager. Jetzt wußte sie, daß ihr Schlag getroffen hatte.

Und sein Zorn war auch begründet. Er hatte den Kampf mit Stubener besprochen, und sie hatten sich dahin geeinigt, daß sie den Zuschauern etwas für ihr Geld geben wollten, ohne doch den Kampf allzusehr in die Länge zu ziehen. Deshalb sollte er in der sechzehnten Runde enden. Und nun kam eine Dame von der Zeitungsredaktion und nannte eben diese Runde.

Stubener stand blaß und verlegen in der Tür.

»Mit Ihnen rede ich später«, sagte Pat zu ihm. »Machen Sie die Tür hinter sich zu.«

Die Tür wurde geschlossen, und jetzt waren sie allein.

Glendon sagte nichts. Seine Miene drückte deutlich Unruhe und Erstaunen aus.

»Nun?« fragte sie.

Sie hoch überragend stand er da. Dann setzte er sich wieder und befeuchtete sich die Lippen mit der Zunge.

»Ich will Ihnen etwas sagen«, meinte er schließlich. »Der Kampf wird nicht in der sechzehnten Runde enden.«

Sie sagte nichts, aber ihr ungläubiges, spöttisches Lächeln verletzte ihn.

»Warten Sie ab, Fräulein Sangster, und Sie werden sehen, daß der Redakteur sich irrt.«

»Sie meinen, das Programm wird geändert?« fragte sie dreist.

Er zuckte unter diesen scharfen Worten zusammen.

»Ich pflege nicht zu lügen«, sagte er steif, »vor allem nicht Frauen gegenüber.«

»Das tun Sie ja auch gar nicht. Sie leugnen nicht einmal, daß das Programm geändert wird. Ich bin vielleicht ein bißchen schwer von Begriff, Herr Glendon, aber ich kann nicht einsehen, welchen Unterschied es ausmacht, in welcher Runde der Kampf endet, wenn es doch vorausbestimmt und bekannt ist.«

»Ich will Ihnen die Runde nennen, und keine andere Menschenseele soll es wissen.«

Sie zuckte die Achseln und lächelte.

»Das klingt ja fast wie ein Renntip. Die werden immer so gegeben, wie ich weiß. Ganz so dumm bin ich nun doch nicht, und ich weiß, daß hier etwas nicht stimmt. Warum wurden Sie böse, als ich die Runde nannte? Warum waren Sie auf Ihren Manager böse? Warum haben Sie ihn fortgeschickt?«

Statt zu antworten trat Glendon ans Fenster, als wolle er hinausschauen.

Dann änderte er plötzlich seinen Entschluß und wandte sich halb zu ihr um, und ohne daß sie es sah, wußte sie, daß er jetzt ihr Gesicht betrachtete. Dann ging er wieder auf seinen Platz zurück und setzte sich.

»Sie sagen, ich hätte Sie nicht belogen, Fräulein Sangster, und Sie haben recht. Ich habe es nicht getan.«

Er machte eine Pause, in der er krampfhaft nach Worten suchte.

»Wollen Sie nicht versuchen zu glauben, was ich Ihnen jetzt sagen werde? Wollen Sie sich auf das Wort eines – Boxers verlassen?«

Sie nickte ernst und sah ihm in die Augen, überzeugt, daß er jetzt die Wahrheit sagen würde.

»Ich habe immer ehrlich und anständig gekämpft. Ich habe nie im Leben unsauberes Geld angerührt, nie einen unsauberen Trick ausgeübt.

Das möchte ich zunächst feststellen.

Sie haben mir durch das, was Sie erzählten, einen gehörigen Schrecken eingejagt. Ich weiß gar nicht, was ich davon halten soll. Aber es sieht sehr verdächtig aus. Das ist es, was mich quält. Denn sehen Sie, Stubener und ich haben den Kampf besprochen, daß ich in der sechzehnten Runde Schluß machen soll.

Und jetzt kommen Sie und erzählen es mir. Woher wußte der Redakteur es? Von mir nicht. Stubener muß es sich haben entschlüpfen lassen ... es sei denn ...«

Er schwieg einen Augenblick, um nachzudenken. »Es sei denn, der Redakteur hätte es zufällig geraten. Ich kann nicht klug daraus werden. Da ist nichts zu machen, als die Augen offenzuhalten und abzuwarten. Jedes Wort, das ich Ihnen gesagt habe, ist wahr. Hier meine Hand darauf!«

Wieder stand er auf, daß er sie in seiner vollen Größe überragte.

Ihre kleine Hand wurde von seiner großen, der sie auf halbem Wege entgegenkam, ergriffen, und nachdem sie sich offen und ehrlich in die Augen geblickt hatten, sahen beide unbewußt auf die einander umschließenden Hände nieder.

Sie fühlte, daß sie sich ihrer Weiblichkeit noch nie so bewußt gewesen war wie in diesem Augenblick. Diese Erkenntnis kam ihr in derselben Sekunde, in der ihre weiche, zarte Hand den Druck seiner kräftigen, männlichen spürte.

Glendon brach das Schweigen zuerst.

»Wie leicht könnte ich sie zerbrechen«, sagte er, und im selben Augenblick fühlte sie, wie sein harter Griff sich lockerte und fast liebkosend sanft wurde.

Sie erinnerte sich der Vorliebe eines alten preußischen Königs für Riesen und lachte über diese ungereimte Gedankenverbindung, während sie ihm die Hand entzog.

»Ich freue mich, daß Sie heute kamen«, sagte er.

Dann wurde er verlegen und sagte schnell – und seine Worte widersprachen der warmen Bewunderung, die aus seinen Augen leuchtete:

»Ich meine, weil Sie mir vielleicht die Augen geöffnet haben.«

»Sie haben mich wirklich überrascht«, behauptete sie. »Sie müssen ganz anders als andere Boxer sein.«

Er nickte.

»Es war nicht schwer, mich an der Nase herumzuführen. Das heißt, es soll sich erst zeigen, ob man das getan hat. Jetzt will ich es nämlich selbst herauskriegen, wissen Sie.«

»Und es ändern?« fragte sie fast tonlos, völlig überzeugt, daß er imstande war, alles zu tun, was er sich vornahm.

»Nein, Schluß machen«, antwortete er. »Wenn es kein ehrliches Spiel ist, will ich nichts mehr damit zu tun haben.

Und soviel ist sicher: Dieser Kampf mit Nat Power wird nicht in der sechzehnten Runde enden. Wenn die Äußerung des Redakteurs wirklich begründet ist, dann sollen sie diesmal alle angeführt werden. Das werden Sie sehen.«

»Und ich darf dem Redakteur nichts davon erzählen?«

Sie war aufgestanden und schickte sich zum Gehen an.

»Auf keinen Fall! Wenn er nur geraten hat, so lassen Sie ihm seine Chance. Wenn was faul an der Geschichte ist, dann verdient er es, seine Wette zu verlieren.

Es soll ein kleines Geheimnis zwischen uns beiden sein. Ich will Ihnen sagen, was ich tue: Ich lasse den Kampf nicht bis zur zwanzigsten Runde dauern, sondern erledige Nat Powers in der achtzehnten.«

»Und ich werde keinem etwas davon verraten«, versicherte sie ihm.

»Ich möchte Sie um einen Gefallen bitten«, sagte er zögernd. »Vielleicht ist es ein großer Gefallen, den Sie mir erweisen können.«

Ihre Miene drückte eine Fügsamkeit aus, als hätte sie schon alles bewilligt, und er fuhr fort:

»Ich bin selbstverständlich überzeugt, daß Sie in Ihrem Interview nichts von unserer Verabredung erwähnen werden. Aber ich gehe noch weiter. Ich möchte, daß Sie überhaupt nicht schreiben.«

Sie sah ihn mit einem forschenden Blick ihrer grauen Augen an und war beinahe selbst erstaunt über die Antwort, die sie ihm gab.

»Gewiß«, sagte sie. »Es wird nichts veröffentlicht. Ich werde nicht eine Zeile darüber schreiben.«

»Das wußte ich«, sagte er einfach.

Einen Augenblick war sie enttäuscht, daß sie keinen Dank empfing, gleich darauf aber freute sie sich darüber, daß er ihr nicht gedankt hatte.

Sie fühlte, daß er sich in dieser Stunde, die er mit ihr verbrachte, eine ganz neue Grundlage schuf, und es drängte sie, alles zu erfahren.

»Wie konnten Sie das wissen?« fragte sie.

»Das weiß ich nicht.« Er schüttelte den Kopf. »Erklären kann ich es nicht. Aber mir ist, als wüßte ich vieles über Sie und mich.«

»Aber warum soll ich das Interview nicht veröffentlichen? Wie Ihr Manager sagt, ist es doch eine gute Reklame?«

»Das weiß ich«, antwortete er langsam. »Aber ich möchte Sie nicht auf diese Weise kennen. Ich glaube, es würde mir weh tun, wenn Sie es veröffentlichten. Ich möchte Sie nicht von der geschäftlichen Seite kennenlernen. Ich möchte mich an diese Unterredung am liebsten erinnern als an eine Unterredung zwischen einem Mann und einer Frau. Ich weiß nicht, ob Sie verstehen, was ich meine. Aber so fühle ich nun einmal. Ich möchte es in der Erinnerung behalten als etwas, das zwischen Mann und Frau vorging.«

Und während er sprach, lag in seinen Augen alles, was ein Mann auszudrücken vermag, wenn er eine Frau anblickt.

Sie fühlte seine Kraft und seinen Willen und merkte, daß sie nichts sagen konnte. Sie war verlegen vor diesem Manne, von dem sie gehört hatte, daß er schweigsam und verlegen sei. Wenn ein Mann überzeugend zu reden verstand, so war er es.

Er begleitete sie zu ihrem Wagen, und es durchzuckte sie noch einmal, als er sich verabschiedete. Ihre Hände trafen sich, und er sagte:

»Eines Tages sehe ich Sie wohl wieder. Ich möchte Sie wiedersehen. Irgendwie habe ich das Gefühl, daß das letzte Wort zwischen uns noch nicht gefallen ist.«

Und als der Wagen fortrollte, bemerkte sie bei sich selber ein ähnliches Gefühl. Sie hatte diesen sehr beunruhigenden

Pat Glendon, den König der Boxer, nicht zum letztenmal gesehen.

Als Glendon wieder den Trainingsraum betrat, stieß er auf seinen bestürzten Manager.

»Warum haben Sie mich hinausgeworfen?« fragte Stubener. »Wir sind fertig miteinander. Sie haben was Schönes angerichtet. Sie sind noch nie mit einem Reporter allein gewesen, und jetzt werden Sie ja sehen, was herauskommt.«

Glendon, der ihn kühl, aber belustigt betrachtet hatte, machte Miene, ihn stehenzulassen, dann aber änderte er seinen Entschluß und sagte:

»Gar nichts kommt dabei heraus.«

Stubener sah ihn scharf an.

»Ich bat sie, nichts zu schreiben«, erklärte Glendon.

Da konnte Stubener sich nicht länger beherrschen.

»Als ob sie sich einen solchen Bissen entgehen ließe!«

Glendon wurde noch kälter, und seine Stimme klang hart und schneidend.

»Es wird nichts veröffentlicht. Das hat sie gesagt. Und daran zu zweifeln, hieße sie zur Lügnerin stempeln.«

Die irische Flamme loderte in seinen Augen, und Stubener, der es sah und der auch bemerkte, wie beide Fäuste sich vor Zorn ballten, Stubener, der die Kraft dieser Fäuste und auch den Mann, der ihm gegenüberstand, kannte, wagte nicht mehr zu zweifeln.

VII

Stubener brauchte nicht lange, um herauszufinden, daß Glendon die Absicht hatte, die Entscheidung des Kampfes hinauszuschieben, wenn er auch trotz allen Versuchen nicht die Zahl der Runden feststellen konnte.

Er verlor jedoch keine Zeit, sondern traf entsprechende Verabredungen mit Nat Powers und dessen Manager. Powers hatte ein treues Gefolge von Wettenden, und dieses Wettsyndikat durfte nicht um seine Ernte gebracht werden.

Kaum hatte Maud Sangster Platz genommen, als tosender Beifall den Eintritt Nat Powers verkündete. Er kam zwischen seinen Sekundanten durch den Mittelgang, und sie erschrak beinahe über seinen mächtigen Körperbau. Aber er sprang so leicht wie ein Mann, der nur halb so viel wog, über die Seile und lachte zufrieden, als das Haus ihn geräuschvoll begrüßte.

Er war nicht schön. Seine Blumenkohlohren zeugten deutlich von seinem Beruf und dessen Brutalität, und seine Nase war so oft gebrochen und breitgequetscht, so daß sie schließlich allen Bemühungen der Ärzte trotzte, ihre ursprüngliche Form wiederherzustellen.

Ein neues Tosen begrüßte die Ankunft Glendons, und sie betrachtete ihn genau, als er durch die Seile kletterte und sich in seine Ecke des Ringes begab.

Aber erst als die langweilige Vorstellung und die Bekanntgabe der Kampfregeln sowie der Herausforderung vorüber war, warfen beide Männer ihre Mäntel ab und standen einander fast nackt gegenüber.

Von oben wurde jetzt der scharfe, weiße Schein vieler elektrischer Lampen auf sie gerichtet, um die Filmaufnahmen zu ermöglichen. Und als sie jetzt die zwei so verschiedenartigen Männer betrachtete, fühlte sie, daß von den beiden Glendon der Mensch, Powers aber das Höllentier war.

Jeder war auf seine Art eine auffallende Erscheinung, Glendon rein von Gestalt und Zügen, harmonisch und von kraftvoller Schönheit. Powers unsymmetrisch, derb gebaut und stark behaart.

Als sie ihre Stellungen vor den Aufnahmeapparaten einnahmen, schweifte Glendons Blick über den Ring hinaus und blieb auf ihrem Gesicht haften, und wenn er sich auch nichts merken ließ, so wußte sie doch, daß er sie erkannt hatte.

Im nächsten Augenblick ertönte der Gong, der Ansager rief »Los!« und der Kampf hatte begonnen.

Es war ein schöner Kampf. Es floß kein Blut, alles ging glatt, und beide Boxer erwiesen sich als sehr tüchtig. Die erste Hälfte der ersten Runde benutzte jeder, um die Taktik des andern herauszufinden, aber für Maud Sangster waren diese Finten und die leisen Berührungen der Boxhandschuhe in hohem Maße nervenerregend.

Powers kämpfte leicht und sauber, wie es sich für den Helden zahlreicher Kämpfe gehörte, und immer wieder erntete seine Gewandtheit den Beifall der bewundernden Zuschauer.

Dennoch entfaltete er seine volle Kraft nur, wenn er sich hin und wieder in der Klemme befand, und dann sprang das Publikum auf in der irrigen Annahme, daß er jetzt seinen Gegner erledigen würde.

In einem solchen Augenblick – ihr ungeübtes Auge konnte nicht erkennen, daß Glendon in Wirklichkeit jedem ernsthaften Treffer auswich – wandte sich der Redakteur zu ihr und sagte:

»Der junge Pat wird schon siegen. Er ist der kommende Mann und nicht aufzuhalten. Aber er wird in der sechzehnten Runde siegen, nicht eher.«

»Oder später?« fragte sie.

Sie hätte fast darüber gelacht, wie sicher ihr Begleiter in seinem Irrtum war. Sie wußte es besser.

Powers war dafür bekannt, daß er seinen Gegner Runde auf Runde durch den Ring jagte, und Glendon ging willig darauf ein.

Er verteidigte sich bewundernswert, und er war gerade angriffslustig genug, um das Interesse des Publikums für den Kampf zu steigern.

Obwohl Powers wußte, daß er dazu bestimmt war, zu verlieren, hatte er doch eine zu große Erfahrung im Ring, als daß er gezögert hätte, seinen Gegner zu werfen, wenn sich die Gelegenheit geboten hätte. Durch Bestechungen nach beiden Seiten war er so oft angeführt worden, daß er keine Rücksicht kannte. Wenn er die Möglichkeit hatte, wollte er siegen, und wenn das ganze Syndikat aufflog.

Dank einer geschickten Propaganda in der Presse war die Anschauung verbreitet worden, daß der junge Pat Glendon jetzt endlich seinen Meister gefunden hätte. Aber Powers wußte selber gut, daß er einem Besseren gegenüberstand. Mehr als einmal fühlte er im Infighting, daß sein Gegner weit größere Kraft in die Schläge legen konnte, wenn er nur wollte.

Für Glendon seinerseits gab es manchen Augenblick, da ein Ausgleiten oder eine falsche Abschätzung ihn einem der Schmiedehammerschläge des andern ausgesetzt haben würde, der den Kampf entschieden hätte.

Aber er besaß die fast wunderbare Fähigkeit, Zeit und Entfernung stets richtig zu beurteilen, und sein Selbstvertrauen wurde selbst in den gefahrvollsten Augenblicken nicht erschüttert. Er war noch nie besiegt, noch nie für die Zeit auf die Bretter geschickt worden und war seinem Gegner immer so entschieden überlegen gewesen, daß er sich die Möglichkeit einer Niederlage gar nicht vorstellen konnte.

Am Ende der fünfzehnten Runde waren beide Kämpfenden immer noch frisch, aber Powers atmete doch ein bißchen schwer, und es gab schon Leute in den vordersten Reihen, die Wetten darauf anboten, daß er bald ausgepumpt sein würde.

Kurz bevor aber der Gong die sechzehnte Runde verkündete, beugte sich Stubener auf seinem Platz an der Ecke Glendons vor und flüsterte:

»Werden Sie ihn jetzt erledigen?«

Glendon warf den Kopf in den Nacken, schüttelte den Kopf und lachte seinem Manager spöttisch in das erschrockene Gesicht.

Glendon sah zu seinem Erstaunen, wie Powers im selben Augenblick, als der Gong ertönte, auf ihn losfuhr.

Von der ersten Sekunde an war der Kampf ein Orkan, und Glendon hatte Mühe zu vermeiden, daß er ernstlich getroffen wurde. Er blockte, clinchte, duckte sich und tanzte seitwärts, wurde rückwärts gegen die Seile gestoßen und begegnete, als er wieder vorrückte, neuen wilden Attacken.

Mehr als einmal sah er, daß Powers sich eine Blöße gab, aber er unterließ es, den Blitz zu schleudern, der seinen Gegner niedergestreckt hätte. Er hielt den Schlag zurück in der Absicht, ihn erst zwei Runden später auszuteilen. Während des ganzen Kampfes hatte er noch nicht ein einziges Mal gezeigt, was er konnte, oder mit seiner ganzen Kraft geschlagen.

Zwei Minuten lang ließ Powers unaufhörlich seine Schmiedehammerfäuste auf ihn niederprasseln. Noch eine Minute, und das Wettsyndikat hatte eine empfindliche Niederlage erlitten!

Aber der Kampf sollte nicht bis zum Ende dieser Minute dauern.

Sie standen mitten im Ring, in einem ganz gewöhnlichen Clinch, nur daß Powers immer noch auf seine brutale Art und Weise auf ihn losschlug. Glendon führte einen leichten Schlag mit dem gebeugten linken Arm seitwärts gegen das Gesicht seines Gegners, einen Schlag, wie er ihn ähnlich schon mehrmals im Laufe des Kampfes erteilt hatte.

Da merkte er zu seinem Erstaunen, daß Powers in seinen Armen erschlaffte. Die Beine vermochten das Gewicht des Mannes nicht mehr zu tragen, und er sank, wie von einer schweren Last niedergedrückt, zu Boden.

Er fiel schwer auf den Boden, rollte halb auf die Seite und blieb unbeweglich und mit geschlossenen Augen liegen.

Der Schiedsrichter beugte sich über ihn und zählte. Bei »neun« durchfuhr ein Zittern den Körper Powers, und es hatte den Anschein, als versuche er vergebens, wieder auf die Füße zu kommen. »Zehn – aus!« rief der Schiedsrichter.

Er ergriff die Hand Glendons und hob sie hoch, um dem tosenden Publikum zu zeigen, daß er der Sieger war.

Zum erstenmal in seinem Leben stand Glendon ganz betäubt im Ring.

Es war kein entscheidender Schlag gewesen, darauf hätte er seinen Kopf setzen können. Der Schlag hatte nicht einmal das Kinn, sondern nur die Backe getroffen, er konnte genau die Stelle angeben. Und doch war der Mann erledigt.

Er hatte eine schändliche Komödie aufgeführt und war ausgezählt worden. Wie er zu Boden gegangen war, das hatte er meisterhaft und überzeugend gemacht. Für das Publikum gab es keinen Zweifel, daß es ein richtiger Knockout gewesen war, und die Filmkamera würde die Lüge fortführen. Der Redakteur hatte also den Schwindel vorausgesagt, und ein gemeiner Schwindel war es wahrhaftig.

Glendon warf einen schnellen Blick über die Seile hinweg auf das Gesicht Maud Sangsters. Sie sah ihn gerade an, aber ihr Blick war kalt und hart, verriet kein Wiedererkennen und war völlig ausdruckslos. Während er sie noch ansah, wandte sie sich zu ihrem Nachbarn und sagte etwas zu ihm.

Powers wurde von seinen Sekundanten in seine Ringecke getragen, scheinbar das kraftlose Wrack eines Menschen.

Glendons Sekundanten kamen, um ihn zu beglückwünschen und ihm die Handschuhe auszuziehen. Aber Stubener kam ihnen zuvor. Sein Gesicht strahlte, als er Glendons Rechte mit seinen beiden Händen umschloß und rief:

»Sie sind ein Prachtjunge, Pat! Ich wußte ja, daß Sie es tun würden.«

Glendon zog die Hand im Handschuh zurück. Und zum erstenmal in all den Jahren, die er ihn kannte, hörte sein Manager ihn fluchen.

»Gehn Sie zum Teufel!« sagte er, kehrte ihm den Rücken und hielt seinen Sekundanten die Hände hin, um sich die Handschuhe ausziehen zu lassen.

VIII

An dem Abend, als Maud Sangster den Redakteur so entschieden hatte aussprechen hören, daß es nicht einen anständigen Berufsboxer gäbe, saß sie einen Augenblick still weinend auf ihrem Bettrand, dann wurde sie zornig und legte sich nieder, wütend auf sich selbst, auf alle Boxer und die ganze Welt.

Am nächsten Nachmittag begann sie ein Interview auszuarbeiten, das sie mit Henry Addison gehabt hatte, das sie aber nie fertigschreiben sollte.

Sie saß in dem Zimmer, das ihr in der Redaktion des »Courier-Journal« angewiesen worden war, als es geschah. Sie hatte gerade eine Pause im Schreiben gemacht, um eine Überschrift in der Nachmittagsausgabe zu betrachten, die besagte, daß Glendon jetzt mit Tom Cannam kämpfen sollte, als einer von den Laufjungen ihr eine Karte brachte. Es war die Glendons.

»Sag ihm, daß ich nicht zu sprechen bin«, sagte sie zu dem Jungen.

Eine Minute später war er wieder da.

»Er sagt, er würde auf jeden Fall hereinkommen, aber lieber mit Ihrer Erlaubnis.«

»Hast du ihm nicht gesagt, daß ich keine Zeit habe?« fragte sie.

»Ja, Fräulein, aber er sagte, er käme doch herein.« Sie antwortete nicht, und der Junge, dessen Augen vor Bewunderung für den aufdringlichen Gast funkelten, redete weiter:

»Ich kenne ihn. Er ist ein mächtiger Kerl. Wenn er richtig loslegt, jagt er die ganze Redaktion zum Teufel. Es ist der junge Glendon, der gestern abend den großen Boxkampf gewann.«

»Also gut. Laß ihn kommen. Wir wollen ja nicht, daß er die ganze Redaktion zum Teufel jagt, nicht wahr?«

Sie begrüßten sich nicht, als Glendon eintrat. Sie war kalt und unfreundlich wie ein Regentag und bot ihm weder einen Stuhl an, noch schien sie ihn überhaupt zu erkennen. Halb von ihm abgewandt, saß sie an ihrem Schreibtisch und wartete, daß er sagen sollte, was er wünschte.

Er ließ sich nicht merken, wie diese hochmütige Behandlung ihn berührte, sondern ging gleich auf die Sache los.

»Ich möchte mit Ihnen reden«, sagte er kurz. »Über den Kampf. Er endete nicht in der Runde, die ich Ihnen gesagt hatte.«

Sie zuckte die Achseln.

»Das wußte ich.«

»Das taten Sie nicht«, erwiderte er. »Das taten Sie nicht. Und ich auch nicht.«

Sie drehte sich um und sah ihn offensichtlich gelangweilt an.

»Wozu das?« fragte sie. »Boxen ist Boxen, und wir wissen alle Bescheid damit. Der Kampf endete ja in der Runde, die ich Ihnen vorausgesagt hatte.«

»Das ist richtig«, stimmte er zu. »Aber das konnten Sie nicht wissen. In der ganzen Welt gab es nur zwei Menschen –

die wußten, daß Powers nicht in der sechzehnten Runde erledigt werden würde.«

Sie schwieg.

»Ich sage, Sie wußten, daß er nicht in der sechzehnten Runde erledigt werden würde.«

Er sprach gebieterisch, und als sie immer noch schwieg, trat er näher an sie heran.

»Antworten Sie mir«, befahl er.

Sie nickte.

»Aber er wurde es doch«, beharrte sie.

»Er wurde es nicht. Es war doch kein Knockout. Das verstehen Sie nicht? Aber ich will es Ihnen erklären, und Sie werden zuhören.

Ich habe Sie nicht belogen. Ich war ein Esel, und man hat mich angeführt und Sie dazu. Sie meinten einen Knockout zu sehen. Aber der Schlag, den ich landete, war gar nicht hart genug. Er traf ihn auch nicht an der richtigen Stelle. Er tat nur so. Er täuschte einen Knockout vor.«

Er schwieg und sah sie erwartungsvoll an. Und irgendwie durchzuckte sie die Gewißheit, daß sie ihm glauben müsse. Ein warmes Glück durchströmte sie, weil dieser Mann, der ihr doch nichts bedeutete und den sie nur zweimal in ihrem Leben gesehen hatte, reingewaschen vor ihr stand.

»Nun?« fragte er, und wieder zwang er ihr Bewunderung ab.

Sie stand auf und streckte ihm die Hand entgegen. »Ich glaube Ihnen«, sagte sie. »Und ich bin froh darüber, unsagbar froh.«

Der Händedruck dauerte länger, als sie beabsichtigt hatte. Er betrachtete sie mit einem heißen Blick, den sie unbewußt erwiderte. Noch nie hat ein solcher Mann gelebt, dachte sie.

Sie schlug zuerst die Augen nieder, dann tat auch er es, so daß beide, wie früher schon einmal, auf die ineinander ruhenden Hände blickten.

Er machte eine unwillkürliche unbewußte Bewegung auf sie zu, als wolle er sie in seine Arme schließen, dann aber besann er sich plötzlich und hielt sich mit offensichtlicher Anstrengung zurück.

Sie sah es und fühlte den Druck der Hand, die sie zu ihm ziehen wollte. Und zu ihrem Erstaunen merkte sie, daß sie sich ihm gern unterworfen hätte, und spürte einen fast unwiderstehlichen Drang, von diesen starken Armen umschlungen zu werden.

Hätte er sie gezwungen, so würde sie keinen Widerstand geleistet haben, das wußte sie. Sie war ganz benommen, als er sich besann und mit einem Druck, der ihre Finger knacken ließ, ihre Hand fast fortschleuderte.

»Herrgott!« flüsterte er. »Sie sind ja für mich geschaffen!«

Er wandte sich halb von ihr ab und strich sich mit der Hand über die Stirn.

Sie wußte, daß sie ihn ewig gehaßt haben würde, wenn er jetzt eine Entschuldigung oder Erklärung gestammelt hätte. Aber wenn es sich um sie handelte, schien er immer gerade das Richtige zu tun.

Sie ließ sich auf ihren Stuhl sinken, und er setzte sich auf einen andern, den er zuerst so drehte, daß er ihr über die Schreibtischkante hinweg gerade ins Gesicht sah.

»Ich war gestern den ganzen Abend im Türkischen Bad«, sagte er. »Von dort schickte ich nach einem alten, längst erledigten Boxer. Er war seinerzeit mit meinem Vater befreundet gewesen.

Ich wußte, daß es im Sport nichts gab, worüber er nicht Bescheid wußte, und ich ließ mir von ihm erzählen.

Das Lustigste war, daß es mir nur mit Mühe gelang, ihn davon zu überzeugen, daß ich selbst nichts von den Dingen wußte, nach denen ich ihn fragte. Er sagte, ich sei ein Kind aus den Wäldern, und ich glaube, er hat recht. Ich bin in den Wäldern groß geworden und kenne sonst nichts von der Welt.

Wissen Sie, was ein Doppelkreuz ist?«

Sie nickte, und er fuhr fort:

»Na ja, die Leute scheinen nie eine Gelegenheit vorübergehen zu lassen, ohne das Doppelkreuz gegeneinander anzuwenden.

Was mir der Alte erzählte, benahm mir direkt den Atem. Da bin ich nun seit Jahren mitten drin und weiß von nichts. Ich bin wahrhaftig ein Kind aus den Wäldern gewesen.

Aber jetzt sehe ich, wie man mich an der Nase herumgeführt hat. Ich war von Natur so, daß niemand mich aufhalten konnte. Ich mußte siegen, und dank Stubener wurde aller Schwindel von mir ferngehalten.

Und Stubener gebrauchte mich zu all seinen Schiebungen, nur daß ich keine Ahnung davon hatte. Wenn ich jetzt nachdenke, kann ich sehen, wie sie es machten. Ich interessierte mich nicht genug für den Sport, um Verdacht zu schöpfen. Ich bin mit einem starken Körper und einem kühlen Kopf geboren, ich bin in der freien Natur aufgewachsen und von einem Vater erzogen, der mehr vom Boxen verstand als alle andern Lebenden oder Toten. Es wurde mir zu leicht gemacht. Der Ring war nicht mein ein und alles. Es gab für mich ja nie einen Zweifel am Ausfall des Kampfes. Aber jetzt bin ich fertig damit.«

Sie zeigte auf die Überschrift in der Zeitung, die seinen Kampf mit Tom Cannam ankündigte.

»Das ist Stubeners Werk«, erklärte er. »Das ist schon vor Monaten festgesetzt. Aber ich kümmere mich nicht darum. Ich gehe in meine Berge. Ich bin fertig damit.«

»Wie herrisch die Männer doch sind«, sagte sie. »Sie bestimmen das Schicksal, tun, was ihnen beliebt und —«

»Wenn ich recht gehört habe«, unterbrach er sie, »haben Sie auch immer ganz hübsch getan, was Ihnen beliebte. Das gehört ja auch zu den Dingen, die ich so an Ihnen liebe. Und was mir gleich beim erstenmal so auffiel, war, wie gut wir beide uns verstanden.« Er schwieg und betrachtete sie mit heißen Augen.

»Eines habe ich doch dem Boxen zu verdanken«, fuhr er fort. »Es hat mich mit Ihnen bekannt gemacht. Und wenn man die richtige Frau findet, dann ist nur eines zu machen: sie mit beiden Händen zu greifen und nicht wieder loszulassen. Kommen Sie, lassen Sie uns in die Berge gehen!«

Das kam so plötzlich wie ein Donnerschlag, doch fühlte sie, daß sie es erwartet hatte. Ihr Herz pochte, und ihr war, als solle sie auf eine seltsam angenehme Weise ersticken. An Einfalt und Offenherzigkeit konnte sie jedenfalls nicht mehr erwarten.

Und dazu war es wie ein Traum. Solche Dinge pflegten doch sonst nicht in modernen Zeitungsredaktionen zu geschehen. Auf diese Weise konnte man einer Frau doch nicht den Hof machen, das war nur auf der Bühne und in Romanen möglich.

Er hatte sich erhoben und streckte ihr beide Hände entgegen.

»Ich wage es nicht«, flüsterte sie, halb bei sich. »Ich wage es nicht.«

Für einen kurzen Augenblick sah sie es verächtlich in seinen Augen aufblitzen, die aber gleich darauf offene Ungläubigkeit ausdrückten.

»Sie würden alles wagen, was Sie wollten«, sagte er. »Das weiß ich. Hier ist die Frage nicht, ob Sie es wagen, sondern ob Sie wollen. Wollen Sie?«

Sie war aufgestanden und sie wankte. Ihr war, als träume sie. Sie versuchte, sich im Zimmer umzusehen, um mit Hilfe der ihr vertrauten Gegenstände gleichsam sich selbst wiederzufinden und in die Wirklichkeit zurückzukehren, aber sie konnte den Blick nicht von ihm wenden.

Und sie sagte auch nichts.

Er war neben sie getreten. Seine Hand lag auf ihrem Arm, und unwillkürlich lehnte sie sich an ihn. Das war alles ein Teil des Traumes, und sie brauchte nichts mehr zu fragen.

Es war das große Wagnis. Er hatte recht. Sie konnte wagen, was sie wollte, und sie wollte.

Er half ihr in die Jacke. Sie setzte sich den Hut auf. Und erst, als sie neben ihm durch die offene Tür hinausschritt, wurde ihr alles klar.

Im Portal des Gebäudes hob er die Hand, um eine Droschke herbeizuwinken, aber ihre Hand berührte die seine und hielt ihn zurück.

»Wo wollen wir hin?« flüsterte sie.

»Nach der Fähre. Wir können gerade noch den Zug nach Sacramento erreichen.«

»Aber ich kann doch nicht so weggehen«, protestierte sie. »Ich ... ich habe ja nicht einmal ein Taschentuch zum Wechseln.«

Noch ehe er antwortete, hob er wieder die Hand. Dann sagte er:

»In Sacramento kannst du kaufen, was du brauchst. Dort heiraten wir und fahren noch mit dem Abendzug nach dem Norden. Ich ordne alles telegraphisch vom Zuge aus.«

Als das Auto am Bürgersteig vorfuhr, warf sie einen Blick auf die vertraute Straße und das Menschengewimmel, dann wandte sie sich plötzlich erschrocken zu Glendon, sah ihm ins Gesicht.

»Ich kenne Sie ja gar nicht«, sagte sie.

»Wir wissen alles voneinander«, antwortete er.

Sie fühlte, wie sein Arm sie stützte und sie gleichzeitig zwang, den Fuß auf das Trittbrett zu setzen.

Im nächsten Augenblick wurde die Tür zugeschlagen; dann fuhr der Wagen die Market Street hinunter. Er schlang seinen Arm um sie, preßte sie an sich und küßte sie. Und als sie den Mut faßte, ihm ins Gesicht zu sehen, war sie sicher, daß es leise gerötet war.

»Ich ... ich habe gehört, daß Küssen eine Kunst sei«, stotterte er. »Ich selber verstehe nichts davon, aber ich will es lernen. Weißt du, du bist die erste Frau, die ich geküßt habe.«

IX

An einer Stelle, wo sich eine zackige Felsspitze über den ungeheuren Urwald erhob, ruhten ein Mann und eine Frau.

Unter ihnen, am Waldessaum, waren zwei Pferde angebunden. Hinter jedem Sattel hing eine kleine Satteltasche. Die Bäume waren von einförmiger Mächtigkeit. Sie ragten Hunderte von Fuß hoch empor und hatten einen Durchmesser von zehn bis zwölf Fuß, ja, viele waren noch bedeutend größer.

Den ganzen Morgen hatten sie sich durch diesen unermeßlichen Wald bis zur Wasserscheide hindurchgearbeitet, und diese Felsspitze hatte ihnen die erste Möglichkeit gegeben, aus dem Walde herauszugelangen, um sich umzuschauen.

Unter ihnen und rings, soweit sie sehen konnten, lag Reihe auf Reihe von Bergen, die in purpurnen Dunst gehüllt waren. Es gab keine Lichtungen in diesen Wäldern; im Norden, Süden, Osten und Westen bedeckten sie unberührt, ununterbrochen das Land mit ihrer mächtigen Wildnis.

Sie lagen da und starrten in die Ferne, ihre Hand in der seinen, denn es waren ihre Flitterwochen, und dies waren die Riesentannenwälder von Mendocino. Von Shasta waren sie mit Pferden und Gepäck durch das wildeste Küstengelände hierher gekommen und hatten keinen anderen Plan als den, die Reise fortzusetzen, bis sie einen neuen Einfall bekamen. Sie trugen derbe Kleidung, sie von der Reise stark mitgenommenen Khaki, er Wollhemd und Overall. Das Hemd ließ den sonnengebräunten Hals frei. Seine Größe machte ihn zum geeigneten Bewohner der riesigen Wälder, während sie, die sie mit ihm bewohnte, ein Abbild des Glücks war.

»Ja, du starker Mann«, sagte sie und stützte sich auf den einen Ellbogen, um ihn anzusehen, »das ist noch herrlicher, als du es mir versprochen hattest. Und alles werden wir miteinander sehen.«

»Und noch ein ganz Teil von der übrigen Welt dazu«, antwortete er und änderte seine Lage, um ihre Hand zwischen seine beiden zu nehmen.

»Aber erst, wenn wir hiervon genug haben«, meinte sie. »Ich glaube, daß ich der großen Wälder nie müde werde ... und deiner auch nicht.«

Er setzte sich ohne Anstrengung auf und schloß sie in seine Arme.

»Oh, du Lieber«, flüsterte sie. »Und ich hatte schon alle Hoffnung aufgegeben, einen Mann wie dich zu finden.«

»Und ich hatte nicht einmal gehofft. Ich muß wohl immer schon gewußt haben, daß ich dich einmal finden würde. Bist du froh?«

Ihre Antwort war ein sanfter Druck der Hand, die auf seinem Nacken lag, und dann schauten sie lange über die großen Wälder hinaus und träumten.

»Erinnerst du dich, daß ich dir erzählte, wie ich vor der rothaarigen Lehrerin flüchtete? Damals sah ich dieses Land zum erstenmal. Und ich kam zu Fuß hierher, aber vierzig bis fünfzig Meilen täglich waren ein Kinderspiel für mich. Ich war der reine Indianer. Damals wußte ich noch nichts von dir. Jagd gab es nicht viel in diesen Wäldern, aber viele Forellen. Damals rastete ich auch auf diesen Felsen. Aber ich ließ mir nicht träumen, daß ich eines Tages wieder hierherkommen sollte, und mit dir, mit dir.«

»Und daß du Meisterschaftsboxer werden solltest, davon ließest du dir auch nichts träumen«, meinte sie.

»Nein, darüber dachte ich überhaupt nicht nach. Vater hatte mir stets gesagt, daß ich es werden würde, und da nahm ich es als gegeben hin. Du siehst, er war sehr klug. Er war ein großer Mensch.«

»Aber er sah nicht, daß du dem Ring einmal den Rücken kehren würdest.«

»Ich weiß nicht recht. Er gab sich soviel Mühe, die Verderbtheit des Ringes vor mir zu verheimlichen, daß ich fast glaube, er fürchtete es. Ich habe dir ja erzählt, wie er den Kontrakt mit Stubener machte. Vater fügte die Klausel bezüglich der Unredlichkeit ein. Die erste Schiebung, deren mein Manager sich schuldig machte, sollte den Kontrakt ungültig machen.«

»Und doch willst du mit diesem Tom Cannam kämpfen. Ist das der Mühe wert?«

Er warf ihr einen schnellen Blick zu.

»Möchtest du, daß ich es nicht täte?«

»Liebster, ich möchte, daß du alles tust, was du tun möchtest.«

So sprach sie, und während die Worte noch nicht in ihren Ohren verklungen waren, wunderte sie sich, daß sie, eine der eigenwilligsten und unabhängigsten aus dem Geschlecht der Sangster, so gesprochen hatte. Es war die Wahrheit gewesen, und sie freute sich darüber.

»Es wird sehr spaßig werden«, sagte er.

»Aber ich verstehe nicht, was daran spaßig sein kann.«

»Ich habe noch nicht näher darüber nachgedacht. Du könntest mir vielleicht helfen. Erstens möchte ich Stubener und das ganze Wettsyndikat gründlich anführen. Das wird schon ein Spaß sein. Ich werde Cannam in der ersten Runde erledigen. Zum erstenmal in meinem Leben werde ich wirklich böse sein, wenn ich kämpfe. Der arme Tom Cannam muß daran glauben, obgleich er nicht schlimmer als die andern ist.

Weißt du, ich werde eine kleine Rede im Ring halten. Das ist zwar nicht üblich, aber ich werde trotzdem Erfolg damit haben, denn ich will dem Publikum erzählen, wie es in Amerika mit dem Sport hinter den Kulissen aussieht.

An dem Sport ist an sich gar nichts auszusetzen, aber sie machen ein Geschäft daraus, und das verdirbt ihn!«

»Aber, Liebster, du hast doch nie im Leben eine Rede gehalten«, warf sie hin. »Es wird nicht gehen.«

Er schüttelte entschieden den Kopf.

»Ich bin Irländer«, verkündete er, »und hast du je von einem Irländer gehört, der nicht reden konnte?«

»Wir sind ein richtiges dummes Liebespaar«, sagte sie, als er sie aus seinen Armen ließ.

»Ist das nicht großartig!« rief er.

Er stand auf und maß den Stand der Sonne mit den Augen. Dann wies er mit der Hand über die großen Wälder, die die gedrängten purpurnen Berge bedeckten.

»Wir müssen irgendwo dort übernachten. Es sind dreißig Meilen bis zum nächsten Lagerplatz.«

X

Wer von all den Sportsleuten, die dabei waren, wird je den denkwürdigen Abend in der Golden-Gate-Arena vergessen, als der junge Glendon Tom Cannam und außerdem noch einen größeren als Tom Cannam ins Land der Träume schickte?

Die Golden-Gate-Arena war neu. Sie war das größte Gebäude dieser Art, das je in San Franzisko errichtet worden war, und dieser Kampf war der erste, der darin abgehalten wurde. Die Arena hatte fünfundzwanzigtausend Plätze, und jeder Platz war besetzt. Aus der ganzen Welt waren Sportsleute hergereist, um dem Kampf beizuwohnen, und hatten fünfzig Dollar für den Platz vorn am Ring bezahlt. Die billigsten Plätze waren für fünf Dollar verkauft worden. Das übliche Beifallsgetöse erhob sich, als Billy Morgan, der Veteran unter den Ansagern, durch die Seile in den Ring kletterte und sein graues Haupt entblößte.

Gerade wollte er den Mund öffnen, um zu reden, als aus einem Abschnitt mit mehreren Sitzreihen ein lautes Krachen ertönte: einige Pfeiler waren zerbrochen, und die Reihen krachten zusammen. Die Menge brach in lautes Lachen aus, drückte den Opfern in scherzhaften Zurufen ihr Beileid aus und erteilte ihnen gute Ratschläge. Niemand war zu Schaden gekommen.

Das Getöse der zusammenbrechenden Bänke und die allgemeine Lustigkeit veranlaßten den wachhabenden Polizeihauptmann, einen beredten Blick mit seinen Leutnants zu wechseln; sie wußten, daß ihnen ein bewegter Abend bevorstand, und daß sie alle Hände voll zu tun bekommen würden.

Sieben starke alte Helden des Rings kletterten nacheinander, mit tosendem Beifall begrüßt, durch die Seile. Es waren lauter frühere Schwergewichts-Weltmeister. Billy Morgan stellte sie dem Publikum vor und begleitete die Vorstellung jeweils durch einige anerkennende Worte.

Einem wurde als dem »Ehrlichen John« und dem »Alten Getreuen« gehuldigt, ein anderer war »der anständigste zweifäustige Kämpfer, den der Ring je gesehen hat«. Und von andern wieder hieß es: »der Held der hundert Kämpfe, der nie aufgab und nie k. o. wurde«, dann »der bravste von der alten Garde« und »der einzige, er je wiederkam«, weiter »der größte aller Krieger« und die »härteste Nuß, die es je im Ring zu knacken gab.«

Alles das nahm Zeit in Anspruch. Jeder von den sieben sollte eine Rede halten, und vor Stolz errötend und verlegen, murmelten oder brummten sie etwas vor sich hin. Die längste Rede hielt der »alte Getreue«, eine Rede, die fast eine Minute dauerte.

Dann sollten sie photographiert werden. Der Ring füllte sich mit Meisterringern, bekannten Trainern, alten Unparteiischen und Schiedsrichtern. Leichtgewichtler und Mittelgewichtler schwirrten umher. Jeder schien alle andern herauszufordern. Nat Powers war erschienen, um einen Revanchekampf von dem jungen Glendon zu verlangen, und wie er, all die andern strahlenden Lichter, die Glendon ausgelöscht hatte.

Sie alle forderten auch Jim Hanford heraus, der, als er sich genötigt sah, Stellung zur Sache zu nehmen, erklärte, daß er den nächsten Kampf mit dem Sieger von heute ausfechten würde.

Und sofort begannen die Zuschauer die Namen zu rufen; die eine Hälfte brüllte »Glendon« und die andere Hälfte »Powers«.

Mitten in diesem Höllenspektakel brachen noch einige Sitzreihen zusammen, und es gab einen heftigen Streit zwischen den Inhabern der zerbrochenen Sitze und den Platzanweisern, weil mehr Karten verkauft waren, als zulässig war. Der Polizeihauptmann schickte nach dem Präsidium und erbat Verstärkung. Das Publikum amüsierte sich glänzend. Als Glendon und Cannam den Ring betraten, konnte man glauben, einer politischen Versammlung beizuwohnen. Beiden wurde gut fünf Minuten lang gehuldigt.

Alle Unbeteiligten hatten unterdessen den Ring verlassen. Glendon setzte sich, von seinen Sekundanten umgeben, in seine Ecke. Wie gewöhnlich saß Stubener direkt hinter ihm.

Cannam wurde zuerst vorgestellt, und nachdem er seine Verbeugungen und Kratzfüße gemacht hatte, mußte er den Zurufen gehorchen, die eine Rede von ihm verlangten.

»Ich bin stolz darauf, daß ich heute hier sein darf«, sagte er, und der donnernde Applaus ließ ihm Zeit nachzudenken, was er weiter sagen sollte. »Ich habe immer ehrlich gekämpft. Das habe ich mein ganzes Leben lang getan. Das wird niemand leugnen können. Und ich werde auch heute mein Bestes tun.«

Laute Rufe erschollen: »Das stimmt, Tom!« Das wissen wir!« »Braver Kerl, der Tom!« »Du wirst schon Gulasch aus ihm machen!«

Dann kam Glendon an die Reihe. Die Zuschauer verlangten auch von ihm, daß er eine Rede halten sollte, obwohl diese Reden im Ring eigentlich etwas ganz Neues waren.

Billy Morgan hob die Hand, um Schweigen zu gebieten, und mit klarer, mächtiger Stimme begann Glendon.

»Alle haben gesagt, daß sie stolz darauf sind, heute hier sein zu können«, sagte er. »Ich bin es nicht.«

Das Publikum war bestürzt, und er ließ seinen Zuhörern Zeit, darüber nachzudenken, was er wohl meine.

»Ich bin nicht stolz auf die Gesellschaft, in der ich mich befinde. Sie wollen eine Rede hören. Schön, Sie sollen eine haben. Dies ist mein letzter Kampf. Dann verlasse ich den Ring für immer. Warum? Das hab' ich Ihnen schon gesagt. Ich befinde mich nicht wohl in dieser Gesellschaft. Es ist faul bis ins Mark hinein, sowohl bei den kleinen Klubs wie bei der Geschichte heute.«

Das anfangs leise Gemurmel war jetzt zu einem Gebrüll angewachsen. Es wurde gezischt und gepfiffen, und viele riefen: »Anfangen!« »Wir sind hergekommen, um den Kampf zu sehen!« »Warum kämpft ihr nicht?«

Glendon, der ruhig abwartete, daß der Lärm sich legen sollte, bemerkte, daß diejenigen, welche am eifrigsten darauf bedacht waren, sein Weiterreden zu verhindern, Unternehmer, Manager und Boxer waren. Vergebens versuchte er wieder zu Worte zu kommen. Die Meinungen des Publikums waren geteilt. Die Hälfte schrie »Anfangen!« Die andere Hälfte: »Weiterreden! Weiterreden!«

Zehn Minuten lang herrschte hoffnungslose Verwirrung.

Stubener, der Schiedsrichter, der Besitzer der Arena und die Veranstalter drangen in Glendon, den Kampf zu beginnen. Als er sich weigerte, erklärte der Schiedsrichter, Cannam den Sieg zusprechen zu wollen, da Glendon sich weigere, mit ihm zu kämpfen.

»Das können Sie nicht«, entgegnete Pat. »Ich werde Sie vor alle Gerichtshöfe des Landes ziehen, wenn Sie das versuchen. Im übrigen, bin ich bereit zu kämpfen. Aber erst, wenn ich mit meiner Rede fertig bin.«

»Aber es ist gegen die Regeln«, protestierte der Schiedsrichter.

»Durchaus nicht. In den Regeln steht kein Wort davon, daß im Ring keine Reden gehalten werden dürfen. Jeder von den alten Boxern, die heute hier sind, hat geredet.«

»Doch nur wenige Worte«, schrie der Unternehmer Glendon ins Ohr. »Aber Sie wollen hier ja einen ganzen Vortrag halten.«

»In den Regeln steht nichts davon, daß man keine Vorträge halten darf«, antwortete Glendon. »Und jetzt macht, daß ihr aus dem Ring kommt, Jungens, oder ich schmeiß euch hinaus.«

Der aufgeregte Unternehmer wurde, soviel er sich auch wehrte, beim Kragen gepackt und über die Seile gehoben. Er war ein großer, schwerer Mann, aber Glendon hatte es so leicht getan, daß das Publikum vor Entzücken tobte.

Glendon trat wieder in die Mitte des Ringes zurück und hob beide Hände.

»Wollt ihr, daß ich rede?« rief er mit donnernder Stimme.

Hunderte, die um den Ring saßen, hörten ihn und riefen: »Ja!«

»Dann soll jeder, der hören will, den Lärmmacher, der ihm am nächsten sitzt, zum Schweigen bringen!«

Sein Rat wurde befolgt, und als er ihn wiederholte, drang seine Stimme schon mehr durch. Immer wieder rief er es, und allmählich verbreitete sich die Stille vom Ring aus Kreis für Kreis, nur anfangs noch begleitet von einem dumpfen Geräusch von Schlägen und Raufereien: die Lärmmacher wurden von den Umsitzenden zur Ruhe gebracht.

Der Lärm hatte sich fast ganz gelegt, als wieder eine Sitzreihe zusammenbrach – diesmal dicht am Ring. Das Ereignis wurde abermals mit einem brüllenden Lachen begrüßt, und als das Lachen sich legte, konnte man deutlich eine Stimme ganz hinten im Saal hören, die quäkte: »Los, Glendon! Wir halten mit dir!«

Glendon wußte, daß er diese Versammlung, die noch vor fünf Minuten ein wüster Pöbelhaufen gewesen war, jetzt in seiner Hand hatte, und um die Wirkung seiner Worte noch zu erhöhen, machte er eine Pause. Aber diese Pause war gerade lang genug und nicht eine Sekunde zu lang. Dreißig Sekunden lang war die Stille gekommen, und die Menge verharrte in fast ehrfurchtsvollem Schweigen. Dann begann er zu sprechen.

»Wenn ich fertig bin«, sagte er, »werde ich kämpfen. Ich verspreche euch, daß es ein ehrlicher Kampf werden soll, einer von den wenigen ehrlichen Kämpfen, die ihr je gesehen habt. Ich will meinen Gegner besiegen, so schnell ich es kann. Billy Morgan wird euch als Ansager verkünden, daß es ein Kampf auf fünfundvierzig Runden ist. Ich sage euch, daß es eher ein Kampf auf fünfundvierzig Sekunden sein wird.

Als ich unterbrochen wurde, wollte ich euch gerade erzählen, daß im Ring nur mit Schiebung gearbeitet wird.

Ihr seid ahnungslose Säuglinge, ihr alle, die ihr nicht daran verdient. Warum, glaubt ihr, brechen die Sitze heut zusammen? Schwindel. Geschäftsprinzipien – wie beim Boxen selbst.«

Jetzt hatte er das Publikum noch mehr als zuvor in der Hand, und das wußte er.

»Es sind drei Personen auf zwei Sitze gesetzt. Das sehe ich überall. Wie nennt ihr das? Schwindel! Die Platzanweiser kriegen nämlich keinen Lohn. Sie sind auf Schwindel angewiesen. Und ihr bezahlt. Natürlich bezahlt ihr.

Und laßt mich euch sagen, daß die Boxer nicht schuld daran sind. Sie sind es nicht, die das Spiel leiten. Das sind die Unternehmer und die Manager, die sind es, die das Geschäft betreiben. Die Boxer, sind nur Boxer. Sie fangen ganz ehrlich an, aber die Manager und Unternehmer zwingen sie mitzumachen oder jagen sie weg.

›Der beste Mann möge gewinnen!‹ Wie oft habt ihr Billy Morgan das sagen hören! Ich will euch sagen, daß der beste Mann nicht so oft gewinnt, und wenn er es doch tut, ist es meistens doch im voraus abgemacht.

Der Schwindel ist zu mächtig. Wenn eine Handvoll Männer nach drei Kämpfen dreiviertel Millionen Dollar unter sich teilen können, dann –«

Ein Ausbruch wilder Raserei zwang ihn zu schweigen. In dem Geschrei, das von allen Seiten ertönte, konnte er die

Rufe unterscheiden: »Was für Millionen?« »Welche drei Kämpfe?« »Erzählen!« »Los!«

»Wollt ihr es hören?« rief Glendon. »Dann sorgt für Ruhe!« Und wieder erzwang er minutenlanges Schweigen.

»Was hat Jim Hanford im Sinn? Welches Programm haben seine Leute mit meinen zusammen aufgestellt? Sie wissen, daß ich ihn besiegen werde; und er selbst weiß es auch. Ich kann ihn in einem einzigen Kampf abtun. Aber er ist Weltmeister. Wenn ich nicht auf das Programm eingehe, geben sie mir nie Gelegenheit, mit ihm zu kämpfen.

Das Programm sieht drei Kämpfe vor. Den ersten soll ich gewinnen. Er findet in Nevada statt, falls San Franzisko ihn nicht zuläßt. Wir werden einen schönen Kampf vorführen. Damit es gut aussieht, wird jeder von uns zwanzigtausend gegen den andern setzen. Das ist ein anständiges Geld, aber die Wette ist nicht anständig. Jeder bekommt seinen eigenen Einsatz wieder. Und mit der Börse wird es ebenso gemacht. Wir kriegen jeder die Hälfte, aber das Publikum glaubt, daß sie fünfunddreißig zu fünfundsechzig geteilt wird.

Die Börse, die Tantieme von den Filmen, die Reklame und alle anderen Einnahmen werden nicht einen Cent weniger als zweihundertfünfzigtausend ausmachen. Die teilen wir, und dann kommt der Revanchekampf, den Hanford gewinnen wird, und dann teilen wir wieder.

Dann kommt der dritte Kampf. Den gewinne ich, was mein gutes Recht ist, und damit ziehen wir dem Publikum dreiviertel Millionen aus der Tasche.

Das ist das Programm, aber das Geld stinkt. Und das ist der Grund, weshalb ich heute Schluß mache —« In diesem Augenblick puffte Jim Hanford eine Gruppe Polizisten zwischen die Sitzreihen, hob seinen riesigen Körper zwischen die Seile und brüllte:

»Das ist Lüge!«

Wie ein wütender Stier stürzte er sich auf Glendon, der zurücksprang und auswich, statt dem Angriff zu begegnen. Außerstande, sich zurückzuhalten, prallte der große Mann gegen die Seile, die ihn federnd zurückschleuderten.

Wieder ging er auf Glendon los, der ihm aber diesmal entgegentrat. Kaltblütig und mit sicherer Berechnung schoß seine Faust vor und traf mit einem Schlage, in den er zum erstenmal in seiner Boxerlaufbahn seine volle Kraft legte, das Kinn Hanfords. Alle Kraft, über die er verfügte, lag in dieser zerschmetternden Muskelexplosion.

Hanford war schon in der Luft tot, wenn man Bewußtlosigkeit Tod nennen will. In dem Augenblick, als die Faust Glendons ihn berührte, hörte das Leben für ihn auf. Seine Füße hoben sich vom Boden, und er schwebte frei in der Luft, bis er auf das oberste Seil fiel. Einen Augenblick hing er da, dann gab das Seil nach, und er stürzte den Pressevertretern auf die Köpfe.

Das Publikum tobte. Es hatte jetzt schon mehr gesehen, als es für sein Geld verlangen konnte, denn der große Jim Hanford, der Weltmeister, war besiegt worden.

Allerdings war es inoffiziell, aber es war durch einen einzigen Schlag geschehen.

Noch nie in der Geschichte des Boxsports hatte man so etwas erlebt.

Glendon betrachtete bedauernd seine zerschundenen Knöchel, warf einen Blick über die Seile hinweg auf Hanford, der gerade wieder zu sich kam, und hob die Hand. Im Publikum trat wieder Stille ein.

»Als ich mit Boxen anfing«, sagte er, »nannte man mich den ›Ein-Schlag-Glendon‹. Ihr habt den Schlag eben gesehen. Dieser Schlag stand mir stets zur Verfügung. Ich kämpfte mit meinen Gegnern und besiegte sie, nahm mich aber stets in acht, daß ich nicht aus voller Kraft schlug.

Dann sollte ich belehrt werden. Mein Manager sagte, es sei unrecht gegen das Publikum. Er riet mir, die Kämpfe in die Länge zu ziehen, damit die Leute etwas für ihr Geld zu sehen bekämen.

Ihr erinnert euch an meinem Kampf mit Nat Powers. Ich habe ihn gar nicht besiegt. Ich hatte Verdacht geschöpft. Da vereinbarte es die Bande mit ihm.

Ich wußte nichts davon. Ich hatte die Absicht, ihn noch ein paar Runden über die sechzehnte hinaus hinzuhalten.

Aber er täuschte doch einen Knockout vor und betrog euch alle.«

»Wie ist es denn heute?« rief einer. »Ist es auch verabredet?«

»Jawohl«, lautete die Antwort Glendons. »Und worauf hat das Syndikat gewettet? Daß Cannam bis zur vierzehnten Runde durchhält.«

Heulen und Pfeifen folgte diesen Worten. Zum letzten Male hob Glendon die Hand, um Schweigen zu gebieten.

»Ich bin gleich fertig. Aber erst möchte ich euch noch eines sagen. Das Syndikat wird sich heute schneiden. Es soll ein ehrlicher Kampf werden. Tom Cannam wird nicht bis zur vierzehnten Runde durchhalten. Er wird nicht die erste überstehen.«

Cannam sprang in seiner Ecke auf und rief wütend: »Das kannst du nicht. Der Mann ist noch nicht geboren, der mich in einer Runde erledigen kann!«

Glendon beachtete ihn nicht und fuhr fort: »Gerade jetzt habe ich zum erstenmal in meinem Leben mit voller Kraft zugeschlagen. Ihr saht das vor einem Augenblick, als ich Hanford traf.

Heute werde ich ein zweites Mal meine ganze Kraft anwenden – das heißt, wenn Cannam nicht schleunigst durch die Seile springt und verschwindet. So, und jetzt bin ich fertig.«

Er ging in seine Ecke und hielt seinen Sekundanten die Hände hin, um sich die Handschuhe anziehen zu lassen. In der gegenüberliegenden Ecke tobte Cannam, den seine Sekundanten vergebens zu beruhigen versuchten.

Schließlich glückte es Billy Morgan, seine letzte Ankündigung zu machen.

»Dies wird ein Kampf auf fünfundvierzig Runden«, rief, er laut. »Und möge der beste Mann siegen! Los!« Der Gong ertönte.

Die beiden Männer rückten vor.

Glendon streckte die Rechte aus, um mit seinem Gegner den üblichen Handschlag zu wechseln, aber Cannam warf zornig den Kopf in den Nacken und weigerte sich, sie zu nehmen.

Zur allgemeinen Überraschung stürzte er sich nicht auf seinen Gegner. Trotz seiner Wut kämpfte er sehr vorsichtig. Sein gekränkter Stolz sagte ihm, daß er alle Kraft sparen müsse, um über die erste Runde hinauszukommen. Er machte zwar mehrere Ausfälle, aber sehr vorsichtig und ohne auch nur einen Augenblick seine Verteidigung außer acht zu lassen.

Glendon jagte ihn durch den Ring, immer weiter mit dem unbarmherzigen Tapp-Tapp seines linken Fußes vorrückend.

Aber nicht ein einziges Mal schlug er nach seinem Gegner, ja, er ließ sogar die Hände sinken und folgte ihm, scheinbar ungeschützt, um ihn zu einem Angriff zu verlocken.

Cannam lachte trotzig, weigerte sich aber, den ihm gebotenen Vorteil auszunutzen.

Zwei Minuten vergingen, dann erfolgte plötzlich eine Veränderung mit Glendon. Jeder Muskel, jede Linie seines Gesichts zeigte, daß jetzt der Augenblick gekommen war, da er seinen Gegner erledigen wollte. Es war Spiel, und er spielte gut. Er schien zu Stahl geworden zu sein, zu hartem, unbarmherzigem Stahl. Und die Wirkung zeigte sich bei Cannam, der seine Achtsamkeit verdoppelte.

Glendon trieb ihn jedoch schnell in eine Ecke und hielt ihn dort fest.

Aber er schlug immer noch nicht, versuchte es auch gar nicht, und Cannams Unruhe wurde immer schlimmer. Vergebens versuchte er aus der Ecke hinauszugelangen, konnte sich jedoch nicht zu einem Angriff auf seinen Gegner entschließen und versuchte statt dessen, durch einen Clinch Zeit zu gewinnen.

Dann kam es – eine schnelle Serie von Finten, blitzhafte Muskelbewegungen. Cannam war verwirrt. Das Publikum ebenfalls. Nicht zwei von den Zuschauern konnten später angeben, was vorgegangen war. Cannam duckte sich vor einer Finte und deckte sich gleichzeitig das Gesicht, um eine andere, gegen sein Kinn gerichtete Finte abzuwehren. Er versuchte dabei auch seine Beinstellung zu ändern.

Die Zuschauer, die nahe am Ring saßen, schworen darauf, gesehen zu haben, daß Glendon den Schlag, der jetzt folgte, von der Hüfte aus führte und dabei wie ein Tiger vorsprang, um sein ganzes Körpergewicht in den Schlag zu legen.

Wie dem auch war, jedenfalls traf er Cannam gerade in dem Augenblick, als er die Stellung wechselte, gegen das Kinn. Und wie Hanford war auch er schon in der Luft, ehe er die Seile berührte, bewußtlos und fiel den Reportern auf die Köpfe.

Von dem, was an diesem Abend in der Golden-Gate-Arena geschah, vermochten selbst spaltenlange Berichte in den Zeitungen keine auch nur annähernd richtige Schilderung zu geben.

Die Polizei vermochte gerade noch den Ring zu verteidigen, konnte die Arena aber nicht retten. Es war kein Aufruhr. Es war eine Orgie. Nicht ein Sitzplatz blieb übrig. In der ganzen großen Halle wurden mit Händen und Füßen, durch Püffe und Stöße Balken und Bretter weggerissen, umgestürzt und niedergetreten.

Die Boxer mußten Schutz bei der Polizei suchen, aber es waren nicht Polizisten genug da, und Boxer, Manager und Unternehmer wurden windelweich geprügelt.

Nur Jim Hanford wurde verschont. Sein furchtbar geschwollenes Kinn erregte Mitleid.

Als die Menge endlich zum Gebäude hinausgetrieben war, stürzte sie sich auf ein neues Auto im Werte von siebentausend Dollar, das einem bekannten Boxkampfunternehmer gehörte, und verwandelte es im Nu in altes Eisen und Brennholz.

Glendon, der sich nicht in den Trümmern des Ankleideraumes umziehen konnte, erreichte in Boxhosen und Bademantel sein Auto, aber es gelang ihm nicht, zu entkommen. Die Menge umringte seinen Wagen und hielt ihn dank der Überzahl fest. Die Polizei eilte zu seinem Schutz herbei, und schließlich schloß man einen Kompromiß: Der Wagen durfte weiterfahren, begleitet von fünftausend hurraschreienden tollen Menschen.

Es war Mitternacht, als dieser Sturm über die Union Square und durch die St. Francis Street fegte. Rufe nach einer Rede wurden laut, und obwohl sie schon vor dem Hotel hielten, wurde Glendon doch in freundschaftlicher Weise am Entkommen verhindert. Er versuchte sogar, seinen begeisterten Anhängern auf die Köpfe zu springen, aber seine Füße erreichten nicht das Pflaster. Von Köpfen und Schultern getragen, von jeder Hand, die ihn erreichen konnte, ergriffen, kehrte er durch die Luft zu seinem Wagen zurück.

Da redete er denn, und Maud Sangster, die oben von einem Fenster auf ihren jungen Herkules hinabsah, der aufgereckt auf dem Sitz des Autos stand, wußte, was sie immer gewußt hatte, daß es sein Ernst gewesen war, als er ihr wiederum versichert hatte, daß er seinen letzten Kampf gekämpft und den Ring für immer verlassen hatte.

Der Mexikaner Felipe Rivera

[I]

Niemand kannte seine Geschichte – seine Mitverschworenen am allerwenigsten. Er war ihr »kleines Geheimnis«, ihr »großer Patriot«, und auf seine Weise arbeitete er ebensosehr an der kommenden mexikanischen Revolution wie sie. Es dauerte lange, bis sie das erkannten; denn nicht einer in der Junta konnte ihn leiden. An dem Tage, als er zum ersten Mal ihre von geschäftigen Menschen überfüllten Räume betrat, hatten ihn alle im Verdacht, ein Spion – ein Spitzel im Geheimdienst des Diaz zu sein. Zu viele von seinen Kameraden saßen rings in den Vereinigten Staaten in Zivil- und Militärgefängnissen, und andere wieder waren gerade in dieser Zeit in Ketten über die Grenze geschafft und an die Wand gestellt worden.

Auf den ersten Blick machte der junge Bursche keinen guten Eindruck auf sie. Er war nicht mehr als achtzehn Jahre alt, nicht besonders groß und erklärte, Felipe Rivera zu heißen und für die Revolution arbeiten zu wollen. Das war alles – kein Wort mehr. Er blieb aber wartend stehen. Kein Lächeln war um seinen Mund, keine Liebenswürdigkeit in seinen Augen. Den großen schneidigen Paulino Vera schauderte es innerlich. Hier war etwas Abstoßendes, Furchtbares, Unergründliches. Etwas Giftiges, Schlangenartiges war in den schwarzen Augen des Knaben. Sie brannten wie kaltes Feuer und gleichsam in einer ungeheuren, geschliffenen Erbitterung. Von den Gesichtern der Verschworenen ließ er den Blick zu der Schreibmaschine schweifen, an der die kleine Frau Sethby, eifrig arbeitend, saß. Seine Augen suchten die ihren, aber nur für eine Sekunde – sie blickte zufällig auf –, und auch sie hatte ein unbestimmbares seltsames Gefühl, das sie ihre Arbeit unterbrechen ließ. Sie mußte das Geschriebene noch einmal durchlesen, um den Brief, an dem sie arbeitete, fertigtippen zu können.

Paulino Vera sah Arrellano und Ramos fragend an, und sie sahen sich gegenseitig ratlos an. In ihrem Blick war Unsicherheit und Zweifel. Dieser schmächtige Besucher war der Unbekannte, und alles drohende Unbehagen des Unbekannten umgab ihn. Man konnte aus ihm nicht klug werden, er war so ganz jenseits des Horizontes dieser ehrenwerten, schlichten Verschwörer. Ihr wilder Haß gegen Diaz und seine Tyrannei war der Haß ehrenwerter, schlichter Patrioten.

Hier aber war etwas Anderes und Stärkeres, sie wußten freilich nicht recht, was. Aber Vera, der stets der Entschlossenste und Tatkräftigste war, packte den Stier bei den Hörnern.

»Schön«, sagte er kühl. »Sie sagen, daß Sie für die Revolution arbeiten wollen. Ziehen Sie sich den Rock aus! Hängen Sie ihn dorthin. Ich werde Ihnen zeigen – kommen Sie –, wo die Eimer und Wischlappen sind. Der Fußboden ist schmutzig. Sie können gleich anfangen, ihn hier und in den andern Zimmern aufzuwischen. Auch die Spucknäpfe müssen gereinigt werden. Und außerdem die Fenster.«

»Ist es für die Revolution?« fragte der Bursche.

»Für die Revolution!« antwortete Vera.

Rivera sah sie alle kalt und mißtrauisch an und zog sich dann den Rock aus.

»Es ist gut«, sagte er.

Weiter nichts. Tag für Tag kam er zu seiner Arbeit fegte, schrubbte und machte rein. Er nahm die Asche aus dem Ofen, holte Kohlen und Holz und machte Feuer und war der erste im Büro.

»Kann ich hier schlafen?« fragte er einmal.

Aha! Das war es – die Hand Diaz' kam zum Vorschein. Wenn er in den Räumen der Junta schlief, bedeutete das, daß er Zutritt zu ihren Geheimnissen, zu den Namenslisten, zu den Adressen der Kameraden in Mexiko erlangte. Die Bitte wurde abgeschlagen, und Rivera kam nie mehr darauf zu sprechen. Er schlief, sie wußten nicht wo, und aß, sie wußten nicht wo und was. Einmal bot Arrellano ihm ein paar Dollars an. Rivera lehnte das Geld jedoch ab. Als Vera dann hinzutrat und es ihm aufzunötigen versuchte, sagte er: »Ich arbeite für die Revolution.«

Eine Revolution vorzubereiten kostet Geld, und die Junta befand sich stets in Geldverlegenheit. Die Mitglieder hungerten und rackerten sich ab, der längste Arbeitstag war ihnen nicht lang genug, und doch sah es zuweilen so aus, als stünde und fiele alles mit der Frage, wie sie sich nur einige Dollars verschaffen könnten.

Einmal – es war das erste Mal, daß sie zwei Monate mit der Miete im Rückstand waren und der Wirt sie hinauszusetzen drohte – war es Felipe Rivera, der Reinemachejunge in der schäbigen, abgetragenen Kleidung, der sechzig Dollar in Gold auf May Sethbys Pult legte. Und ebenso bei andern Gelegenheiten. Dreihundert auf den geschäftigen Schreibmaschinen geklapperte Briefe (Bitten um Unterstützung, um Anerkennung befreundeter Gruppen, Ersuchen an Schriftleiter um wohlwollende Erwähnung und so weiter) blieben liegen und warteten auf die Frankierung. Veras Uhr verschwand – die alte goldene Repetieruhr, die er von seinem Vater geerbt hatte. Der glatte goldene Ring an May Sethbys Ringfinger verschwand ebenfalls. Es war zum Verzweifeln. Ramos und Arrellano zerrten wütend an ihren langen Schnurrbärten. Die Briefe mußten abgehen, und auf der Post gab es keinen Kredit beim Kauf von Briefmarken. Da setzte Rivera den Hut auf und ging fort. Als er wiederkam, legte er tausend Briefmarken zu zwei Cent auf May Sethbys Pult.

»Ich möchte wissen, ob das verfluchte Geld von Diaz ist?« sagte Vera zu den Kameraden.

Sie zogen die Brauen hoch, wagten aber nicht, die Frage zu beantworten. Und immer war es Felipe Rivera, der, wenn es erforderlich war, der Junta Gold und Silber verschaffte.

Aber sie liebten ihn nicht, und sie kannten ihn nicht. Er ging seine eigenen Wege, schenkte ihnen kein Vertrauen und wies alle Annäherungsversuche zurück. Und trotz seiner Jugend brachte keiner den Mut auf, ihn auszufragen.

»Er ist überhaupt kein Mensch«, sagte Ramos.

»Seine Seele ist ausgedörrt«, sagte May Sethby. »Er kann nicht lachen. Er gleicht einem Toten und ist doch furchtbar lebendig.«

»Er ist durch die Hölle gegangen«, sagte Vera. »So sieht man nur aus, wenn man durch die Hölle gegangen ist – und dabei ist er noch so jung.«

Felipe sprach nie, fragte nie, schlug nie etwas vor. Er lauschte ausdruckslos wie ein toter Gegenstand, aber seine Augen leuchteten in kaltem Glanz, wenn die andern laut und leidenschaftlich von Mexiko sprachen. Dann glitten seine Augen von Gesicht zu Gesicht, von Redner zu Redner, bohrend und forschend und mit einem Schimmer wie funkelndes Eis, das sie störte und aus der Fassung brachte.

»Er ist kein Spion«, vertraute Vera May Sethby an. »Er ist Patriot – glaub mir, der größte Patriot von uns allen. Ich weiß es, ich fühle es, mit meinem Herzen und meinem Verstand fühle ich es. Aber von ihm selber weiß ich nicht das geringste.«

»Er hat ein gefährliches Temperament«, sagte May Sethby.

»Ich weiß«, sagte Vera schaudernd. »Er hat mich mit diesen Augen angesehen. Die sprechen nicht von Liebe, sie drohen und sind wild wie die eines Tigers. Wenn ich unsere Sache im Stich lasse, dann würde er mich töten, das weiß ich. Er hat kein Herz. Er ist unbarmherzig wie Stahl, scharf und kalt wie Frost. Ich fürchte weder Diaz noch all seine Mörder, aber vor diesem Rivera habe ich Angst. Es ist wahr. Ich habe Angst.«

Dennoch war es Vera, der die andern überredete, Rivera die erste, Vertrauen erheischende Aufgabe zu stellen. Die Verbindung zwischen Los Angeles und Niederkalifornien war unterbrochen. Drei von den Kameraden hatten ihre eigenen Gräber graben müssen und waren dann erschossen worden. Zwei weitere saßen als Gefangene der Vereinigten Staaten in Los Angeles. Juan Alvarado, der Bundesgeneral, durchkreuzte all ihre Pläne. Sie konnten nicht mehr mit den aktiven Revolutionären und mit den erwachenden Kameraden in Niederkalifornien in Verbindung kommen.

Der junge Rivera erhielt seine Anweisungen und wurde nach dem Süden geschickt. Als er wiederkam, war die Verbindung wiederhergestellt und Juan Alvarado tot. Er war mit einem Dolch in der Brust in seinem Bett gefunden worden.

Das ging über die Rivera erteilten Anweisungen hinaus, aber man fragte ihn nicht, und er sagte nichts. Aber sie sahen sich an und dachten sich ihr Teil.

»Ich habe es euch gesagt«, meinte Vera. »Diaz hat von diesem jungen Mann mehr zu fürchten als von irgendeinem sonst. Er ist unversöhnlich.«

Das gefährliche Temperament, von dem May Sethby gesprochen, und das jeder von ihnen bemerkt hatte, offenbarte sich auch in anderer Beziehung. Bald erschien er mit zerrissener Lippe, bald mit einer blau und braun geschlagenen Backe, bald mit einem geschwollenen Ohr. Es war klar, daß er irgendwo in der Welt, wo er aß und schlief und sich Geld verschaffte und ein Leben führte, von dem sie nichts wußten, daß er in jener Welt oft Streit hatte. Nach einiger Zeit wurde er Setzer an dem revolutionären Wochenblättchen, das sie herausgaben. Gelegentlich war es ihm nicht möglich, zu setzen, weil seine Knöchel abgeschürft und zerschlagen, seine Daumen zerquetscht und hilflos waren oder weil seine Arme schlaff herabhingen, während sein Gesicht sich in stummem Schmerz verzerrte.

»Ein Straßenjunge«, sagte Arrellano.

»Ein Säufer und Raufbold«, sagte Ramos.

»Aber wo kriegt er das Geld her?« fragte Vera. »Ich habe gerade eben erfahren, daß er die Papierrechnung bezahlt hat – hundertundvierzig Dollar.«

»Er ist ja oft weg«, sagte May Sethby, »und gibt nie eine Erklärung dafür.«

»Wir sollten ihn beobachten«, schlug Ramos vor.

»Der Spion möchte ich nicht sein«, sagte Vera. »Ich fürchte, ihr würdet mich nie wiedersehen, außer bei meiner Beerdigung.«

»Ich komme mir ihm gegenüber immer wie ein Kind vor«, gestand Ramos.

»Für mich ist er eine Macht – der wilde Wolf –, die zustoßende Klapperschlange«, sagte Arrellano.

»Er kennt niemand«, sagte May Sethby. »Er haßt alle. Er ist allein ... einsam.«

Riveras Tun und Treiben war wirklich ein Geheimnis. Es gab Zeiten, in denen sie ihn eine ganze Woche lang nicht sahen. Einmal blieb er einen ganzen Monat verschwunden. Das war um so rätselhafter, als er bei seiner Heimkehr stets still und ohne ein Wort zu sagen Goldstücke auf May Sethbys Pult legte. Dann verbrachte er wieder Tage und Wochen seine ganze Zeit bei der Junta. Und dann konnte er wieder auf ungewisse Zeit vom frühen Morgen bis zum Abend verschwinden. In solchen Zeiten kam er spät und blieb lange. Arrellano hatte ihn um Mitternacht gesehen, wie er mit geschwollenen Knöcheln und einer zerrissenen, noch blutenden Lippe am Setzkasten stand.

II

Die Entscheidung näherte sich. Ob es zum Aufstand kommen sollte oder nicht, hing von der Junta ab, aber die Junta befand sich in großer Verlegenheit. Der Geldbedarf war größer als je, und dabei wurde es immer schwerer, Geld zu beschaffen. Die Patrioten hatten ihren letzten Cent hergegeben und besaßen nichts mehr. Die in der Verbannung lebenden Arbeiter gaben die Hälfte ihres kargen Lohnes ab. Aber man brauchte mehr. Die jahrelange, anstrengende Arbeit der Revolutionäre sollte bald Früchte tragen. Die Zeit war gekommen. Noch ein Stoß, noch eine letzte, heldenmütige Anstrengung, und der Sieg war sicher. Sie kannten ihr Mexiko. Einmal in Gang gebracht, nahm die Revolution von selber ihren Lauf. Die Grenzgebiete waren zum Aufstand bereit. Ein Amerikaner wartete mit hundert Mann auf ein Wort, um die Grenze zu überschreiten. Aber er brauchte Gewehre. Im ganzen Lande bis zum Atlantischen Ozean unterhielt die Junta Verbindungen, und alle brauchten sie Gewehre: Abenteurer, Glücksritter, Banditen, enttäuschte amerikanische Unionisten und die vielen mexikanischen Verbannten, der Sklaverei entflohene Peonen, Minenarbeiter, die man in den Gefängnissen von Coeur d'Alene und Colorado ausgepeitscht hatte und die deshalb besonders rachgierig und kampflustig waren – Wracks und Strandgut wirrer Geister aus der toll gewordenen Welt. Gewehre und Munition! Gewehre und Munition! Danach riefen sie alle unaufhörlich.

Wurde diese bankrotte, rachgierige Bande über die Grenze geworfen, war die Revolution sofort im Gange. Die Zollämter, die nördlichen Einfuhrhäfen wurden erobert. Diaz mußte die Hauptmacht seines Heeres im Süden des Landes halten, denn auch im Süden würde der Aufruhr beginnen. Stadt auf Stadt mußte sich ergeben, Staat auf Staat wanken und zusammenstürzen. Und zuletzt kam der Marsch der siegreichen Revolution nach der Hauptstadt Mexiko. Aber das Geld! Die Männer hatten sie, und die warteten ungeduldig auf die Gewehre. Sie kannten die Händler, die ihnen die Gewehre verkaufen und liefern sollten. Aber die Junta hatte ihre Kräfte erschöpft. Der letzte Dollar war ausgegeben, die letzte Hilfsquelle, der letzte hungernde Patriot ausgesogen, und die große Sache schwebte immer noch zitternd auf der Waagschale der Entscheidung. Gewehre und Munition! Die zerlumpten Bataillone mußten bewaffnet werden. Aber wie? Ramos wehklagte über sein konfisziertes Eigentum. Arrellano bejammerte die Verschwendung, die er in seiner Jugend betrieben hatte. May Sethby grübelte, ob nicht alles besser gegangen wäre, wenn die Mitglieder der Junta früher sparsamer gewesen wären.

»Der Gedanke macht mich wahnsinnig, daß die Freiheit Mexikos mit ein paar Tausend elenden Dollars stehen und fallen soll!« sagte Paulino Vera.

Die Gesichter aller drückten Verzweiflung aus. José Amarillo, ihre letzte Hoffnung, ein erst jüngst Bekehrter, der ihnen Geld versprochen hatte, war auf seiner Hazienda in Chihuahua ergriffen und an seiner eigenen Stallmauer erschossen worden. Die Nachricht war gerade gekommen.

Rivera, der auf den Knien lag und den Fußboden scheuerte, blickte auf, den Scheuerlappen in der Hand und die bloßen, von schmutzigem Seifenwasser bespritzten Arme ausgestreckt.

»Würden fünftausend genügen?« fragte er.

Sie starrten ihn an. Vera nickte und schluckte. Er konnte kein Wort hervorbringen, aber eine neue Hoffnung belebte ihn.

»Bestellen Sie die Gewehre«, sagte Rivera, und dann leistete er sich die längste Rede, die sie je von ihm gehört hatten. »Es ist nicht viel Zeit. In drei Wochen bringe ich euch die fünftausend. Das ist früh genug. Dann ist es wärmer für die, welche kämpfen sollen. Und schneller kann ich es auch nicht machen.«

Vera kämpfte mit sich selbst. Allzu viele Hoffnungen waren schon zerschellt, seit er dabei war, aber er glaubte an diesen abgerissenen Scheuerjungen der Revolution und wagte es doch nicht, an ihn zu glauben.

»Du bist verrückt«, sagte er.

»In drei Wochen«, sagte Rivera. »Bestellt die Gewehre.«

Er stand auf, krempelte sich die Hemdsärmel herunter und zog sich die Jacke an.

»Bestellt die Gewehre«, sagte er. »Ich gehe jetzt.«

III

Nach vielem Hin und Her, zahllosen Telephongesprächen und unendlicher Schimpferei wurde eine Nachtsitzung in Kellys Kontor abgehalten. Kelly steckte bis über die Ohren in Geschäften, und überdies hatte er Pech. Er hatte sich Danny Ward aus New York verschrieben und einen Boxkampf zwischen ihm und Billy Carthey arrangiert, der in drei Wochen stattfinden sollte, und jetzt mußte Carthey seit zwei Tagen, sorgsam versteckt vor den Sportreportern, wegen einer argen Verletzung das Bett hüten. Es gab keinen anderen, der für ihn eintreten konnte. Kelly hatte wie verrückt nach jedem annehmbaren Boxer der Leichtgewichtsklasse im Osten telegraphiert, aber alle waren durch Vereinbarungen und Kontrakte gebunden. Aber jetzt hatte er eine Hoffnung, wenn auch nur eine schwache.

»Sie haben viel Mut!« sagte Kelly zu Rivera.

In Riveras Augen blitzte es boshaft auf, aber das Gesicht bewahrte seinen unerschütterlichen, kalten Ausdruck.

»Ich kann Ward erledigen«, war alles, was er sagte.

»Wie können Sie das wissen? Haben Sie ihn je boxen sehen?«

Rivera schüttelte den Kopf.

»Mit einer Hand und mit geschlossenen Augen macht er Quetschkartoffeln aus Ihnen.«

Rivera zuckte die Achseln.

»Haben Sie nichts dazu zu sagen?« knurrte der Veranstalter.

»Ich kann ihn erledigen.«

»Haben Sie überhaupt je gekämpft?« fragte Michael Kelly. Michael war der Bruder des Veranstalters, betrieb das Yellowstone-Wettbüro und verdiente viel Geld an den Boxkämpfen.

Rivera knurrte ihn grimmig an.

Der Sekretär, ein junger Mann von ausgeprägtem Sportlertyp, räusperte sich höhnisch.

»Nun, Sie kennen ja Roberts«, brach Kelly das peinliche Schweigen. »Er hätte schon hier sein können. Aber setzen Sie sich und warten Sie, wenn Sie auch Ihrem Aussehen nach nicht viele Chancen haben. Ich kann dem Publikum keinen faulen Kampf bieten. Die Plätze vorn am Ring werden mit fünfzehn Dollar bezahlt, wie Sie vielleicht wissen.«

Als Roberts kam, war er offensichtlich angesäuselt. Er war ein großer, schlanker, schlottriger Mensch, und sein Gang war wie seine Rede, ruhig und schleppend.

Kelly ging gleich auf den Kern der Sache los.

»Sagen Sie mal, Roberts, Sie haben doch mit der Entdeckung dieses kleinen Mexikaners geprahlt. Wie Sie wissen, hat Carthey sich den Arm gebrochen. Und nun hat dieser kleine gelbe Bursche die Dreistigkeit, heut herzukommen und zu sagen, daß er für Carthey in den Ring gehen will. Was meinen Sie dazu?«

»Schon in Ordnung, Kelly«, lautete die schleppende Antwort. »Er kann boxen.«

»Sie wollen mir doch nicht einreden, daß er mit Ward fertig werden kann«, sagte Kelly bissig.

Roberts dachte nach.

»Nein, das will ich nicht behaupten. Ward ist überhaupt nicht zu schlagen. Aber er wird auch nicht im Handumdrehen mit Rivera fertig. Ich kenne Rivera. Er gibt sich nie eine Blöße, ich hab's jedenfalls noch nicht gesehen. Und er boxt mit beiden Händen gleich gut. In jeder Stellung kann er betäubende Schläge austeilen.«

»Na schön. Aber welche Chance hat er? Sie haben Ihr ganzes Leben lang Boxer trainiert. Ich ziehe meinen Hut vor ihrer Sachkenntnis. Kann er dem Publikum etwas fürs Geld geben?«

»Das kann er bestimmt, und dazu wird er Ward tüchtig zu schaffen machen. Sie kennen den Jungen nicht, aber ich kenne ihn. Ich habe ihn entdeckt. Er hat keine schwache Stelle. Er ist der reine Teufel. Wenn jemand Sie fragt, können Sie sagen, daß er ein Hexenmeister ist. Ward und euch allen werden die Augen übergehen. Ich will nicht behaupten, daß er Ward besiegt, aber auf alle Fälle wird er etwas leisten, daß ihr alle den neuen Mann in ihm seht.«

»Schön.« Kelly wandte sich an seinen Sekretär. »Rufen Sie Ward an. Ich hab' es ihm versprochen, wenn ich es der Mühe wert hielte. Er ist gerade gegenüber im Yellowstone-Büro und setzt wie gewöhnlich.« Kelly wandte sich wieder an Roberts.

»Was trinken?«

Roberts nippte an seinem Glas und schüttete sein Herz aus. »Ich hab' Ihnen noch gar nicht erzählt, wie ich den kleinen Burschen entdeckt habe. Vor ein paar Jahren tauchte er im Quartier auf. Ich trainierte gerade Prayne für seinen Kampf mit Delaney. Prayne ist ein schlechter Kerl. Es steckt nicht ein Funken Mitleid in ihm. Er hatte seinen Partner furchtbar zugerichtet, und ich konnte keinen finden, der Lust hatte, mit ihm zu trainieren. Da bemerkte ich diesen kleinen, ausgehungerten Mexikaner, der immer herumschlich und zusah. Ich war verzweifelt und wußte nicht, was ich tun sollte. Da holte ich ihn mir, zog ihm die Handschuhe an und puffte ihn hinein. Er war zäher als ungegerbtes Leder, aber schwach. Und dabei kannte er nicht einen Buchstaben vom Alphabet der Boxkunst. Prayne machte Apfelmus aus ihm. Aber er hielt doch zwei Runden durch, ehe er schlapp machte. Es war ausschließlich der Hunger. Ob er zerschlagen war? Sie hätten ihn nicht wiedererkannt. Ich gab ihm einen halben Dollar und was Ordentliches zu essen. Sie hätten seinen Wolfshunger sehen sollen, als er es verschlang. Er hatte seit Tagen keinen Bissen in den Leib gekriegt. Jetzt hat er genug davon, dachte ich. Aber am nächsten Tage kam er wieder, steif und wund, aber darauf versessen, sich wieder einen halben Dollar und ein gutes Mittagessen zu verdienen. Und mit der Zeit wurde er immer tüchtiger. Er ist der geborene Boxer und unglaublich zäh. Er hat kein Herz. Er ist der reine Eiszapfen. Und in der ganzen Zeit, die ich ihn jetzt kenne, hat er keine zehn zusammenhängenden Worte gesprochen. Er schwatzt nicht, aber er tut seine Arbeit.«

»Ich hab' ihn gesehen«, sagte der Sekretär. »Er hat ziemlich viel für Sie gearbeitet.«

»All die großen Bürschlein haben es mit ihm versucht«, antwortete Roberts. »Und er hat von ihnen gelernt. Ich hab' manches liebe Mal gesehen, wie er sie vertobakte. Aber er hat nie seine ganze Seele hineingelegt. Ich glaube, er hat das Spiel nie so recht geliebt. Es sieht jedenfalls so aus.«

»Er hat in den letzten Monaten ziemlich viel in den kleinen Klubs gekämpft.«

»Das stimmt. Ich weiß gar nicht, was in ihn gefahren ist. Plötzlich hat er sein Herz dafür entdeckt. Er ging mächtig drauflos und schlug sämtliche lokale Größen. Schien Geld zu brauchen und gewann auch eine ganze Menge, wenn man es seiner Kleidung auch nicht ansehen kann. Ein merkwürdiger Mensch! Niemand weiß, was er treibt. Niemand weiß, wo er seine Zeit verbringt. Mitten in der Arbeit läuft er plötzlich weg und verschwindet für den Rest des Tages. Manchmal bleibt er wochenlang weg. Aber man kann sagen, was man will, er hört nicht darauf. Ein Vermögen wartet auf den Mann, der ihn richtig zurechtstutzt, aber er will sich nichts sagen lassen.

Achten Sie mal besonders darauf, wie sehr er auf das Geld aus ist, wenn Sie die Bedingungen mit ihm abmachen.«

Soweit war die Unterhaltung gediehen, als Danny Ward eintrat. Jetzt war es eine ganze Gesellschaft. Sein Manager und sein Trainer waren mit ihm gekommen, und überströmend liebenswürdig, gutherzig und gewinnend, wie er war, brachte er einen frischen Hauch mit herein. Danny begrüßte alle, hatte für jeden einen Scherz, eine witzige Antwort, ein Lächeln oder ein Lachen. Das war nun einmal seine Art und Weise, aber sie war nicht ganz echt. Er war ein guter Schauspieler, und er hatte entdeckt, daß Liebenswürdigkeit nicht zu verachten ist, wenn man in dieser Welt weiterkommen will. Aber auf dem Grunde seiner Seele war er ein nüchterner, kaltblütiger Raufbruder und Geschäftsmann. Alles andere war Maske. Wer ihn kannte oder Geschäfte mit ihm gemacht hatte, sagte, daß Danny sich nichts vormachen ließe, wenn es darauf ankäme. Er war unweigerlich bei allen geschäftlichen Unterredungen dabei, und manche behaupteten, daß sein Manager nur ein Strohmann wäre, dessen Aufgabe es sei, als Sprachrohr zu dienen.

Rivera war ganz anders. In seinen Adern floß das Blut von Indianern und von Spaniern. Er saß stumm und unbeweglich in einer Ecke im Hintergrund, und nur seine Augen glitten von Gesicht zu Gesicht und beobachteten alles.

»Das ist also das Jüngelchen«, sagte Danny und ließ seinen Blick abschätzend über seinen künftigen Gegner schweifen. »Wie geht's, Alterchen?«

Riveras Augen funkelten boshaft, aber er rührte sich nicht. Er konnte keinen Gringo leiden, aber diesen Gringo haßte er so unmittelbar, wie es selbst bei ihm ungewöhnlich war.

»Mein Gott!« protestierte Danny lustig, an Kelly gewandt. »Sie wollen mich doch nicht mit einem Taubstummen kämpfen lassen.« Als das Gelächter sich gelegt hatte, machte er einen neuen Ausfall. »Mit Los Angeles muß es schlecht stehen, wenn das das Beste ist, was ihr aufzuweisen habt. Aus was für einem Kindergarten habt ihr ihn aufgelesen?«

»Er ist ein braver kleiner Junge, Danny, verlaß dich drauf«, sagte Roberts. »Nicht so leicht mit ihm fertig zu werden, wie es aussieht.«

»Und das Haus ist schon halb ausverkauft«, sagte Kelly eindringlich. »Du wirst es mit ihm versuchen müssen, Danny. Wir können nicht mehr tun.«

Danny warf abermals einen nachlässigen und nicht gerade schmeichelhaften Blick auf Rivera und seufzte. »Ich muß ein bißchen vorsichtig mit ihm umgehen, glaube ich. Wenn er nur nicht ganz kaputt dabei geht.«

Roberts lachte laut.

»Du mußt dich in acht nehmen«, warnte Dannys Manager. »Man kann bei so 'nem Neuling nie wissen, was er auf der Pfanne hat.«

»Oh, ich werde mich schon in acht nehmen«, lächelte Danny. »Ich werde mich seiner gleich richtig annehmen, daß das liebe Publikum was davon hat. Was meinst du zu fünfzehn Runden, Kelly – und ich will ihn schon tummeln.«

»Das genügt«, lautete die Antwort. »Du mußt es nur ein bißchen realistisch machen.«

»Also dann wollen wir das Geschäftliche besprechen.«

Danny hielt inne und rechnete nach. »Selbstverständlich fünfundsechzig Prozent wie gegen Carthey. Aber andere Verteilung. Achtzig Prozent für mich – so wird's in Ordnung sein.« Und zu seinem Manager gewandt: »Ist's nicht so?« – Der nickte.

»Sie da, haben Sie verstanden?« fragte Kelly Rivera. Rivera schüttelte den Kopf.

»Also die Sache ist so«, erklärte Kelly. »Die Kampfbörse beträgt fünfundsechzig Prozent von der Bruttoeinnahme. Sie sind ein Neuling und ganz unbekannt. Sie und Danny teilen, zwanzig Prozent kriegen Sie und achtzig Danny. Das ist doch gerecht, nicht wahr, Roberts?«

»Das genügt«, lautete die Antwort. »Sie müssen es«, räumte Roberts ein. »Sie haben ja noch keinen Namen, wissen Sie.«

»Wieviel kommen bei fünfundsechzig Prozent von der Einnahme heraus?« fragte Rivera.

»Na, vielleicht fünftausend, vielleicht sogar acht«, warf Danny ein. »So ungefähr wohl. Ihr Anteil wird etwa tausend bis sechzehnhundert betragen. Ganz nette Bezahlung für eine Tracht Prügel von einem Mann wie mir. Was meinen Sie dazu?«

Riveras Antwort ließ die andern nach Luft schnappen. »Der Sieger bekommt alles«, sagte er entschieden. Es wurde totenstill.

»Das ist ja, wie wenn man einem Kind einen Bonbon wegnehmen wollte«, erklärte Dannys Manager.

Danny schüttelte den Kopf. »Ich bin zu lange beim Bau«, meinte er. »Ich will weder den Schiedsrichter noch die Anwesenden irgendwie verdächtigen. Ich will nicht von Buchmachern sprechen und von gewissen Dingen, die hin und wieder vorkommen. Aber ich darf wohl sagen, daß es ein schlechtes Geschäft für einen Boxer wie mich ist. Ich weiß, daß ich siege. Daran ist gar kein Zweifel. Aber ich kann mir den Arm brechen, nicht wahr? Oder irgendein Taugenichts läßt mich in Wagenschmiere ausgleiten?« Er schüttelte feierlich den Kopf. »Ob ich gewinne oder verliere – ich kriege achtzig Prozent. Wie steht's, Mexikaner?«

Rivera schüttelte den Kopf.

Danny explodierte – jetzt wurde es ihm zuviel.

»Was, du dreckiger kleiner Schmutzfink! Ich hätte Lust, dir gleich jetzt den Hintern zu verhauen.«

Roberts legte sich auf seine langsame, zögernde Art dazwischen, um Feindseligkeiten zu verhindern.

»Der Sieger bekommt alles«, wiederholte Rivera mürrisch.

»Warum willst du das durchaus?« fragte Danny.

»Ich kann dich schlagen«, lautete die offenherzige Antwort.

Danny sprang auf und machte Miene, den Rock abzuwerfen. Aber das war, wie sein Manager wußte, nur Bluff und Pose. Der Rock kam nicht herunter, und Danny ließ sich von den andern beruhigen. Alle sympathisierten mit ihm. Rivera stand allein da.

»Sehen Sie mal, Sie kleiner Narr«, mischte sich jetzt Kelly hinein. »Sie sind nichts. Wir wissen, was Sie in den letzten Monaten getrieben haben – Sie haben einige kleine Boxer besiegt. Aber Danny ist Klasse. Wenn man ihn das nächste Mal nach diesem Kampf wieder im Ring sieht, geht es um die Meisterschaft. Aber Sie sind ganz unbekannt. Außerhalb von Los Angeles hat noch nie jemand etwas von Ihnen gehört.«

»Dann werden Sie es hören«, antwortete Rivera achselzuckend. »Nach diesem Kampf.«

»Du glaubst doch nicht einen Augenblick, daß du mich schlagen kannst?« brauste Danny auf. Rivera nickte.

»Nun hören Sie doch, nehmen Sie Vernunft an«, sagte Kelly eindringlich. »Denken Sie an die Reklame!«

»Ich will das Geld«, antwortete Rivera.

»Du kannst mich nicht besiegen, und wenn du tausend Jahre alt würdest«, tobte Danny.

»Weshalb bist du dann so eigensinnig?« fragte Rivera. »Wenn das Geld so leicht zu gewinnen ist, warum willst du es dann nicht gewinnen?«

»Ich will, Gott helfe mir!« rief Danny plötzlich mit Überzeugung. »Ich werde dich totschlagen im Ring, mein Junge – wenn du solche Possen mit mir treibst. Setzen Sie den Kontrakt auf, Kelly, der Sieger bekommt alles. Machen Sie tüchtig Reklame in den Zeitungen. Erzählen Sie den Leuten, daß es ein Kampf zwischen zwei persönlichen Feinden ist. Ich will es diesem Gelbschnabel zeigen.«

Kellys Sekretär begann zu schreiben, aber Danny unterbrach ihn.

»Einen Augenblick!« Er wandte sich an Rivera. »Das Wiegen?«

»Im Ring«, lautete die Antwort.

»Nicht zu machen, Gelbschnabel. Wenn der Sieger alles kriegen soll, wird morgens um zehn gewogen.«

»Und der Sieger bekommt alles?« fragte Rivera.

Danny nickte. Das entschied die Sache. Er würde in seiner höchsten Form den Ring betreten.

»Sie sind ein Esel«, sagte Roberts zu Rivera. »Danny wird Sie ganz sicher schlagen. Sie haben gerade so viel Chance wie ein Tautropfen in der Hölle.«

Riveras Antwort war ein wohlberechneter, haßerfüllter Blick. Selbst diesen Gringo verachtete er, und dabei hatte er in Roberts doch den besten von allen Gringos gefunden.

IV

Man beachtete Rivera kaum, als er in den Ring trat. Er wurde nur mit vereinzeltem, mattem Händeklatschen begrüßt. Die Zuschauer glaubten nicht an ihn. Er war das Lamm, das von dem mächtigen Danny zur Schlachtbank geführt wurde. Zudem waren die Zuschauer enttäuscht. Sie hatten einen stürmischen Kampf zwischen Danny Ward und Billy Carthey erwartet, und jetzt sollten sie sich mit diesem elenden kleinen Anfänger begnügen. Das Publikum hatte seine Mißbilligung über die Veranstaltung auch dadurch gezeigt, daß es zwei, ja sogar drei zu eins auf Danny hielt. Und das Herz eines wettenden Publikums ist immer auf der Seite seines Geldes.

Der junge Mexikaner saß in seiner Ecke und wartete. Die Minuten schlichen dahin. Danny ließ ihn warten. Das war ein alter Kniff, der aber stets auf die Anfänger wirkte. Sie wurden aufgeregt, wenn sie so dasaßen und warteten, von bangen Ahnungen erfüllt und Angesicht zu Angesicht mit einem gefühllosen, rauchenden Publikum. Diesmal aber wirkte der Kniff nicht. Roberts hatte richtig gesehen: Rivera hatte keinen schwachen Punkt. Er, der zarter war und empfindlicher und feinere Nerven hatte als sie alle, war nicht nervös. Die Atmosphäre einer im voraus sicheren Niederlage, die seine Umgebung bedrückte, übte keinen Eindruck auf ihn aus. Seine Sekundanten waren Gringos und Fremde: Auswurf, schmutziger Abfall des Boxsports, ohne Ehrgefühl und Kraft. Und überdies lähmte sie das Gefühl, daß sie auf der Seite des Verlierenden standen.

»Sei nur vorsichtig«, warnte ihn Spider Hagerthy. Spider war sein erster Sekundant. »Zieh es nach Möglichkeit in die Länge – das hat Kelly mir eingeschärft. Wenn du das nicht tust, schreiben die Zeitungen von Humbug und machen den Sport in Los Angeles schlecht.«

Alles dies war nicht gerade ermutigend, aber Rivera machte sich nichts daraus. Er verachtete einen Kampf, der um Geld ging. Das war der verhaßte Sport der verhaßten Gringos. Er hatte ihn selbst oft genug betrieben, aber nur, weil er hungerte. Die Tatsache, daß er für diesen Sport wie geschaffen war, bedeutete ihm nichts. Er haßte ihn. Und er war nicht der erste unter den Menschensöhnen, der entdeckte, daß er in einer verächtlichen Beschäftigung Erfolg hatte.

Er untersuchte seine Gefühle nicht. Er wußte nur, daß er in diesem Kampf siegen mußte. Es war nicht anders möglich. Denn hinter ihm standen stärkere Kräfte, als irgend jemand im Publikum sich träumen ließ, und sie flößten ihm diese Überzeugung ein. Danny Ward kämpfte für Geld und für die Annehmlichkeiten, die das Geld ihm in diesem Leben verschaffen konnte. Aber alles, wofür Rivera kämpfte, brannte in seinem Hirn. Wie er jetzt mit weit aufgerissenen Augen ganz allein in seiner Ecke des Ringes saß und auf seinen schlauen Gegner wartete, hatte er leuchtende und schreckliche Visionen, und sie waren so klar und deutlich, als erlebe er sie.

Er sah die Wasserkraftfabriken von Rio Blanco mit ihren weißen Mauern. Er sah die sechstausend hungrigen, bleichen Arbeiter und die sieben- und achtjährigen Kinder, die sich für zehn Cent den Tag abrackerten. Er sah die wandernden Leichen, die gespensterhaften Totenköpfe der Färbereiarbeiter. Er erinnerte sich, seinen Vater die Färberei die Selbstmörderhöhle haben nennen hören, weil ein Jahr Arbeit dort den Tod bedeutete. Er sah das kleine Gut und seine Mutter, die kochte und von morgens bis abends mit ihrer Hausarbeit zu tun hatte, aber doch Zeit fand, ihn zu streicheln und zu lieben. Und er sah seinen Vater, groß, mit dichtem Schnurrbart und breiter Brust, seinen Vater, der, freundlicher als alle andern, alle Menschen liebte, dessen Herz aber so groß war, daß noch reichlich viel Liebe für die Mutter und für den kleinen Muchacho übrigblieb, der in einer Ecke des Patios spielte. In jenen Tagen hatte er nicht Felipe Rivera geheißen. Er hatte Fernandez geheißen, wie sein Vater und seine Mutter. Ihn hatten sie Juan genannt. Später hatte er den Namen geändert, denn er hatte gemerkt, daß der Name Fernandez den Polizeipräfekten und den politischen Behörden verhaßt war.

Der große, warmherzige Joaquin Fernandez! Einen hervorragenden Platz nahm er in den Visionen Riveras ein. Damals hatte er es nicht verstanden, wenn er jetzt aber zurückblickte, begriff er. Er konnte ihn sehen, wie er in der kleinen

Druckerei Typen setzte oder an dem von Papieren überfließenden Pult hastig und nervös endlose Zeilen hinkritzelte. Und er erinnerte sich der seltsamen Abende, wenn die Arbeiter heimlich in der Dunkelheit, wie Leute, die Böses im Sinne hatten, zu seinem Vater geschlichen kamen und stundenlang mit ihm redeten, während der Muchacho, oft ohne Schlaf zu finden, in seiner Ecke lag.

Wie aus weiter Ferne hörte er die Stimme Spider Hagerthys, der zu ihm sagte: »Also nicht gleich am Anfang aufgeben. Das wäre gegen die Instruktionen. Steck deine Prügel ein und leiste was fürs Geld.«

Zehn Minuten waren vergangen, und er saß immer noch in seiner Ecke. Man sah nichts von Danny, der seinen Kniff offenbar bis zum Äußersten trieb.

Aber vor Rivera stiegen nun Visionen auf. Der Streik von Rio Blanco, der Hunger, die Wanderungen in die Berge nach Beeren, Wurzeln und Kräutern, die sie aßen und die ihnen Magenkrämpfe und Leibschmerzen verursachten. Und dann das Entsetzliche: Die Soldaten von General Rosalio Martinez und Porfirio Diaz und die todbringenden Gewehre, die nie aufhören wollten, Tod und Verderben zu speien und die Sünden der Arbeiter in ihrem eigenen Blut zu ertränken. Und die Nacht! Er sah die flachen Wagen, auf denen die Leichen aufgehäuft waren, nach Vera Cruz zum Futter für die Haie in der Bucht bestimmt. Er sah sich wieder über den unheimlichen Leichenhaufen klettern und die halb entkleideten, mißhandelten Leichen seines Vaters und seiner Mutter suchen und finden. Besonders deutlich erinnerte er sich seiner Mutter – nur ihr Gesicht guckte hervor, ihr Leib war von der Last Dutzender von Toten verborgen. Wieder knallten die Gewehre des Porfirio Diaz, und er sah sich wie ein gejagter Bergkojote davonrasen.

Ein lautes Gebrüll wie vom Meer klang an sein Ohr, er sah Danny Ward an der Spitze seines Gefolges von Trainern und Sekundanten durch den Gang in der Mitte kommen. Das Publikum tobte vor Begeisterung. Alle jubelten ihm zu. Alle waren für ihn. Sogar Riveras eigene Sekundanten atmeten erleichtert auf, und ihre Laune besserte sich, als Danny sich gewandt unter den Seilen duckte und in den Ring trat. Sein Gesicht zeigte ein Lächeln nach dem andern, und wenn Danny lächelte, lächelte jeder Zoll seines Gesichtes bis zu den Fältchen in den Augenwinkeln und bis in die Tiefe der Augen selbst. Nie hatte man einen so liebenswürdigen Boxer gesehen. Sein Gesicht war eine Verkörperung von Gutmütigkeit und Kameradschaft. Er kannte alle Welt. Er scherzte und lachte und tauschte über die Seile hinweg Grüße mit seinen Freunden aus. Die andern, die ihre Bewunderung nicht bändigen konnten, riefen laut: »Danny!« Die Stimmung stieg und raste sich in Beifallsstürmen aus, die Minuten dauerten.

Rivera blieb unbeachtet. Spider Hagerthy beugte sich mit aufgedunsenem Gesicht über ihn.

»Krieg nun keine Angst«, warnte er ihn. »Und vergiß die Instruktionen nicht. Du mußt aushalten. Nicht aufgeben! Wenn du aufgibst, sollen wir dich nachher vertobaken. Verstanden? Du hast zu kämpfen.«

Das Publikum begann zu klatschen. Danny durchschritt den Ring, trat auf ihn zu und beugte sich zu ihm nieder. Er nahm Riveras Hand zwischen seine beiden und drückte sie mit überströmender Herzlichkeit. Das Publikum jubelte Beifall. Danny begrüßte seinen Gegner mit der Zärtlichkeit eines Bruders. Seine Lippen bewegten sich, und das Publikum, das die Worte, die er sprach, nicht hören konnte, sie aber als freundlich, liebenswürdig und sportsmäßig auffaßte, schrie wieder. Nur Rivera hörte die leise gesprochenen Worte.

»Du kleine mexikanische Ratte«, drang es zischend zwischen den lächelnden Lippen hervor, »ich will dir die Eingeweide zum Leibe herausprügeln.«

Rivera rührte sich nicht. Er stand nicht auf. Er sah den andern nur voller Haß an.

»Steh auf, du Hund«, heulte jemand im Hintergrund des Zuschauerraums. Die Menge begann ihn wegen seines wenig sportgerechten Benehmens auszuzischen und auszupfeifen, aber er blieb sitzen.

Ein neuer Beifallssturm begrüßte Danny, als er sich durch den Ring auf seinen Platz zurückbegab.

Als Danny sich entkleidete, wurde begeistert »Ah!« und »Oh!« gerufen. Sein Körper war vollkommen und strotzte von Geschmeidigkeit, Kraft und Gesundheit. Die Haut war weiß und glatt wie die einer Frau. Und unter ihrer Oberfläche spielten Anmut, Gewandtheit und Stärke. Das hatte er in Dutzenden von Kämpfen bewiesen. Sein Bild war durch die gesamte Sportpresse gegangen.

Als Spider Hagerthy Rivera das wollene Hemd über den Kopf zog, wurde gezischt. Sein Körper erschien wegen der dunklen Hautfarbe schmächtiger, als er in Wirklichkeit war. Er hatte Muskeln, aber sie traten nicht so in Erscheinung wie die seines Gegners. Was das Publikum dagegen übersah, war seine tiefe Brust. Und es hatte auch keine Ahnung – und konnte sie auch nicht haben – von der Zähigkeit seiner Muskelbänder und von der Explosivkraft seiner Fäuste. Das einzige, was das Publikum sah, war ein braunhäutiger, achtzehnjähriger Bursche mit einem Körper, der wie der eines Knaben wirkte. Da war Danny doch ganz etwas anderes. Das war ein Mann von vierundzwanzig Jahren, und sein Körper der eines Mannes. Der Gegensatz war noch auffälliger, als sie nebeneinander im Ring standen und die letzten Weisungen des Schiedsrichters empfingen.

Rivera bemerkte, daß Roberts direkt hinter den Reportern saß. Er war noch mehr berauscht als gewöhnlich und seine Rede entsprechend schleppender.

»Nur immer ruhig, Rivera«, sagte Roberts. »Totschlagen kann er dich nicht, das vergiß nicht. Er wird gleich im Anfang mächtig auf dich losgehen, aber laß dich nicht dadurch verblüffen. Deck dich nur gut, steh fest und geh in Clinch. Dann kann er dir nichts weiter tun. Stell dir einfach vor, daß er im Trainingssaal auf dich losschlüge.«

Rivera gab kein Zeichen, daß er es gehört hätte.

»Ein mürrischer kleiner Teufel«, murmelte Roberts seinem Nebenmann zu. »So ist er immer gewesen.«

Aber Rivera vergaß, ihm seinen üblichen gehässigen Blick zuzuwerfen. Eine Vision zeigte sich ihm in Gestalt zahlreicher Gewehre. Jedes Gesicht im Zuschauerraum von den teuersten Plätzen bis ganz hinten, soweit er sehen konnte, hatte sich in ein Gewehr verwandelt. Und er sah die mexikanische Grenze vor sich – ausgedörrt, von der Sonne versengt und trostlos, und an ihr die zerlumpten Scharen, die auf die Gewehre hofften.

Er wartete, aufrecht ganz hinten in seiner Ecke stehend. Seine Sekundanten waren unter den Seilen hinausgekrochen und hatten ihre Klappstühle mitgenommen. Danny stand ihm gegenüber in der entgegengesetzten Ecke des viereckigen Ringes. Der Gong ertönte, und der Kampf begann. Das Publikum brüllte vor Freude. Noch nie hatte es einem Kampf beigewohnt, der überzeugender begann. Die Zeitungen hatten recht gehabt. Es war ein Kampf zwischen erbitterten Feinden. Drei Viertel der Entfernung legte Danny in einem Sprung zurück, um seinem Gegner auf den Leib zu kommen, ein Vorstoß, der deutlich verriet, daß es seine Absicht war, den kleinen Mexikaner mit Haut und Haaren zu fressen. Er griff nicht mit einem Schlage, nicht mit zweien, nicht mit einem Dutzend Schlägen an. Es war ein Wirbelwind von Schlägen, ein vernichtender Sturm. Rivera verschwand gleichsam. Er wurde überschüttet, begraben unter Lawinen von Schlägen, die ein Meister von überall her austeilte. Er wurde über den Haufen gerannt, gegen die Seile gefegt, vom Schiedsrichter losgebracht und abermals gegen die Seile geschleudert.

Es war kein Kampf. Es war ein Gemetzel, ein Blutbad. Jedem andern Publikum als den Zuschauern eines Boxkampfes wäre einfach in dieser ersten Minute die Luft ausgegangen. Wahrhaftig: Danny wußte, was er konnte – es war eine fabelhafte Leistung. Das Publikum war seiner Sache so sicher und dabei so aufgeregt und voreingenommen, daß es ganz übersah, daß der Mexikaner sich noch auf den Beinen hielt. Es hatte Rivera ganz vergessen. Es sah ihn kaum, derart verschwand er unter der mörderischen Attacke Dannys. Eine Minute verging auf diese Weise, und noch eine. Dann sah das Publikum in einem Augenblick, als die Kämpfenden getrennt waren, deutlich den Mexikaner. Eine Lippe war gespalten, seine Nase blutete. Als er sich umdrehte und wankend in Clinch ging, sah man dort, wo er die Seile berührt hatte, rote Streifen auf seinem Rücken, aus denen das Blut hervorquoll.

Was das Publikum aber nicht bemerkte, war, daß seine Brust nicht schwer arbeitete und daß seine Augen kalt und ruhig wie je waren. Allzu viele angehende Meister hatten es bei dem alles eher als weichlichen Training mit ähnlichen mörderischen Angriffen auf ihn versucht. Gegen eine Vergütung von einem halben Dollar bis zu fünfzehn Dollar wöchentlich hatte er durchzuhalten gelernt – eine harte Schule, die er durchgemacht hatte.

Da geschah etwas Erstaunliches. Das verwirrende Handgemenge, dessen Einzelheiten man kaum zu folgen vermochte, hörte plötzlich auf. Rivera stand allein da. Danny, der furchtbare Danny, lag auf dem Rücken. Sein Körper zitterte, während er langsam das Bewußtsein wiedergewann. Er hatte weder gewankt, noch war er niedergesunken oder langsam zu Boden gefallen. Riveras Rechte hatte ihn, als er in der Luft schwebte, wie ein Blitz aus heiterem Himmel getroffen. Der Schiedsrichter wies Rivera durch eine Handbewegung zurück und beugte sich, die Sekunden zählend, über den gefallenen Helden. Das Publikum eines Boxkampfes pflegt den fällenden Schlag mit Beifall zu begrüßen. Aber dies Publikum jubelte nicht. Es war alles zu unerwartet gekommen. Die Sekunden wurden von einer gespannten Stille begleitet, die durch die triumphierende Stimme Roberts zerrissen wurde.

»Ich hab' es Ihnen ja gesagt, daß er mit beiden Händen gleich gut boxt.«

In der fünften Sekunde wälzte Danny sich auf das Gesicht herum, und als sieben gezählt wurde, stützte er sich auf das eine Knie, bereit, aufzustehen, sobald »neun« und bevor »zehn« gezählt wurde. Berührte sein Knie bei »zehn« noch den Boden, so wurde er ausgezählt und hatte verloren. In dem Augenblick, wenn sein Knie sich vom Boden hob, wurde er als stehend angesehen, und im selben Augenblick hatte Rivera das Recht, wieder zu versuchen, ihn zu Boden zu schlagen. Rivera gedachte nicht, sich diese Gelegenheit entgehen zu lassen. Er umkreiste seinen Gegner, aber der Schiedsrichter kreiste vor ihm, und Rivera merkte, daß die Sekunden, die er zählte, sehr lange dauerten. Alle Gringos waren gegen ihn, sogar der Schiedsrichter.

Bei »neun« gab der Schiedsrichter Rivera einen Stoß, daß er zurückflog. Das war unfair, aber dadurch wurde es Danny möglich, lächelnd wieder aufzustehen. Halb gekrümmt und mit den Armen Gesicht und Unterleib schützend, wankte er vorwärts und ging gewandt in Clinch. Nach den Regeln des Boxsports hätte der Schiedsrichter seinen Griff lösen müssen, aber er tat es nicht, und Danny klammerte sich an wie eine Muschel im Wogenprall der Brandung und kam allmählich wieder zu Kräften. Die letzte Minute der Runde war angebrochen. Wenn er bis zu ihrem Ende durchhielt, konnte er sich eine ganze Minute lang in seiner Ecke erholen. Und er hielt durch und lächelte trotz aller Verzweiflung und Kläglichkeit.

»Seht, Danny lächelt!« schrie einer, und das Publikum lachte laut und erleichtert.

»Eine verfluchte Stoßkraft hat der Lausebengel«, sagte Danny ächzend in seiner Ecke zu dem Trainer, während seine Adjutanten ihn wie toll bearbeiteten. Die zweite und die dritte Runde waren matt. Danny, der ein kalter, gerissener Boxer war, stellte sich und blockte, um sich von dem betäubenden Schlag, den er in der ersten Runde bekommen hatte, zu erholen. In der vierten Runde war er wieder ganz der alte. Obwohl er zerschlagen und verwirrt war, setzte seine gute Form ihn instand, seine Kraft wiederzugewinnen. Aber er versuchte es nicht wieder mit seiner mörderischen Taktik. Der Mexikaner hatte ihm gezeigt, daß sie bei ihm versagte. Statt dessen tischte er jetzt seine besten Boxerkünste auf. In allen Tricks sowohl wie in Erfahrung und Ausbildung war er ein Meister; wenn er auch nichts Entscheidendes ausrichten konnte, so schlug er doch weiter auf seinen Gegner los und zermürbte ihn nach allen Regeln der Kunst. Er schlug dreimal, wenn Rivera einmal schlug, aber es waren nicht entscheidende Schläge. Die Summe vieler Schläge sollte den Ausschlag geben. Er bewunderte diesen mit beiden Händen gleich gut boxenden Neuling, dessen Fäuste mit erstaunlicher Wucht stießen.

In der Verteidigung zeigte Rivera sich im Besitz einer erstaunlichen Technik der Linken. Immer wieder, in einem Angriff nach dem andern, schoß sie vor und richtete Dannys

Mund und Nase übel zu. Aber Danny paßte sich an. Das war es, was ihn später zum Weltmeister machen sollte. Er konnte nach Belieben eine Kampfart mit der andern vertauschen. Jetzt rückte er seinem Gegner nahe auf den Leib. Durch diese Technik, die ihm besonders lag, wurde es ihm möglich, der Linken des andern zu entgehen. Jetzt brachte er das Publikum mehrmals dazu, vor Begeisterung zu toben, und den Vogel schoß er ab, indem er durch einen mächtigen Schlag den Mexikaner in die Luft hob und auf die Matte fallen ließ. Rivera ruhte auf dem einen Knie und nutzte die Sekunden nach Möglichkeit aus, aber er war innerlich überzeugt, daß der Schiedsrichter die Sekunden für ihn sehr abkürzte.

In der siebenten Runde glückte es Danny wieder, den teuflischen Schlag zu landen. Er brachte Rivera nur zum Wanken, aber im nächsten Augenblick, als er hilf- und wehrlos dastand, ließ er ihn durch einen neuen Schlag zwischen den Seilen hindurchfliegen. Rivera fiel mitten zwischen die Presseleute, die ihn aufhoben und außerhalb der Seile in seine Ecke beförderten. Hier ruhte er auf dem einen Knie, während der Schiedsrichter eilig die Sekunden zählte. Innerhalb der Seile, unter denen er sich ducken mußte, um wieder auf den Kampfplatz zu gelangen, wartete Danny auf ihn. Der Schiedsrichter legte sich weder dazwischen, noch stieß er Danny zurück.

Die Zuschauer waren außer sich vor Begeisterung. »Schlag ihn tot, Danny, schlag ihn tot!« wurde gebrüllt.

Dutzende von Stimmen griffen den Schrei auf, und es klang wie das Kriegsgeheul eines Wolfsrudels.

Danny tat sein Bestes, als aber nicht »neun«, sondern erst »acht« gezählt wurde, schlüpfte Rivera unerwartet durch die Seile hinein und rettete sich durch Clinchen. Jetzt war der Schiedsrichter gleich da, riß ihn los, so daß er getroffen werden konnte, und half Danny so viel, wie ein unfairer Schiedsrichter helfen kann.

Aber Rivera überstand den Angriff, und der Schwindel verzog sich aus seinem Hirn. Sie waren alle gleich. Sie waren die verhaßten Gringos, und sie waren alle unehrlich. Aber selbst in den schlimmsten Augenblicken leuchteten und funkelten die Visionen in seinem Hirn – lange Eisenbahnzüge, die durch die Wüste ratterten, Gefängnisse und Kerker, Vagabunden an Wasserstellen – das ganze qualvolle, schmutzige Panorama, das er auf seinem Umherirren nach den Tagen von Rio Blanco und dem Streik gesehen hatte. Und in einer herrlichen, strahlenden Vision sah er die große Revolution über das Land hinbrausen. Die Gewehre waren da, gerade vor ihm. Jedes einzelne der verhaßten Gesichter war ein Gewehr. Für die Gewehre kämpfte er. Er und die Gewehre waren eins. Er und die Revolution waren eins. Er kämpfte hier für ganz Mexiko.

Das Publikum begann ärgerlich auf Rivera zu werden. Warum steckte er die Prügel nicht ein, die ihm zugedacht waren? Natürlich wurde er besiegt, aber warum machte er da so viele Geschichten? Nur sehr wenige interessierten sich für ihn, und das war der bestimmte, begrenzte Prozentsatz von Spielern, die ein hohes Spiel spielten. Obwohl sie an Dannys Sieg glaubten, hatten sie doch vier zu zehn oder eins zu drei auf den Mexikaner gesetzt. Ziemlich erheblich waren die Wetten, wie viele Runden Rivera durchhalten würde. Manche hatten sogar leichtsinnigerweise darauf gesetzt, daß er keine sieben, ja keine sechs Runden durchhalten würde. Die, welche dagegen gehalten, also gewonnen und die Frage bezüglich des gewagten Geldes glücklich gelöst hatten, schlossen sich jetzt den andern an und jubelten dem Mexikaner zu.

Rivera wollte sich nicht schlagen lassen. In der achten Runde versuchte sein Gegner vergebens, den Uppercut zu wiederholen. Die neunte Runde verblüffte wieder das Publikum. Mitten in einem Clinch machte sich Rivera mit einer schnellen, geschmeidigen Bewegung frei, und in dem engen Zwischenraum zwischen ihren Leibern fuhr seine Rechte von unten hoch. Danny ging auf den Boden und nutzte das Zählen aus. Die Zuschauer waren erschrocken. Er war auf seinem eigenen Gebiet geschlagen. Sein berühmter rechter Uppercut war gegen ihn selbst angewandt worden. Als er bei »neun« aufstand, versuchte Rivera nicht, ihn zu treffen. Der Schiedsrichter hätte es ja doch verhindert, obwohl er im umgekehrten Falle, wenn es Rivera war, der aufstehen sollte, beiseite trat.

In der zehnten Runde führte Rivera den rechten Uppercut vom Gürtel gegen das Kinn seines Gegners aus. Danny geriet vor Wut außer sich. Das Lächeln verließ zwar nicht einen Augenblick sein Gesicht, aber er ging wieder zu seinen mörderischen Angriffen über. Aber so sehr er auch herumtanzte, konnte er Rivera doch nichts tun, Rivera aber schlug ihn in der Verwirrung und dem Tumult dreimal hintereinander nieder. Danny gewann seine Kräfte nicht mehr so schnell wieder, und in der elften Runde sah es ernst für ihn aus. Aber von jetzt an bis zur vierzehnten Runde leistete er das Beste, was er je in seiner Laufbahn gezeigt hatte. Er stand und placierte die Schläge, schonte seine Kräfte im Kampf und versuchte die, welche er schon zugesetzt hatte, zurückzugewinnen. Dazu kämpfte er so regelwidrig, wie es nur ein erfolgreicher Boxer kann. Jeden Kniff und Trick wandte er an, ging in Clinch, tat aber, als wäre es zufällig, preßte Riveras Handschuhe zwischen Arm und Leib und legte seinen eigenen Handschuh Rivera auf den Mund, um ihm den Atem zu nehmen. Wenn sie einander dicht auf dem Leibe waren, zischte er zwischen den aufgeschlagenen, aber lächelnden Lippen Rivera abscheuliche, unaussprechliche Schimpfworte ins Ohr.

Alle, vom Schiedsrichter bis zum Publikum, hielten zu Danny und halfen Danny. Und sie wußten, was er im Sinne hatte. Überwältigt durch diesen überraschenden Unbekannten, setzte er all seine Hoffnung in einen einzigen entscheidenden Schlag. Er gab sich Blößen und steckte die Schläge ein, reizte seinen Gegner, machte Scheinangriffe und versuchte Rivera dahin zu bringen, daß er sich die Blöße gab, die es ihm erlaubte, aus aller Kraft zuzuschlagen und zu siegen. Wie ein anderer, größerer Boxer vor ihm getan, konnte er seinen Gegner vielleicht mit einem Rechten und einem Linken auf den Solarplexus und über das Kinn treffen. Er konnte es, denn er war bekannt für die Stoßkraft, die in seinen Armen war, solange er sich nur auf den Beinen halten konnte.

Riveras Sekundanten sorgten in den Pausen zwischen den Runden nur wenig für ihn. Sie trockneten ihn ein bißchen mit den Handtüchern ab, verschafften aber seiner keuchenden Lunge nicht viel Luft. Spider Hagerthy gab ihm Ratschläge, aber er wußte, daß es schlechte Ratschläge waren. Alle waren gegen ihn. Er war von Verrätern umgeben. In der vierzehnten Runde brachte er Danny wieder auf den Boden und ruhte sich aus, während der Schiedsrichter die Sekunden zählte. Aus der anderen Ecke hatte Rivera ein verdächtiges Flüstern gehört. Er sah, wie Michael Kelly zu Roberts ging, sich über ihn beugte und ihm etwas zuflüsterte. Riveras Ohren waren wie die einer Katze, in der Wüste geübt, und er hörte Bruchstücke von dem, was Michael sagte. Er wollte gern mehr hören, und als sein Gegner sich erhob, glückte es ihm, so zu manövrieren, daß er Gelegenheit zu einem Clinch an den Seilen bekam.

»Er muß«, hörte er Michael sagen, und Roberts nickte. »Danny muß gewinnen – ich verliere ein Vermögen – ich habe eine Unsumme gewettet – mein eigenes Geld – wenn er die fünfzehnte Runde durchhält, bin ich ruiniert – der Junge wird sich danach richten, was du sagst. Steck es ihm.«

Und jetzt hatte Rivera keine Visionen mehr. Sie versuchten ihn zu narren. Noch einmal schlug er Danny zu Boden und ruhte sich, die Hände in die Seiten gestützt, aus. Roberts stand auf.

»Jetzt ist er fertig«, sagte er. »Geh in deine Ecke.«

Er sprach gebieterisch, wie er oft beim Training mit Rivera gesprochen hatte. Aber Rivera sah ihn erbittert an und wartete, daß Danny aufstehen sollte.

Als er in der minutenlangen Pause wieder in seiner Ecke saß, kam Kelly, der Unternehmer, zu Rivera und sprach mit ihm. »Gib auf, verdammter Kerl!« fauchte er leise. »Du mußt dich schmeißen lassen, Rivera. Tue, wie ich dir sage, und ich sichere dir deine Zukunft. Nächstes Mal lasse ich dich über Danny siegen. Aber diesmal mußt du dich besiegen lassen.« Rivera ließ ihn durch einen Blick verstehen, daß er seine Worte gehört hatte, gab aber durch kein Zeichen zu erkennen, ob er einwilligte oder nicht.

»Warum sagst du nichts?« fragte Kelly zornig.

»Du verlierst unter allen Umständen«, fügte Spider Hagerthy hinzu. »Der Schiedsrichter läßt dich nicht siegen. Höre auf Kelly und laß dich schmeißen!«

»Ja, laß dich schmeißen, mein Junge!« drang Kelly in ihn. »Dann verhelfe ich dir zur Meisterschaft.«

Rivera antwortete nicht.

»Ich tue es, so wahr mir Gott helfe, mein Junge.«

Als der Gong ertönte, hatte Rivera das Gefühl, daß irgendeine Gefahr ihm drohte. Das Publikum merkte nichts. Was es auch sein mochte – jedenfalls war es innerhalb des Ringes und ganz in seiner Nähe. Danny schien seine frühere Sicherheit wiedergewonnen zu haben. Die Zuversichtlichkeit, mit der er ankam, erschreckte Rivera. Offenbar waren sie im Begriff, ihm irgendeinen Streich zu spielen. Danny sprang auf ihn los, aber Rivera wich ihm aus. Er brachte sich in Sicherheit, indem er einen Schritt zurücktrat. Der andere hatte erwartet, daß er in Clinch gehen würde. Das war zu einem gewissen Grade nötig, wenn der Streich gelingen sollte. Rivera zog sich zurück und umkreiste den Gegner, fühlte aber doch, daß bei dem Zusammenstoß, der früher oder später erfolgen mußte, der Kniff versucht werden würde. Als Danny wieder vorstürmte, tat Rivera, als wolle er in Clinch gehen. Aber im letzten Augenblick sprang er, gerade als ihre Leiber zusammenstoßen wollten, rasch zurück. Und im selben Augenblick ertönte aus Dannys Ecke der Ruf: »Foul!« Rivera hatte sie angeführt. Der Schiedsrichter zögerte unentschlossen. Die Entscheidung, die ihm auf den Lippen lag, fiel nie, denn eine Knabenstimme auf der Galerie schrillte: »Schiebung!«

Danny schimpfte laut auf Rivera und stürmte auf ihn los, aber Rivera wich ihm tänzelnd aus. Rivera beschloß jetzt, nicht mehr nach dem Körper des andern zu zielen. Damit setzte er seine halbe Chance, zu gewinnen, aufs Spiel, aber er wußte, daß er, wenn er überhaupt siegen wollte, den Nahkampf vermeiden mußte. Beim geringsten Anlaß würden sie ihn eines »Fouls« beschuldigen. Danny ließ alle Vorsicht beiseite. In zwei Runden stürmte er auf den Jungen los, der ihm nicht im Nahkampf zu begegnen wagte. Immer wieder wurde Rivera getroffen; er steckte die Schläge zu Dutzenden ein, um dem gefährlichen Nahkampf zu entgehen. Bei dieser einzig dastehenden Schlußszene Dannys erhob das Publikum sich und wurde wahnsinnig. Es verstand nichts von dem, was vorging. Das einzige, was es sehen konnte, war, daß sein Favorit doch siegte.

»Warum kämpfst du nicht?« schrien sie Rivera zornig zu. »Jammerlappen! Jammerlappen! Los, du Hund! Schlag ihn tot, Danny! Du hast ihn ja schon! Hau ihn«

Von allen im ganzen Hause war Rivera der einzige, der seine Kaltblütigkeit bewahrte. Nach Temperament und Rasse war er der leidenschaftlichste von allen, aber er war so weit größeren Aufregungen ausgesetzt gewesen, daß diese gemeinsame, aus zehntausend Kehlen schreiende Leidenschaft, die sich Woge auf Woge erhob, ihm nicht mehr als die sammetartige Kühle eines Sommerabends bedeutete.

In der siebzehnten Runde setzte Danny seine Angriffe fort. Unter einem heftigen Schlag wankte Rivera. Seine Hände sanken hilflos herab, während er widerstrebend zurücktaumelte. Jetzt dachte Danny, daß seine Chance gekommen wäre. Der Junge war in seiner Gewalt. Durch diese Komödie überrumpelte Rivera ihn und traf ihn mit der geraden Rechten auf den Mund. Danny fiel. Als er aufstand, fällte Rivera ihn durch einen rechten Haken auf Hals und Kinn. Das wiederholte sich dreimal. Kein Schiedsrichter der Welt hätte von einem Foul sprechen können.

»Oh, Bill! Bill!« flehte Kelly den Schiedsrichter an.

»Ich kann nichts dabei machen«, sagte der Schiedsrichter bedauernd. »Er gibt mir keine Gelegenheit dazu.«

Danny stand immer wieder auf, zerschlagen, aber heldenmütig. Kelly und andere in der Nähe des Ringes begannen nach der Polizei zu rufen, daß sie einschreiten sollte, obwohl Dannys Ecke sich weigerte, das Handtuch hineinzuwerfen. Rivera sah den dicken Wachtmeister einen ungeschickten Versuch machen, unter den Seilen hereinzuklettern, und wußte nicht recht, was das bedeutete. Diese Gringos wußten auf so vielerlei Weise bei einem Boxkampf zu betrügen. Danny, der wieder auf die Beine gekommen war, taumelte unsicher und hilflos vor ihm hin und her. Der Schiedsrichter und der Polizist streckten beide die Hände nach Rivera aus, als er den letzten Schlag führte. Es gab keinen Grund zum Einschreiten, denn Danny blieb liegen.

»Zähl!« rief Rivera dem Schiedsrichter heiser zu.

Und als das Zählen beendet war, hoben die Sekundanten Danny auf und trugen ihn in seine Ecke.

»Wer ist der Sieger?« fragte Rivera.

Widerwillig ergriff der Schiedsrichter seine behandschuhte Hand und hielt sie hoch.

Rivera erhielt keine Glückwünsche. Ohne Begleitung ging er in seine Ecke, wo seine Sekundanten noch nicht den Feldstuhl für ihn hingesetzt hatten. Er lehnte sich gegen die Seile, sah sie erbittert an, ließ den Blick auf ihnen ruhen und ließ ihn dann über die Zehntausende von Gringos schweifen. Die Knie zitterten ihm, und er stöhnte vor Erschöpfung. Vor seinen Augen wogten die verhaßten Gesichter hin und her in schwindelnder Übelkeit. Dann aber entsann er sich, daß sie Gewehre bedeuteten. Die Gewehre waren sein. Die Revolution konnte beginnen.

Der Schrei des Pferdes

Dies ist eine wahre Geschichte. Sie geschah in der Stier-kampfarena von Quito. Ich saß in einer Loge mit John Harned, Maria Valenzuela und Luis Cervallo. Ich sah, wie es geschah, denn ich sah es von Anfang bis zu Ende.

Ich reiste auf dem Dampfer »Ecuadore« von Panama nach Guayaquil.

Ich bin Spanier – Ecuadorianer allerdings, aber ich stam-me von Pedro Patino ab, einem von Pizarros Hauptleuten.

Es waren tapfere Männer. Es waren Helden. Hat Pizarro nicht dreihundertfünfzig spanische Ritter und viertausend Indianer auf der Schatzsuche tief in die Kordilleren geführt? Und starben nicht all die viertausend Indianer und dreihun-dert von den tapferen Rittern bei der vergeblichen Suche? Aber Pedro Patino starb nicht. Er blieb am Leben und be-gründete die Familie der Patinos. Ich bin aus reinem spani-schem Blut.

Ich besitze viele Haziendas, und zehntausend Indianer sind meine Sklaven, wenn das Gesetz auch sagt, daß sie freie Menschen sind, die aus freiem Willen kontraktliche Arbeit leisten.

Das Gesetz ist eine komische Sache. Wir Ecuadorianer la-chen darüber. Es ist unser Gesetz. Wir machen es selbst.

Ich bin Manuel de Jesus Patino. Prägen Sie sich diesen Namen ein. Eines Tages wird er Geschichte machen. Es gibt Revolutionen in Ecuador. Wir nennen sie Wahlen.

John Harned war Amerikaner. Ich traf ihn das erste Mal im Tivoli-Hotel in Panama. Er hatte viel Geld – das hatte ich gehört. Er ging nach Lima, aber im Tivoli-Hotel traf er Maria Valenzuela. Maria Valenzuela ist meine Kusine, und sie ist schön, wahrlich, sie ist die schönste Frau in Ecuador. Aber sie ist auch die schönste in jedem Lande – in Paris, in New York, in Wien. Alle Männer sehen ihr nach, und das tat John Harned auch mächtig hier in Panama. Er liebte sie, das ist Tatsache, ich weiß es. Sie war Ecuadorianerin, gewiß – aber sie gehörte eigentlich allen Ländern der ganzen Welt an. Sie sprach viele Sprachen. Sie sang – ach! wie eine Künstlerin. Ihr

Lächeln – herrlich, göttlich. Ihre Augen – ach! Haben nicht alle Männer ihr in die Augen gesehen? Sie waren Verheißungen des Paradieses.

Maria Valenzuela war reich – reicher als ich, der ich doch für sehr reich in Ecuador gelte. Aber John Harned machte sich nichts aus ihrem Geld. Er hatte ein Herz – ein komisches Herz. Er war ein Narr. Er ging nicht nach Lima. Er verließ den Dampfer in Guayaquil und begleitete Maria nach Quito. Sie war gerade aus Europa zurückgekehrt. Ich weiß nicht, was sie an ihm fand, aber sie hatte ihn gern. Das weiß ich bestimmt, sonst würde er sie nicht nach Quito begleitet haben. Sie forderte ihn dazu auf. Ich erinnere mich dessen noch genau. Sie sagte:

»Kommen Sie nach Quito, und ich werde Ihnen einen Stierkampf zeigen – tapfer, schön, glänzend!«

Aber er sagte: »Ich gehe nach Lima, nicht nach Quito. Dahin lautet meine Fahrkarte.«

»Sie reisen doch zum Vergnügen, nicht wahr?« sagte Maria Valenzuela, und sie sah ihn an, wie nur Maria Valenzuela einen ansehen konnte, mit warmen, vielverheißenden Augen.

Und er reiste mit ihr. Nein, er kam nicht wegen des Stierkampfes. Er kam wegen dessen, was er in ihren Augen gesehen hatte. Frauen wie Maria Valenzuela werden einmal in hundert Jahren geboren. Sie sind Göttinnen. Männer fallen ihnen zu Füßen. Sie spielen mit Männern und lassen sie wie Sand durch ihre schönen Finger rinnen. Kleopatra soll eine solche Frau gewesen sein, und Circe auch.

Es kam alles daher, daß Maria Valenzuela sagte: »Ihr Engländer seid – wie soll ich sagen? – wild – nicht wahr? Ihr liebt das Boxen. Zwei Männer schlagen sich mit den Fäusten, bis ihre Augen blind und ihre Nasen gebrochen sind. Abscheulich! Und die andern Männer, die zuschauen, sind ganz verrückt und toben vor Begeisterung. Das ist barbarisch!«

»Aber es sind Männer«, sagte John Harned, »und sie boxen zum Vergnügen. Keiner zwingt sie zum Boxen. Sie tun es, weil sie mehr Lust dazu haben als zu sonst irgend etwas auf der Welt.«

Maria Valenzuela – ihr Lächeln war zornig, als sie sagte: »Sie töten einander oft – ist es nicht so? Das habe ich in den Zeitungen gelesen.«

»Aber der Stier«, sagte John Harned, »der Stier wird oft und immer beim Stierkampf getötet, und die Stiere kommen nicht zu ihrem Vergnügen in die Arena. Es ist kein ehrliches Spiel dem Stier gegenüber. Er wird zum Kampf gezwungen. Aber der Boxer – nein, ihn zwingt keiner.«

»Eben deshalb ist er brutaler«, sagte Maria Valenzuela, »er ist ein Wilder, er ist ein Tier. Er schlägt mit seinen Tatzen wie ein Bär in seiner Höhle, und er ist grausam. Aber der Stierkampf – ach! Sie haben nie einen Stierkampf gesehen, nicht wahr? Der Toreador ist tüchtig. Er ist ausgebildet. Er ist modern. Er ist romantisch. Er ist nur ein Mensch, schwach und gebrechlich, aber er tritt dem wilden Stier entgegen. Und er tötet mit einem Schwert, einem schwachen Schwert, mit einem einzigen Stoß, so, gerade ins Herz der großen Bestie. Es ist herrlich. Man bekommt Herzklopfen, wenn man es sieht – der kleine Mann, das große Tier, die weite, mit Sand bestreute Arena, die Tausende von atemlosen Zuschauern! Das große Tier stürzt sich im Angriff auf ihn, aber der Mann steht wie eine Statue da; er regt sich nicht, er fürchtet sich nicht, und in seiner Hand blinkt die leichte Waffe wie Silber in der Sonne. Immer näher kommt das große Tier mit seinen scharfen Hörnern, und der Mann regt sich nicht. Aber dann – so – das Schwert blitzt, der Stoß sitzt, im Herzen, bis zum Griff, der Stier fällt in den Sand und ist tot, und der Mann ist unverletzt. Das ist tapfer. Es ist prachtvoll! Ach! – Ich könnte einen Toreador lieben. Aber der Boxer – er ist eine Bestie in Menschengestalt, ein Wahnsinniger, der unzählige Schläge in sein dummes Gesicht empfängt und sich darüber freut. Kommen Sie nach Quito, und ich werde Ihnen tapferen Männersport zeigen: den Toreador und den Stier.«

Aber John Harned ging nicht des Stierkampfes wegen nach Quito. Er kam Maria Valenzuelas wegen. Er war ein großer Mann, breitschultriger als wir Ecuadorianer, höher gewachsen. Schwerer an Gliedern und Knochen. Er war sogar größer als die meisten Männer seiner eigenen Rasse. Seine

Augen waren blau, aber manchmal habe ich sie grau und zeitweise ganz wie kalten Stahl gesehen. Seine Züge waren groß – nicht feingeformt wie die unsern, und seine Kinnbacken sahen sehr stark aus. Er war glattrasiert wie ein Priester. Braucht ein Mann sich der Haare zu schämen, die er im Gesicht hat? Hat Gott sie ihm nicht gegeben? Ja, ich glaube an Gott. Ich bin kein Heide. Gott ist gut. Er machte mich zu einem Ecuadorianer mit zehntausend Sklaven. Und wenn ich sterbe, werde ich zu Gott eingehen.

Um aber zu John Harned zurückzukehren. Er war ein stiller Mann. Er sprach immer mit leiser Stimme und bewegte nie die Hände beim Sprechen. Man hätte glauben sollen, daß sein Herz aus Eis war. Aber es war doch ein bißchen Wärme in seinem Blut, denn er begleitete Maria Valenzuela nach Quito. Aber wenn er auch leise und ohne die Hände zu bewegen sprach, war er doch ein Tier, wie man sehen wird – ein Tier, ein dummer, grausamer Wilder aus der fernen Vorzeit, der sich in Felle kleidete und mit Bären und Wölfen zusammen in Höhlen lebte.

Luis Cervallos ist mein Freund. Er besitzt drei Kakaoplantagen in Naranjito und Chobo. Bei Milagro liegt seine große Zuckerplantage. Er hat große Besitzungen bei Ambato und Latacunga und war an Petroleumquellen im Küstengebiet beteiligt. Er hatte auch viel Geld in Gummiplantagen am Guayas gesteckt. Er ist ein moderner Mensch wie die Yankees, ein reiner Geschäftsmann. Er hat viel Geld, aber das ist in vielen Unternehmungen angelegt, und er braucht immer mehr Geld, sowohl für die neuen Unternehmungen wie für die alten. Er ist überall gewesen und hat alles gesehen. Als ganz junger Mann war er auf der Militärakademie der Yankees, die West Point heißt. Da passierte irgend etwas. Er mußte fort. Er liebte die Amerikaner nicht. Aber er liebte Maria Valenzuela, die aus seinem eigenen Lande war. Außerdem brauchte er ihr Geld für seine Unternehmungen und für seine Goldmine in Ostecuador, wo die gemalten Indianer leben. Er war ihr Freund. Es war mein Wunsch, daß er Maria Valenzuela heiraten sollte. Zudem hatte ich viel Geld in seine Unternehmungen, namentlich in die Goldmine gesteckt, die sehr reich war, aber noch mehr Geld erforderte, ehe sie Gewinn geben konnte. Wenn Luis Cervallos Maria Valenzuela heiratete, hätte ich sehr bald noch mehr Geld.

Aber John Harned begleitete Maria Valenzuela nach Quito, und uns – Luis Cervallos und mir – wurde es bald klar, daß sie sehr freundliche Gefühle für John Harned hegte. Es heißt, daß eine Frau immer ihren Willen durchsetzt, aber in diesem Fall stimmte das nicht, denn Maria Valenzuela bekam ihren Willen nicht – jedenfalls nicht in bezug auf John Harned. Vielleicht wäre alles auch gegangen, wie es ging, selbst wenn Luis Cervallos und ich an dem Tage beim Stiergefecht in Quito nicht in der Loge gesessen hätten. Aber das weiß ich: Wir saßen an dem Tage in der Loge, und ich werde Ihnen erzählen, was geschah.

Wir saßen zu vieren in der einen Loge von Luis Cervallos. Ich saß direkt neben der Präsidentenloge. Auf der andern Seite befand sich die Loge General José Eliceo Salazars. Bei ihm befanden sich Joaquin Endara und Urcisino Castillo, beide Generäle, sowie Oberst Jacinto Fierro und Hauptmann Baltazar de Echeverria. Nur die Stellung und der Einfluß eines Luis Cervallos konnte ihnen die Loge neben der des Präsidenten sichern. Ich weiß bestimmt, daß der Präsident den Wunsch ausgedrückt hatte, Luis Cervallos zum Nachbarn zu bekommen.

Das Orchester hatte gerade die Nationalhymne von Ecuador gespielt. Der Präsident gab durch Kopfnicken das Zeichen zum Anfang. Die Hörner erschallten, und der Stier kam hereingestürzt – Sie kennen das, aufgeregt, wild gemacht durch die Wurfpfeile, die wie Feuer in seiner Schulter brannten, suchte er rasend nach einem Feind, um ihn zu vernichten. Plötzlich erschienen auf allen Seiten die Kapeadore, fünf im ganzen, mit ihren bunten, flatternden Umhängen. Beim Anblick eines solchen Überflusses von Feinden blieb der Stier stehen; offenbar wußte er nicht recht, wen er angreifen sollte. Da ging einer der Kapeadore allein auf den Stier los. Der Stier war sehr erbost. Mit seinen Vorderfüßen stampfte er in den Sand der Arena, daß eine Staubwolke ihn umgab. Dann ging er mit gesenktem Haupt zum Angriff auf den Kapeador über.

Der erste Angriff des ersten Stiers ist immer interessant. Nach einiger Zeit wird man ganz natürlicherweise ein wenig müde, und die Aufmerksamkeit erschlafft. Aber der erste Angriff des ersten Stiers! John Harned sah es zum ersten Male, und ob er wollte oder nicht, es riß ihn mit – der Anblick des Mannes, der nur mit einem Stück Tuch bewaffnet war, und des Stiers, der mit weit auseinanderstehenden spitzen Hörnern gerade auf ihn zu raste.

»Sehen Sie!« rief Maria Valenzuela. »Ist das nicht prachtvoll?«

John Harned nickte, sah sie aber nicht an. Seine Augen funkelten und waren nur auf die Arena gerichtet. Der Kapeador trat beiseite und wich dem Stier mit einer raschen Bewegung des Umhangs aus und warf ihn ihm über die Schulter.

»Was sagen Sie dazu?« fragte Maria Valenzuela. »Nennen Sie das nicht Sport – sagen Sie!«

»Wahrhaftig«, sagte John Harned. »Das war gut gemacht.«

Sie klatschte vor Vergnügen in die Hände. Es waren kleine Hände. Das ganze Publikum klatschte. Der Stier machte kehrt und kam wieder zurück. Wieder wich der Kapeador aus und warf ihm den Umhang über die Schulter, und wieder klatschten die Zuschauer. Dreimal wiederholte sich das. Der Kapeador war ausgezeichnet. Dann trat er zurück, und ein anderer Kapeador spielte mit dem Stier. Hierauf hefteten sie die Banderillas an den Stier, an die Schultern, zu beiden Seiten des Rückgrats, je zwei auf einmal. Dann trat Ordonez, der erste Matador, mit der langen Klinge und dem scharlachroten Umhang vor. Die Hörner gaben das Signal für den Tod. Er war nicht so geschickt wie Matestini. Aber er war doch ganz tüchtig und trieb die Klinge mit einem einzigen Stoß in das Herz des Tieres. Der Stier knickte in die Knie ein, legte sich nieder und starb. Es war ein schöner Stoß, genau und sicher; der Beifall war denn auch stark, und viele von den Zuschauern warfen ihre Hüte in die Arena. Maria Valenzuela klatschte Beifall wie die andern, aber John Harned, auf dessen kaltes Herz die Begebenheit keinen Eindruck machte, sah sie neugierig an.

»Sie mögen das?« fragte er.

»Immer«, sagte sie und klatschte weiter in die Hände.

»Schon als sie ein kleines Mädchen war«, sagte Luis Cervallos. »Ich erinnere mich ihres ersten Stierkampfes. Sie war damals vier Jahre alt und klatschte in die Hände, genau wie jetzt. Sie ist eine echte Spanierin.«

»Jetzt haben Sie es gesehen«, sagte Maria Valenzuela zu John Harned, als Maultiere vor den toten Stier gespannt wurden, um ihn hinauszuschleppen.

»Sie haben einen Stierkampf gesehen, und er gefällt Ihnen, nicht wahr? Was meinen Sie?«

»Ich meine, daß der Stier keine Chance hatte«, sagte er. »Der Stier war von Anfang an zum Tode verurteilt. Der Ausgang war unzweifelhaft. Noch ehe der Stier in die Arena kam, wußte jeder, daß er sterben mußte. Bei einem wirklichen Sport muß der Ausgang zweifelhaft sein. Es war ein dummer Stier, der nie mit einem Menschen gekämpft, gegen fünf kluge Männer, die mit vielen Stieren gekämpft hatten. Vielleicht wäre es ehrlicheres Spiel, wenn es nur ein Mann gegen einen Stier wäre.«

»Oder ein Mann gegen fünf Stiere«, sagte Maria Valenzuela, und wir lachten alle, und Luis Cervallos lachte am lautesten.

»Ja«, sagte John Harned, »gegen fünf Stiere, und der Mann darf, ebenso wie die Stiere, nie vorher in der Arena gestanden haben. Ein Mann wie Sie, Señor Cervallos.«

»Und doch lieben wir Spanier den Stierkampf«, sagte Luis Cervallos, und ich möchte darauf schwören, daß der Teufel ihm zuflüsterte, das zu tun, was ich Ihnen jetzt erzählen will.

»Dann muß es ein anerzogener Geschmack sein«, antwortete John Harned. »Wir töten Tausende von Stieren täglich in Chicago, aber nicht ein einziger würde etwas bezahlen, um zusehen zu dürfen.«

»Das ist Schlachterei«, sagte ich. »Dies aber, oh, dies ist Kunst. Es ist prachtvoll. Es ist herrlich. Es ist auserlesen.«

»Nicht immer«, sagte Luis Cervallos. »Ich habe ungeschickte Matadore gesehen und kann Ihnen versichern, daß es nicht schön war.«

Ihn schauerte, und in seiner Miene malte sich Ekel ab, und in diesem Augenblick wußte ich, daß der Teufel ihm etwas zuflüsterte und daß er seine Rolle zu spielen begann.

»Vielleicht hat Señor Harned recht«, fuhr Luis Cervallos fort. »Gegenüber dem Stier ist es vielleicht kein ehrliches Spiel. Wissen wir nicht alle, daß der Stier vierundzwanzig Stunden lang kein Wasser bekommt, aber unmittelbar vor dem Kampf soviel Wasser trinken darf, wie er will?«

»Und dann kommt er schwer von Wasser in die Arena?« fragte John Harned schnell, und ich sah, daß seine Augen sehr grau, sehr scharf und sehr kalt waren.

»Das ist notwendig für den Sport«, erklärte Luis Cervallos. »Wollen Sie, daß der Stier so stark ist, daß er die Toreadore tötet?«

»Ich möchte nur, daß er eine Chance im Kampfe haben soll«, sagte John Harned und blickte wieder in die Arena, um den zweiten Stier hereinkommen zu sehen.

Es war kein guter Stier. Er hatte Furcht. Er lief in der Arena herum und suchte eine Stelle, wo er hinausschlüpfen könnte. Die Kapeadore traten vor und schwangen ihre Mäntel, aber er wollte sie nicht angreifen.

»Es ist ein dummer Stier«, sagte Maria Valenzuela.

»Verzeihung«, sagte John Harned. »Ich finde, es ist ein kluger Stier. Er weiß, daß er nicht mit Menschen kämpfen kann. Sehen Sie! Er wittert schon den Tod in der Arena.«

Wirklich. Der Stier war an der Stelle stehengeblieben, wo der erste getötet wurde, und er roch an dem nassen Sand und schnaufte, dann lief er wieder in der Arena herum und betrachtete mit erhobenem Kopf die Tausende von Menschen, die ihn auspfiffen, ihn mit Apfelsinenschalen bewarfen und beschimpften. Aber der Blutgeruch ließ ihn seinen Entschluß fassen, und er griff einen Kapeador ganz plötzlich und unerwartet an, daß der Mann ihm nur mit Mühe und Not entkam. Er ließ seinen Umhang fallen und suchte Schutz hinter der Barriere, gegen die der Stier krachend prallte.

Und John Harned sagte leise wie zu sich selber:

»Ich gebe tausend Dollar für das Quitoer Krankenhaus, wenn der Stier heute einen Mann tötet.«

»Sie haben Stiere gern?« fragte Maria Valenzuela lächelnd.

»Jedenfalls lieber als solche Männer«, sagte John Harned.

»Ein Toreador ist kein tapferer Mann. Er kann kein tapferer Mann sein. Sehen Sie, der Stier läßt schon die Zunge heraushängen. Er ist müde, und dabei hat es noch gar nicht angefangen.«

»Das macht das Wasser«, sagte Luis Cervallos.

»Ja, das macht das Wasser«, sagte John Harned. »Wäre es nicht am sichersten, den Stier zu fesseln, ehe er angreift?«

Maria Valenzuela wurde zornig über den Hohn in John Harneds Worten. Aber Luis Cervallos lächelte, daß ich es sah, und in diesem Augenblick erkannte ich, welche Komödie er spielte. Er und ich sollten Banderillos spielen. Der große amerikanische Stier saß neben uns in der Loge. Wir sollten ihn mit Wurfpfeilen spicken, bis er böse wurde, denn dann wurde vielleicht nichts aus einer Ehe zwischen ihm und Maria Valenzuela. Das war ein guter Sport. In unsern Adern rann Stierkämpferblut.

Der Stier war jetzt zornig und aufgeregt. Die Kapeadore spielten prachtvoll mit ihm. Er war sehr beweglich, und zuweilen machte er so plötzlich kehrt, daß seine Hinterbeine den Halt verloren und er den Sand mit seinem Hinterteil pflügte. Aber er griff immer nur die flatternden Umhänge an und tat keinem etwas.

»Er hat keine Chance«, sagte John Harned. »Er kämpft mit dem Winde.«

»Er glaubt, daß der Umhang sein Feind sei«, erklärte Maria Valenzuela. »Sehen Sie, wie gewandt die Kapeadore ihn anführen.«

»Es ist sein Schicksal, sich anführen zu lassen«, sagte John Harned. »Deshalb ist er im voraus dazu verurteilt, mit dem Winde zu kämpfen, das wissen die Toreadore. Und das Publikum weiß es auch. Sie wissen es, ich weiß es, wir alle wissen von Anfang an, daß er mit dem Winde kämpfen muß. Nur er allein weiß es nicht. Weil er ein Tier ist. Er hat keine Chance.«

»Es ist ganz einfach«, sagte Luis Cervallos. »Der Stier schließt die Augen, wenn er angreift. Deshalb —«

»Tritt der Mann beiseite, und der Stier stürzt an ihm vorbei«, fiel John Harned ihm ins Wort.

»Ja«, sagte Luis Cervallos. »So ist es. Der Stier schließt die Augen, und das weiß der Mann.«

»Aber Kühe schließen nicht die Augen«, sagte John Harned. »Ich kenne in meiner Heimat eine Kuh, eine Jersey-Kuh, die Milch gibt; die würde mit der ganzen Gesellschaft doch fertig werden.«

»Aber die Toreadore kämpfen nicht mit Kühen«, sagte ich.

»Sie haben Angst davor«, sagte John Harned.

»Ja«, sagte Luis Crevallos. »Sie haben Angst davor, mit Kühen zu kämpfen. Es würde kein Sport sein, wenn die Toreadore getötet würden.«

»Es würde gerade Sport sein«, sagte John Harned, »wenn hin und wieder ein Toreador getötet würde. Wenn ich alt und, wer weiß, vielleicht ein Krüppel bin und mir mein Brot verdienen soll, aber nicht imstande bin, schwere Arbeit zu leisten, dann will ich Stierkämpfer werden. Das ist ein leichter, angenehmer Beruf für ältere Herren und pensionierte Beamte.«

»Aber sehen Sie doch«, sagte Maria Valenzuela, als der Stier einen tapferen Angriff machte, dem der Kapeador durch Schwingen des Umhangs entging. »Es gehört Geschicklichkeit dazu, dem Stier zu entgehen.«

»Ja, gewiß«, sagte John Harned. »Aber glauben Sie mir, es gehört tausendmal mehr Geschicklichkeit dazu, all den vielen und schnellen Stößen zu entgehen, die ein Boxer mit offenen Augen und großer Erfahrung austeilt. Außerdem macht sich dieser Stier nichts daraus zu kämpfen: Sehen Sie, er läuft weg!«

Es war kein guter Stier; er lief in der Arena herum und suchte nach einem Ausgang.

»Und doch sind diese Stiere zuweilen am gefährlichsten«, sagte Luis Cervallos. »Man weiß nie, was sie im nächsten Augenblick tun werden. Sie sind beinahe wie Kühe. Die Stierkämpfer haben nicht gern mit ihnen zu tun. Sehen Sie! Er hat sich umgedreht!«

Aufgeregt und wütend über die Barriere, die ihm den Eingang versperrte, griff der Stier noch einmal tapfer seinen Feind an.

»Er läßt die Zunge heraushängen«, sagte John Harned. »Zuerst füllen sie ihn mit Wasser. Dann ermüden sie ihn einer nach dem andern und lassen ihn austoben und mit dem Winde kämpfen. Während die einen ihn müde machen, ruhen die andern sich aus. Aber der Stier bekommt nie Ruhe. Und wenn er dann ganz erschöpft und nicht mehr schnell genug ist, sticht der Matador ihn mit dem Schwert ab.«

Jetzt war die Reihe an die Banderilleros gekommen. Dreimal versuchte einer von ihnen, die Wurfpfeile anzubringen. Dreimal mißglückte es ihm. Er verwundete den Stier nur und machte ihn rasend. Sie wissen, diese Banderillas müssen in die Schulter eindringen, je zwei auf einmal zu jeder Seite des Rückgrats, dicht daneben. Wird nur eine angebracht, so ist es mißglückt. Das Publikum pfiff und rief nach Ordonez. Und da machte Ordonez etwas Fabelhaftes. Viermal trat er vor, und viermal brachte er gleich beim ersten Versuch seine Banderillas an, so daß acht Stück schön geordnet aus dem Rücken des Stiers auf einmal herausragten. Das Publikum war ganz verrückt, und ein Regen von Hüten und Geldstücken fiel in den Sand der Arena.

Aber eben in diesem Augenblick griff der Stier unerwartet einen Kapeador an. Der Mann glitt aus und verlor seine Geistesgegenwart. Der Stier kriegte ihn – glücklicherweise zwischen die weit auseinanderstehenden Hörner. Und während das Publikum in atemlosem Schweigen wartete, sprang John Harned auf und schrie vor Freude. In dem tiefen Schweigen von allen andern schrie John Harned. Und er schrie vor Freude über den Stier. Sie sehen selbst: John Harned wünschte, daß der Mann getötet würde. Er war ein brutaler Mensch. Dies unpassende Benehmen empörte die Leute, die in der Loge des Generals Salazar saßen, und sie begannen, John Harned zu beschimpfen. Und Urcisino Castillo sagte ihm ins Gesicht, daß er ein Hund von einem Gringo wäre und dergleichen mehr. Aber er sagte es auf Spanisch, und John Harned verstand es nicht. Er stand da und schrie, vielleicht zehn Sekunden lang, bis der Stier zu einem Angriff auf die andern Kapeadore verlockt wurde und der erste sich unverletzt erhob.

»Der Stier hat keine Chance«, sagte John Harned traurig, indem er sich setzte. »Der Mann ist unbeschädigt. Sie haben den Stier angeführt.« Dann wandte er sich zu Maria Valenzuela und sagte: »Ich bitte Sie um Verzeihung, ich war aufgeregt.«

Sie lächelte und gab ihm einen Verweis, indem sie ihm mit dem Fächer auf den Arm schlug.

»Es ist Ihr erster Stierkampf«, sagte sie. »Wenn Sie erst mehrere gesehen haben, werden Sie nicht schreien und wünschen, daß der Mann getötet wird. Ihr Amerikaner seid brutaler als wir, wie Sie sehen. Das kommt von Euern Boxkämpfen. Wir kommen nur, um zu sehen, wie der Stier getötet wird.«

»Aber ich will nur, daß der Stier eine Chance hat«, antwortete er. »Zweifellos werde ich mich allmählich nicht mehr über die Menschen ärgern, die den Stier anführen.«

Die Hörner gaben das Totensignal. Ordonez trat mit dem Schwert und dem scharlachroten Tuch vor, aber der Stier hatte sich besonnen und wollte nicht kämpfen. Ordonez stampfte mit dem Fuß auf den Sand, schrie und rief und schwang das scharlachrote Tuch. Das griff der Stier an, aber ohne Beherztheit. Es war keine Kraft in dem Angriff. Der Stoß war schlecht. Das Schwert stieß gegen einen Knochen und bog sich. Ordonez nahm eine neue Klinge. Der Stier, den die Verwundung aufreizte, griff noch einmal an. Fünfmal versuchte Ordonez den Stoß, aber jedesmal ging die Klinge entweder nur halb hinein oder stieß gegen einen Knochen. Beim sechsten Male fraß sich die Klinge bis zum Griff hinein. Aber es war ein schlechter Stoß, das Schwert traf nicht das Herz, es fuhr links zwischen den Rippen hinein und auf der andern Seite wieder heraus. Das Publikum pfiff den Matador aus. Ich warf einen Blick auf John Harned. Er saß schweigend da, ohne sich zu rühren, aber ich konnte sehen, daß er die Zähne zusammenbiß und daß seine Hände krampfhaft die Logenbrüstung gepackt hatten.

Es war jetzt keine Kraft mehr in dem Stier, und obwohl der Stoß nicht tödlich war, trottete er doch nur mit Mühe herum, wegen der Klinge, die quer durch ihn hindurchging. Er lief den Matadoren und den Kapeadoren fort, trabte an der Balustrade entlang und sah zu den vielen Gesichtern auf.

»Er sagt: ›Um Gottes willen, laßt mich doch fort von hier, ich will nicht kämpfen‹«, meinte John Harned. Das war alles, mehr sagte er nicht. Aber er saß da und paßte auf, warf nur hin und wieder einen Blick auf Maria Valenzuela, um zu sehen, wie sie sich benahm. Sie war böse auf den Matador. Er war ungeschickt, und sie hatte Geschicklichkeit und Gewandtheit sehen wollen.

Der Stier war jetzt sehr müde und schwach wegen des Blutverlustes, wenn er auch noch nicht daran dachte, zu sterben. Er ging langsam um die Arena herum und suchte einen Ausgang. Er wollte nicht angreifen. Er hatte genug davon. Aber er sollte ja getötet werden. Es gibt eine Stelle auf dem Hals des Stiers, hinter den Hörnern, wo das Rückenmark ungeschützt ist und ein rascher, kleiner Stich augenblicklich tötet. Ordonez trat vor den Stier und senkte das scharlachrote Tuch. Der Stier wollte nicht angreifen. Er blieb stehen, schnüffelte am Tuch und senkte den Kopf, um richtig schnuppern zu können. Ordonez stach in die erwähnte Stelle am Hals. Der Stier warf den Kopf hoch. Der Stoß hatte nicht richtig getroffen. Jetzt achtete der Stier auf die Klinge. Als Ordonez wieder das Tuch senkte, vergaß der Stier die Klinge und senkte den Kopf, um das Tuch beschnuppern zu können. Ordonez stach noch einmal zu, traf aber wieder nicht. Er versuchte es viele Male. Es war dumm. Aber John Harned sagte nichts. Schließlich traf ein Stoß, und der Stier brach zusammen. Er war sofort tot, und die Maultiere wurden vorgespannt und schleppten ihn hinaus.

»Die Gringos sagen, es sei ein grausamer Sport – nicht wahr?« meinte Luis Cervallos. »Es ist unmenschlich, es ist schade um den Stier, nicht wahr?«

»Nein«, sagte John Harned. »Um den Stier handelt es sich nicht. Es ist entwürdigend für die, welche zusehen. Der Sinn des Stierkampfes ist, sich über die Leiden eines Tieres zu freuen. Es ist feige, wenn fünf Männer mit einem dummen Stier kämpfen. Dadurch werden auch die, welche zusehen, feige. Der Stier stirbt, aber die, welche zusehen, leben, und das, was sie sehen, beeinflußt sie, Mannesmut und Männerherzen fördert es nicht, wenn sie ein Schauspiel der Feigheit sehen.«

Maria Valenzuela sagte nichts. Sie sah ihn auch nicht an, aber sie hörte jedes Wort, und ihre Wangen waren heiß vor Zorn. Sie blickte in die Arena und fächelte sich, aber ich sah, daß ihre Hand zitterte, und John Harned sah sie nicht an. Er erzählte, als wäre sie gar nicht zugegen. Auch er war von Zorn, von kaltem Zorn erfüllt.

»Ach«, sagte Luis Cervallos leise. »Sie glauben, uns zu verstehen.«

»Jetzt verstehe ich die spanische Inquisition«, sagte John Harned. »Die war sicher noch herrlicher als Stierkämpfe.«

Luis Cervallos lächelte, sagte aber nichts. Er sah Maria Valenzuela an und wußte, daß das Stiergefecht in der Loge gewonnen war. Sie würde nie mehr etwas mit dem Gringo zu tun haben wollen, der solche Worte sprach. Aber weder Luis Cervallos noch ich waren darauf vorbereitet, daß der Tag so enden würde. Ich fürchte, wir verstehen diese Gringos nicht. Wie konnten wir wissen, daß John Harned, dessen Zorn so kalt war, plötzlich verrückt werden würde? Aber verrückt wurde er, wie Sie hören werden. Der Stier galt ihm nichts – das hatte er selbst gesagt. Warum galt ihm denn das Pferd so viel, das kann ich nicht verstehen. John Harned besaß keine Logik, das ist die einzige Erklärung.

»In Quito ist es nicht gebräuchlich, beim Stierkampf Pferde auftreten zu lassen«, sagte Luis Cervallos und sah von seinem Programm auf. »In Spanien hat man sie immer. Aber heute bekommen wir sie auch auf besondere Erlaubnis hin zu sehen. Wenn der nächste Stier auftritt, werden auch Pferde und Pikadore kommen. Sie wissen, die Leute, die zu Pferde sind und Lanzen tragen.«

»Der Stier ist von vornherein zum Tode verurteilt«, sagte John Harned. »Sind das die Pferde auch?«

»Sie tragen Binden vor den Augen, so daß sie den Stier nicht sehen können«, sagte Luis Cervallos. »Ich habe oft gesehen, wenn Pferde getötet wurden. Es ist ein prachtvoller Anblick.«

»Ich habe gesehen, wie der Stier geschlachtet wurde«, sagte John Harned. »Jetzt will ich auch sehen, wie das Pferd geschlachtet wird, damit ich mehr von den Feinheiten dieses Sports verstehe.«

»Es sind alte Pferde«, sagte Luis Cervallos. »Sie taugen sonst zu nichts mehr.«

»Ach so«, sagte John Harned.

Der dritte Stier kam herein, und bald standen ihm Kapeadore und Pikadore gegenüber. Ein Pikador hatte gerade unter uns Posten gefaßt.

Ich gebe zu, daß es ein mageres altes Tier war, das er ritt, ein mit räudiger Pferdehaut überzogenes Gerippe.

»Es ist unglaublich, daß das arme Vieh das Gewicht des Reiters tragen kann«, sagte John Harned. »Und was für Waffen hat das Pferd nun, um mit dem Stier kämpfen zu können?«

»Das Pferd kämpft nicht mit dem Stier«, sagte Luis Cervallos.

»Ach«, sagte John Harned, »dann ist das Pferd wohl dazu da, um aufgespießt zu werden.«

»Ganz so ist es nicht«, sagte ich. »Die Lanze des Pikadors soll den Stier davon abhalten, das Pferd aufzuspießen.«

»Dann werden Pferde also selten aufgespießt?« fragte John Harned.

»Nein«, antwortete Luis Cervallos. »In Sevilla habe ich gesehen, wie achtzehn Pferde an einem einzigen Tag aufgespießt wurden, und das Volk rief nach noch mehr Pferden.«

»Waren ihnen allen die Augen verbunden, wie diesem Pferd?« fragte John Harned.

»Ja«, sagte Luis Cervallos.

Dann sprachen sie nicht mehr und beobachteten den Kampf, und John Harned wurde dabei verrückt, und wir wußten es nicht. Der Stier wollte das Pferd nicht angreifen. Und das Pferd blieb stehen, und da es nichts sehen konnte, wußte es nicht, daß die Kapeadore versuchten, den Stier zu einem Angriff zu hetzen. Die Kapeadore neckten den Stier mit ihren Umhängen, und als er angriff, liefen sie auf das Pferd zu und dann in Deckung. Schließlich wurde der Stier wütend und erblickte das Pferd vor sich.

»Das Pferd weiß es nicht, das Pferd weiß es nicht«, flüsterte John Harned vor sich hin, ohne zu merken, daß er seine Gedanken laut aussprach.

Der Stier griff an, und natürlich wußte das Pferd nichts, bis der Pikador mit seiner Lanze fehlstieß und das Pferd von dem Horn des Stiers aufgespießt war. Der Stier war ungewöhnlich stark. Seine Stärke war prachtvoll. Er hob das Pferd empor, und als es dann zu Boden stürzte und auf die Seite fiel, kam der Pikador auf seine Füße zu stehen und flüchtete, während die Kapeadore den Stier fortlockten. Alle wichtigen Organe wurden aus dem Pferd herausgepreßt. Dennoch erhob es sich mit schrillem Schmerzensschrei. Der Schrei des Pferdes war es, der John Harned völlig verrückt machte. Ich hörte ihn leise fluchen und tief knurren. Keinen Augenblick ließ er das Pferd aus den Augen, das, immer noch schreiend, fortzulaufen versuchte. Aber nun stürzte es und fiel auf den Rücken und streckte alle vier Beine in die Luft. Dann griff der Stier von neuem an und durchbohrte es immer wieder, bis es tot war.

Jetzt stand John Harned auf. Seine Augen waren nicht mehr kalt wie Stahl. Sie waren wie blaue Flammen. Er sah Maria Valenzuela an, und sie sah ihn an. Der Wahnsinn hatte ihn gepackt. Jetzt, da das Pferd tot war, blickten ihn alle an; und John Harned war ein auffallend großer Mann.

»Setzen Sie sich«, sagte Luis Cervallos, »sonst machen Sie sich lächerlich.«

John Harned antwortete nicht. Er ballte die Faust und schlug zu. Er schlug Luis Cervallos ins Gesicht, daß er wie ein Toter über die Stühle fiel und nicht wieder aufstand. Er sah nichts von dem, was jetzt folgte. Aber ich sah viel. Urcisino Castillo beugte sich über die Logenbrüstung und schlug mit seinem Stuhl John Harned mitten ins Gesicht. Und John Harned schlug ihn mit seiner Faust, daß er fiel und im Fallen

General Salazar mitriß. John Harned hatte das, was Sie Berserkerwut nennen, nicht wahr? Die Bestie in ihm war losgelassen und tobte – die uralte Bestie aus den Höhlen und Schlupfwinkeln der Vorzeit.

»Ihr kamt des Stierkampfes wegen«, hörte ich ihn sagen. »Aber bei Gott, ich will euch einen Männerkampf zeigen!«

Und es wurde ein Kampf. Die Soldaten, die als Wachtposten neben der Präsidentenloge standen, sprangen hinzu, aber er entriß einem von ihnen das Gewehr und schlug sie damit auf die Köpfe. Aus der andern Loge schoß Oberst Jacinto Fierro mit dem Revolver auf ihn. Der erste Schuß tötete einen Soldaten. Der zweite Schuß traf John Harned in die Seite. Da fluchte er und jagte das Bajonett, das auf dem Gewehr steckte, Oberst Jacinto Fierro mit einem Stoß durch den Leib. Es war ein schrecklicher Anblick. Amerikaner und Engländer sind eine brutale Rasse. Sie rümpfen die Nase über unsere Stierkämpfe, aber dabei freut es sie, Blut zu vergießen. Es wurden an diesem Tage von John Harned mehr Männer getötet, als je getötet worden sind, seit die Stierkampfarenen in Quito, in Guayaquil und den andern Städten von Ecuador bestanden haben.

Der Schrei des Pferdes hatte die Schuld. Aber warum wurde John Harned nicht wahnsinnig, als der Stier getötet wurde? Tier ist Tier, ob es nun ein Stier oder ein Pferd ist. John Harned war verrückt. Es gibt keine andere Erklärung. Er wollte Blut sehen, er war selber eine Bestie. Urteilen Sie selbst. Was ist schlimmer: daß ein Pferd von einem Stier aufgespießt wird, oder Oberst Jacinto Fierro von John Harned mit dem Bajonett? Er war wie vom Teufel besessen. Er kämpfte, obwohl er von vielen Kugeln getroffen war, bis zum letzten Atemzug. Maria Valenzuela war eine tapfere Frau. Sie schrie nicht, noch fiel sie in Ohnmacht. Sie saß still in ihrer Loge und starrte über die Arena hinweg. Ihr Gesicht war weiß, und sie fächelte sich, aber sie sah sich nicht ein einziges Mal um.

Von allen Seiten drängten Soldaten und Offiziere und das Volk heran, um den verrückten Gringo zu überwältigen. Es ist wahr – ein Ruf kam aus der Menge, alle Gringos zu töten.

Das ist ein wohlbekannter Ruf in den lateinamerikanischen Ländern, den die Gringos selbst durch ihre Unbeliebtheit und ihre rohen Manieren verschuldet haben. Man kann nicht leugnen, daß dieser Ruf ertönte. Aber die tapferen Ecuadorianer töteten nur John Harned, nachdem er sieben von ihnen getötet hatte. Außerdem gab es viele Verwundete. Ich habe manchen Stierkampf gesehen, nie aber habe ich so etwas Abscheuliches gesehen wie die Szene in den Logen, als der Kampf vorbei war. Es war wie nach einer Wahl. Überall lagen die Toten umher, und die Verwundeten schluchzten und stöhnten. Einige von ihnen starben. Ein Mann, dem John Harned das Bajonett durch den Bauch gestoßen hatte, griff mit beiden Händen nach der Wunde und schrie vor Schmerz. Ich sage Ihnen, das war viel schrecklicher, als wenn tausend Pferde vor Schmerz geschrien hätten.

Nein, Maria Valenzuela heiratete Luis Cervallos nicht. Das tut mir leid. Er war mein Freund, und ich habe viel Geld in seine Unternehmungen gesteckt. Es dauerte fünf Wochen, ehe die Ärzte ihm den Verband vom Gesicht nehmen konnten, und noch heute hat er eine Narbe auf der Backe unter dem Auge. Und dabei schlug John Harned nur ein einziges Mal und nur mit der bloßen Faust zu. Maria Valenzuela ist jetzt in Österreich. Man sagt, daß sie einen Erzherzog heiraten soll. Ich weiß nichts Näheres davon. Ich glaube, daß sie John Harned gern hatte, denn er ging mit ihr nach Quito, um den Stierkampf zu sehen. Aber warum mußte das mit dem Pferd kommen? Das möchte ich gern wissen. Warum konnte er den Stier sehen und sagen, daß ihm der Stier nicht soviel gelte, um dann plötzlich wahnsinnig zu werden, weil ein Pferd vor Schmerz schrie? Die Gringos sind unbegreifliche Menschen. Sie sind Barbaren.

Wer schlug zuerst?

[I]

Carter Watson schlenderte, ein soeben erschienenes Magazin unter dem Arm, die Straße hinab und sah sich neugierig um. Zwanzig Jahre war es her, daß er diese Straße betreten hatte, und die in ihr erfolgten Veränderungen waren groß und überraschend. Diese Stadt im Westen mit ihren dreihunderttausend Einwohnern hatte zu der Zeit, als er als Knabe ihre Straßen durchstreifte, nicht mehr als dreißigtausend gehabt. Damals war die Straße, durch die er jetzt schritt, eine ruhige Wohnstraße in einem sauberen Arbeiterviertel gewesen. In dieser späten Nachmittagsstunde sah er, daß sie von einer zahlreichen und lasterhaften Bevölkerung überschwemmt wurde. Chinesische und japanische Läden und Kneipen wechselten ab mit amerikanischen Vergnügungsstätten und Bierquellen. Diese ruhige Straße seiner Jugend war das St. Pauli der Stadt geworden. Er sah auf die Uhr. Es war halb sechs. Es war die stille Tageszeit für eine solche Gegend, wie er wußte, aber er war neugierig und wollte etwas sehen. In all den Jahren, die er reiste, um die sozialen Verhältnisse in der ganzen Welt zu studieren, war ihm diese Stadt in der Erinnerung teuer und heilig gewesen. Die Veränderung, die er jetzt sah, war erstaunlich.

Carter Watson besaß ein ausgeprägtes Gewissen. Unabhängig und reich, hatte er seine Kräfte niemals auf vornehme Teegesellschaften und törichte Diners verschwendet, ebensowenig hatten ihn Schauspielerinnen, Rennpferde und ähnliche Vergnügungen interessiert. Er war ein Reformator und hatte siebenundzwanzig Bücher geschrieben.

An diesem späten Sommernachmittag, als er so dahinschlenderte, blieb er vor einem auffallenden Lokal stehen. Auf dem Schild darüber stand »Vendôme«. Es gab zwei Eingänge. Der eine führte offenbar in die Schankstube. Um den kümmerte er sich nicht. Der andere war ein schmaler Korridor. Als er ihn passiert hatte, stand er in einem sehr großen Raum voller Tische und Stühle, der aber sonst vollkommen leer war. Im Halbdunkel erblickte er ein Klavier.

Im Hintergrund führte ein kurzer Korridor nach einer kleinen Küche, und hier saß Patsy Horan, der Besitzer des »Vendôme«, allein an einem Tisch und aß hastig sein Abendbrot vor Beginn der Geschäftszeit. Patsy war, auf die ganze Welt zornig, mit dem linken Fuß zuerst aufgestanden, und alles war ihm an diesem Tage schiefgegangen. Hätte man seine Barkeeper gefragt, so würden sie seine Gemütsverfassung als einen leichten Rausch bezeichnet haben. Aber das wußte Carter Watson nicht. Als er den kleinen Korridor durchschritt, fielen die boshaften Augen Patsys auf das Magazin, das er unter dem Arme trug. Patsy kannte Carter Watson nicht und wußte auch nicht, daß es ein Magazin war, das er unter dem Arme hielt. In seinem Rausch gelangte Patsy zu dem Ergebnis, daß dieser Fremde einer jener unverschämten Burschen wäre, die die Wände seiner Hinterzimmer durch das Annageln oder Ankleben von Plakaten verunzierten und verdarben. Die Farbe des Magazinumschlages überzeugte ihn, daß es sich um ein solches Plakat handele. Und so begann der Streit. Mit Messer und Gabel fuhr Patsy auf Carter Watson los.

»Hinaus mit Ihnen!« kläffte Patsy. »Ich weiß, was Sie wollen!«

Carter Watson war verblüfft. Der Mann war wie der Knüppel aus dem Sack über ihn gekommen.

»Wollen Sie meine Wände verderben«, rief Patsy zornig und stieß gleichzeitig eine lange Reihe malerischer, aber gemeiner Schimpfworte aus.

»Wenn ich Ihnen zu nahe getreten sein soll, so bitte ich —«

Aber weiter kam Watson nicht. Patsy unterbrach ihn. »Machen Sie, daß Sie weiterkommen, und halten Sie die Klappe«, sagte Patsy und unterstrich seine Worte, indem er Messer und Gabel schwang.

Carter Watson sah im Geist schon die Gabel in unangenehmer Weise zwischen seinen Rippen stecken. Er merkte, daß es leichtsinnig sein würde, mehr zu sagen, und schickte sich daher schnell zum Gehen an. Aber der Anblick seines demütigen Rückzuges mußte Patsy Horan noch mehr erbittern, er ließ die Eßgeräte fallen und stürzte sich auf Watson.

Patsy wog hundertsechzig Pfund. Watson ebensoviel. In diesem Punkt waren sie einander gleich. Aber Patsy war ein Draufgänger und Rohling, der sich in Kneipen herumprügelte, Watson hingegen ein geübter Boxer. In dieser Beziehung hatte Watson den Vorteil auf seiner Seite, denn Patsy ging geradewegs auf ihn los und schwang den rechten Arm gefahrdrohend. Watson brauchte ihm nur einen regelrechten Linken zu versetzen und dann zu verschwinden. Aber Watson hatte noch einen Vorteil vor Patsy. Sein Boxen und seine in den Armenvierteln der ganzen Welt geschöpften Erfahrungen hatten ihn Selbstbeherrschung gelehrt.

Er drehte sich schnell um, parierte den Schlag und packte zu. Aber Patsy, der wie ein Stier auf ihn gestürzt war, hatte die Wucht eines Geschosses. Das Ergebnis war, daß beide mit ihren dreihundertzwanzig Pfund umfielen und einen mächtigen Spektakel machten. Watson lag nicht gerade daran, hier in seiner Vaterstadt, wo viele seiner Verwandten und viele Freunde seiner Familie lebten, in die Zeitungen zu kommen. Deshalb umschlang er den Mann, der auf ihm lag, mit den Armen, preßte ihn fest an sich und wartete, daß die Hilfe kommen sollte, die von dem Krach notwendigerweise herbeigelockt werden mußte. Es kam auch Hilfe, sechs Mann kamen aus der Schankstube gelaufen und stellten sich in einem Halbkreis auf. »Nehmt ihn weg, Jungens«, sagte Watson. »Ich habe ihn nicht geschlagen und habe keine Lust, mich mit ihm zu prügeln.«

Aber der Halbkreis blieb schweigend stehen. Watson hielt seinen Gegner weiter fest und wartete. Patsy machte nach einem vergeblichen Versuch, ihm einen Puff zu versetzen, ein Angebot.

»Lassen Sie mich los, dann lasse ich Sie auch los«, sagte er.

Watson ließ ihn los, als Patsy aber auf die Beine gekommen war, beugte er sich schlagbereit über seinen liegenden Gegner.

»Stehen Sie auf!« kommandierte Patsy. Seine Stimme war barsch und unversöhnlich wie die eines richtenden Gottes, und Watson merkte, daß hier keine Barmherzigkeit zu erwarten war.

»Treten Sie zurück, dann stehe ich auf«, sagte er.

»Wenn Sie ein Gentleman sind, stehen Sie auf«, verlangte Patsy; seine blauen Augen flammten vor Zorn, und die Faust war zu einem zerschmetternden Schlage geballt.

Im selben Augenblick zog er den Fuß zurück, um dem andern einen Tritt ins Genick zu versetzen. Watson wehrte den Tritt mit gekreuzten Armen ab und sprang so schnell auf, daß er seinem Gegner auf dem Leibe war und ihn gepackt hatte, ehe er Zeit zum Schlagen fand. Er hielt ihn fest und sagte zu den Zuschauern: »Nehmt ihn weg von mir, Jungens. Ihr seht, daß ich ihn nicht schlage. Ich habe keine Lust zu kämpfen. Ich will nur fort von hier.«

Der Kreis wich und wankte nicht und blieb stumm. Das Schweigen war unheilverkündend, und es lief Watson kalt den Rücken hinab. Patsy machte einen Versuch, ihn umzuwerfen, aber das Ergebnis war, daß Patsy auf dem Rücken lag. Watson ließ ihn los, sprang auf und lief zur Tür hin. Aber der Kreis von Männern stellte sich wie eine Mauer dazwischen. Er bemerkte die weißen, teigartigen Gesichter, denen man ansah, daß sie selten von der Sonne beschienen wurden, und erkannte, daß die Männer, die ihm den Weg versperrten, die nächtlichen, beutelüsternen Bestien der Stadtdschungel waren. Von ihnen wurde er wieder gegen Patsy geworfen, der ihn wie ein angreifender Stier ansprang.

Wieder kam es zum Clinch, bei dem Watson, der sich jetzt in Sicherheit befand, noch einmal an die Bande appellierte. Aber er predigte tauben Ohren. Und in diesem Augenblick wurde er ängstlich, denn er hatte von vielen ganz ähnlichen Situationen in Kneipen wie dieser gehört, bei denen einzelnen Männern Rippen und Nasenbeine eingeschlagen oder sie zu Tode geprügelt und getreten worden waren.

Sieben gegen einen war unter keinen Umständen ehrliches Spiel. Auch er war zornig, und das kämpfende Tier, das in allen Männern steckt, begann sich in ihm zu regen. Aber er dachte an seine Frau und seine Kinder, an sein unvollendetes Buch und die zehntausend Morgen wogenden Ackerlandes um die Ranch, die er im Norden besaß, und die er so heiß liebte. Er sah vor seinem inneren Auge sogar in einer blendenden Vision den blauen Himmel und den goldenen Sonnenschein, der sich über ihn ergoß. Blumenübersäte Wiesen, das träge Vieh, das bis zu den Knien in den Bächen stand, das Aufblitzen einer Forelle in der Stromschnelle. Das Leben war schön zu schön für ihn, um es dazu aufs Spiel zu setzen, daß er dem Tier in sich für einen Augenblick die Zügel schießen ließ.

Sein Gegner, der sich aus der Umklammerung nicht befreien konnte, versuchte ihn zu werfen. Wieder brachte Watson ihn zu Boden und riß sich los, aber wieder wurde er von dem teiggesichtigen Kreis zurückgeworfen, mußte die schwingende Rechte Patsys parieren und einen neuen Ringkampf beginnen. Das wiederholte sich dreimal. Und Watson wurde, wenn möglich, noch kaltblütiger, während der enttäuschte Patsy, der sich außerstande sah, ihm etwas zu tun, immer wilder tobte. In der Umklammerung begann er jetzt mit dem Kopf zu stoßen. Das erste Mal hieb er mit der Stirn Watson gerade auf die Nase. Von jetzt an barg Watson beim Clinchen sein Gesicht an Patsys Brust. Aber der wütende Kerl stieß weiter mit dem Kopf um sich und schlug sich selbst Auge, Nase und Backe an dem Scheitel des andern. Und je mehr Schaden Patsy sich auf diese Weise zufügte, desto öfter und härter stieß er mit dem Kopf um sich.

Dieser einseitige Kampf dauerte zwölf bis fünfzehn Minuten. Watson schlug nicht einmal zu, sondern suchte nur zu entkommen. Zuweilen, wenn er in den Augenblicken, da er sich losgerissen hatte, bei seinen Versuchen, die Tür zu erreichen, um die Tische kreiste, packten die teiggesichtigen Burschen ihn an den Rockschößen und schleuderten ihn zurück, gegen die erhobene Rechte des vorstürmenden Patsy. Immer wieder umklammerte er Patsy und warf ihn auf den Rücken, und dabei drehte er sich jedesmal um und legte ihn in die Richtung der Tür, wodurch er seinem Ziel um die Länge des Falles näherkam. Schließlich gelangte Watson ohne Hut, atemlos, mit blutender Nase und einem geschwollenen Auge auf die Straße hinaus und lief einem Schutzmann in die Arme.

»Verhaften Sie den Mann!«, ächzte Watson.

»Hallo, Patsy«, sagte der Schutzmann. »Was gibt es hier?«

»Hallo, Charley«, lautete die Antwort. »Der Kerl kommt her —«

»Verhaften Sie den Mann, Herr Wachtmeister«, wiederholte Watson.

»Mach, daß du wegkommst! Immer ruhig«, sagte Patsy.

»Immer ruhig«, fügte der Schutzmann hinzu. »Sonst werde ich Sie einstecken.«

»Nicht, wenn Sie den Mann nicht verhaften. Er hat mich grundlos überfallen.«

»Stimmt das, Patsy?« fragte der Schutzmann.

»Nee, hören Sie, Charley, ich habe Zeugen, bei Gott. Ich saß in meiner Küche und aß einen Teller Suppe, als der Kerl hereinkam und mit mir anbinden wollte. Ich habe ihn mein Lebtag nicht gesehen. Er ist besoffen. —«

»Sehen Sie mich an, Herr Wachtmeister«, protestierte der zornige Watson. »Bin ich betrunken?«

Der Schutzmann sah ihn mit einem finster drohenden Blick an und nickte Patsy zu, daß er fortfahren sollte.

»Der Kerl wollte mit mir anbinden. ›Ich bin Tim McGrath‹, sagte er. ›Hände hoch!‹ Ich lächle, und im selben Augenblick schmeißt er mich – bums – zweimal hin und vergießt meine Suppe. Sehen Sie mein Auge an, ich bin halb totgeschlagen.«

»Was gedenken Sie zu tun, Herr Wachtmeister?« fragte Watson.

»Gehen Sie weiter und verhalten Sie sich ruhig«, lautete die Antwort, »sonst stecke ich Sie ein.«

Die Liebe zur Gerechtigkeit flammte in Carter Watson auf. »Herr Wachtmeister, ich protestiere.«

Aber im selben Augenblick packte der Schutzmann seinen Arm mit einem kräftigen Ruck, daß er fast gefallen wäre. »Los, Sie sind verhaftet.«

»Verhaften Sie ihn auch«, schrie Watson.

»Dazu liegt kein Grund vor«, lautete die Antwort. »Was müssen Sie ihn auch überfallen, wenn er friedlich seine Suppe ißt?«

II

Carter Watson war ernstlich böse. Nicht allein, daß er aus reinem Übermut überfallen, daß ihm übel mitgespielt und er zur Polizei geschleppt worden war, die Morgenzeitungen brachten ausnahmslos unheimliche Artikel über seine Betrunkenheit und den Streit mit dem Besitzer des bekannten »Vendôme«. Sie brachten nicht eine einzige wahrheitsgetreue Zeile. Patsy Horan und seine Trabanten beschrieben den Kampf in allen Einzelheiten. Es wurde als eine unbestreitbare Tatsache festgestellt, daß Carter Watson betrunken war. Dreimal war er aus dem Lokal hinaus in den Rinnstein geworfen und dreimal wutspeiend wiedergekommen und sollte dabei erklärt haben, daß er die Bude ausräuchern wolle. »Carter Watson kriegt sein Teil ab«, lautete die erste Überschrift, die er nebst einem großen Bild auf der ersten Seite sah. Andere fette Überschriften lauteten: »Carter Watson trachtet nach den Ehren der Meisterschaft«; »Bekannter Soziologe versucht berüchtigtes Café zu räumen«; »Carter Watson von Patsy Horan in drei Gängen k.o. geschlagen«.

Am nächsten Morgen erschien Carter Watson vor dem Polizeigericht, um sich zu verteidigen. Die Anklage lautete: Carter Watson ist beschuldigt, einen Überfall auf einen gewissen Patsy Horan verübt zu haben. Aber der Staatsanwalt, der bezahlt wird, um gegen jeden vorzugehen, der sich gegen die Staatsgewalt vergangen hat, zog ihn beiseite und sprach unter vier Augen mit ihm.

»Sollen wir nicht die Sache lieber fallenlassen?« meinte der Staatsanwalt. »Ich will Ihnen sagen, was Sie tun müssen, Herr Watson. Reichen Sie Herrn Horan die Hand und vergleichen Sie sich mit ihm, dann lassen wir die Sache sofort fallen. Ein Wort an den Richter, und die Geschichte ist aus der Welt geschafft.«

»Aber ich wünsche sie nicht aus der Welt zu schaffen«, antwortete Watson. »Ihre Aufgabe ist es, mich anzuklagen, und nicht, mich zu einem Vergleich mit diesem – diesem Kerl aufzufordern.«

»Oh, ich werde Sie schon anklagen«, erwiderte der Staatsanwalt.

»Sie werden auch diesen Patsy Horan anklagen«, sagte Watson, »denn jetzt glaube ich ihn wegen Überfalls verhaften lassen zu können.«

»Sie tun wohl am besten, sich zu vergleichen«, wiederholte der Staatsanwalt, und diesmal klang seine Stimme drohend.

Beide Männer kamen eine Woche später vor das von Richter Witberg geleitete Polizeigericht.

»Du hast gar keine Chance«, sagte ein alter Jugendfreund, der frühere Chefredakteur der größten Zeitung der Stadt, zu Watson. »Gott und alle Welt wissen, daß du von diesem Mann überfallen wurdest. Er hat den schlechtesten Ruf. Aber das hilft dir nicht im geringsten. Beide Klagen werden gegeneinander aufgehoben. Und das geschieht auch nur, weil du der bist, welcher du bist. Jeder andere würde verurteilt werden.«

»Aber das verstehe ich nicht«, wandte der verblüffte Watson ein. »Ich bin ohne weiteres von diesem Mann überfallen und mißhandelt worden. Ich habe ihm nicht einen einzigen Schlag versetzt. Ich —«

»Das spielt gar keine Rolle«, unterbrach ihn der andere.

»Was spielt denn eine Rolle?«

»Das will ich dir sagen. Du bist jetzt in den Krallen der hiesigen Polizei und des politischen Bandenwesens. Wer bist du denn eigentlich? Du bist nicht einmal Bürger dieser Stadt. Du wohnst irgendwo auf dem Lande. Du hast hier kein Stimmrecht und noch weniger Einfluß auf andere Stimmen. Dieser Kneipenwirt aber beherrscht in seinem Bezirk eine ganze Reihe von Stimmen – eine lange Reihe, eine lange Reihe von Stimmen.«

»Willst du mir einreden, daß dieser Richter Witberg die Heiligkeit seines Amtes und seines Eides verletzen und diesen brutalen Burschen laufen lassen würde?« fragte Watson.

»Du wirst schon sehen«, lautete die unheimliche Antwort. »Oh, er wird seine Sache schon gut machen. Er wird ein durchaus gesetzmäßiges Urteil fällen!«

»Aber die Zeitungen«, rief Watson.

»Die bekämpfen die Verwaltung augenblicklich nicht. Sie werden sich nicht die Finger für dich verbrennen. Du siehst ja, was sie schon über dich geschrieben haben.«

»Und diese Schnösel von Reporter werden also nicht die Wahrheit schreiben?«

»Sie werden etwas schreiben, das der Wahrheit so sehr gleicht, daß das Publikum es glaubt. Sie erhalten ihre Richtlinien, wie sie die Dinge verdrehen und färben sollen, und wenn sie erst ihre Artikel geschrieben haben, ist nicht mehr viel von dir übrig.«

»Aber der Termin ist doch schon angesetzt.«

»Du brauchst nur ein Wort zu sagen, und die Sache wird niedergeschlagen. Man kann nicht mit einer unterirdischen politischen Organisation kämpfen. Es sei denn – man hätte eine ähnliche Organisation hinter sich.«

III

An jenem Morgen, an dem der Termin angesetzt war, machte der Staatsanwalt noch einen Versuch, die Sache beizulegen.

»Wenn Sie die Sache so ansehen, hätte ich Lust, einen Rechtsanwalt mit der Verfolgung der Angelegenheit zu betrauen«, sagte Watson.

»Nein, das hätte keinen Zweck«, sagte der Staatsanwalt. »Ich werde dafür bezahlt, um anzuklagen, und anklagen werde ich. Aber das sage ich Ihnen, Sie haben keine Chance. Wir legen beide Sachen zusammen, und dann werden Sie was erleben.«

Richter Witberg machte einen guten Eindruck auf Watson. Er war ein angenehmer junger Mann, nicht groß, aber ganz kräftig gebaut, glatt rasiert und mit einem intelligenten Gesicht. Dieser gute Eindruck wurde noch verstärkt, wenn man sein Lächeln und die Lachfältchen um seine schwarzen Augen sah. Als Watson ihn anschaute und sein Gesicht studierte, fühlte er sich beinahe sicher, daß die Prophezeiung seines alten Freundes nicht in Erfüllung gehen würde. Aber Watson mußte bald einsehen, daß er sich irrte.

Patsy Horan und zwei von seinen Trabanten legten ein Zeugnis ab, das Stoff für eine Kette von Meineidsprozessen hätte abgeben können. Watson würde es nicht für möglich gehalten haben, wenn er es nicht erlebt hätte. Sie leugneten die Existenz der andern vier, und von den beiden, die aussagten, behauptete der eine, Zeuge von Watsons grundlosem Überfall auf Patsy in der Küche gewesen zu sein, während der andere in der Schankstube geblieben und Zeuge von Watsons zweitem und drittem Einbruch in das Lokal gewesen sein wollte, bei dem er versucht haben sollte, den wehrlosen Patsy zu erschlagen. Die schändliche Sprache, die sie Watson unterschoben, war so schamlos, daß er das Gefühl hatte, sie schade ihrer eigenen Sache. Es war ganz undenkbar, daß er etwas Derartiges gesagt haben könnte. Als sie aber die brutalen Schläge beschrieben, die er auf das Gesicht des armen Patsy hatte sausen lassen, und von dem Stuhl erzählten, den er bei dem vergeblichen Versuch, Patsy mit Fußtritten zu traktieren, zerbrochen hätte, lachte Watson im stillen, aber gleichzeitig wurde ihm recht traurig zumute. Die Verhandlung war eine Komödie, aber es war niederschlagend; Zeuge eines solchen Spiels zu sein. Watson konnte sich selber nicht wiedererkennen, und sein ärgster Feind hätte ihn nicht wiedererkannt in dem eisenfresserischen, rüpelhaften Bild, das sie von ihm malten. Aber wie in allen verwickelten Meineidsfällen offenbarten sich in den verschiedenen Berichten Lücken und Widersprüche. Der Richter schien sie nicht zu bemerken, und der Staatsanwalt sowie Patsys Anwalt gingen gewandt über sie hinweg. Watson hatte sich keinen Rechtsanwalt genommen, und jetzt freute er sich, daß er es nicht getan hatte.

Dennoch hatte er, als er selbst vor die Schranke trat, um seinen Bericht abzustatten, einiges Vertrauen zu Richter Witberg.

»Ich kam zufällig durch die Straße«, begann Watson, wurde aber vom Richter unterbrochen.

»Wir sind nicht hier, um Ihre zufälligen Handlungen zu beurteilen«, fauchte Witberg. »Wer schlug zuerst?«

»Herr Richter«, sagte Watson. »Ich habe keinen Zeugen für die eigentlichen Prügeleien, und die Wahrheit meiner

Darlegung kann nur dadurch erwiesen werden, daß ich die ganze —«

Wieder wurde er unterbrochen.

»Wir wollen hier keine Magazingeschichten hören«, brüllte Richter Witberg und sah ihn so wütend und böse an, daß Watson kaum in ihm den Mann wiedererkennen konnte, den er erst vor wenigen Momenten beobachtet hatte.

»Wer schlug zuerst?« fragte Patsys Anwalt. Der Staatsanwalt unterbrach ihn und wollte wissen, um welche von den beiden Sachen, die zu einer zusammengelegt waren, es sich hier handelte, und mit welchem Recht Patsys Anwalt in diesem Stadium der Angelegenheit ein Zeugenverhör verlangte. Patsys Anwalt antwortete ihm. Richter Witberg griff ein, erklärte, nichts davon zu wissen, daß zwei Sachen zusammengelegt waren. All das mußte näher erklärt werden. Es kam zu einer heftigen Debatte, die damit endete, daß Staatsanwalt wie Rechtsanwalt sich bei dem Gericht und beieinander entschuldigten.

»Warum haben Sie das schlecht beleumdete Lokal aufgesucht?« fragte man ihn.

»Es ist seit vielen Jahren meine Gewohnheit, mich in meiner Eigenschaft als soziologischer Forscher bekannt zu machen mit —«

Aber weiter kam Watson nicht.

»Wir wünschen hier nichts von Ihren Studien zu hören«, knurrte Richter Witberg. »Es war eine klare, deutliche Frage, beantworten Sie sie auch klar und deutlich. Ist es wahr, daß Sie berauscht waren, oder nicht? Das ist der Kern der Frage.«

Als Watson zu erzählen versuchte, wie Patsy sich durch das Stoßen mit dem Kopf das Gesicht verletzt hatte, wurde er abgewiesen und verhöhnt.

»Sind Sie sich klar über die Heiligkeit des Eides, den Sie abgelegt haben, und daß Sie hier, auf dem Zeugenstand, nur die Wahrheit sagen dürfen?« fragte der Richter. »Was Sie jetzt erzählt haben, ist ein Märchen. Es ist nicht wahrscheinlich, daß ein Mann sich auf diese Weise verletzen soll, daß er gegen Ihren Kopf schlägt. Sie sind ein vernünftiger Mensch. Ist das unwahrscheinlich oder nicht?« »Im Zorn sind die Menschen unvernünftig«, antwortete Watson sanft. Diese Antwort kränkte Richter Witberg tief und erfüllte ihn mit gerechtem Zorn.

»Welches Recht haben Sie, das zu sagen?« rief er. »Es ist eine ganz überflüssige Bemerkung. Sie hat nichts mit dem vorliegenden Fall zu tun. Sie befinden sich hier als Zeuge, und es handelt sich um Tatsachen. Das Gericht wünscht keine Meinungsäußerungen von Ihnen zu hören.«

»Ich habe nur Ihre Frage beantwortet, Herr Richter«, antwortete Watson bescheiden.

»Das haben Sie durchaus nicht«, keifte der Richter, »und ich möchte Sie warnen, Verehrtester, und Ihnen sagen, daß Sie sich durch eine solche Unverschämtheit ein respektwidriges Benehmen zuschulden kommen lassen. Und ich möchte Sie wissen lassen, daß wir hier in diesem kleinen Gerichtslokal Gesetz und Höflichkeit zu wahren wissen. Ich schäme mich für Sie.«

Und als der nächste spitzfindige Zank zwischen Rechtsanwalt und Staatsanwalt seinen Bericht über die Vorgänge im »Vendôme« unterbrach, sah Watson ohne Bitterkeit, aufgeräumt und niedergeschlagen zugleich, wie die große politische Organisation sich vor ihm erhob, diese große und doch so kleinliche Bande, die das Land regiert, die ungestrafte, schamlose Schwindelverwaltung in tausend Städten, hinter der das spinnenartige Ungeziefer der Räuber steht. Hier sah er einen Erfolg ihrer Tätigkeit – ein Gericht und einen Richter, die von der geheimen politischen Organisation gezwungen wurden, für einen Kneipenwirt zu arbeiten, weil der Kneipenwirt Einfluß auf eine Anzahl von Wählerstimmen hatte.

Als der Streit seinen Höhepunkt erreicht hatte, lachte er einmal laut auf, was ihm einen drohenden Blick von Richter Witberg einbrachte. Schlimmer, tausendmal schlimmer waren diese polternden Anwälte und dieser polternde Richter als die gröbsten Steuermänner auf den ärgsten Höllenschiffen, die nicht nur schimpften, sondern sich selbst auch gut zu decken verstanden. Diese gemeinen Lumpenkerle suchten ihrerseits Schutz hinter der Majestät des Gesetzes. Sie schlugen, aber man durfte nicht wiederschlagen, denn hinter ihnen standen

Gefängniszellen und die Stäbe stumpfer Polizisten. Aber er war doch nicht bitter. Dank seinem Sinn für Humor vergaß er die grobe Ungerechtigkeit und Schleimigkeit der ganzen Sache über ihrer unbedingten Lächerlichkeit.

Endlich glückte es ihm trotz aller brutalen Unterbrechungen, einen klaren und einfachen Bericht des Geschehenen zu erstatten, und in einem kriegerischen Kreuzverhör wurde seine Darstellung in keinem wesentlichen Punkt entkräftet. Sie war weit verschieden von den meineidigen Darstellungen Patsys und seiner beiden Zeugen.

Patsys Anwalt und der Staatsanwalt überließen die Angelegenheit dem Gericht zur weiteren Behandlung, ohne sich noch einmal zu äußern. Watson protestierte, wurde aber durch den Staatsanwalt zum Schweigen gebracht, der ihm mitteilte, daß er der öffentliche Ankläger wäre und schon wüßte, wie er sich als solcher zu verhalten hätte.

»Patsy Horan hat erklärt, daß er in Lebensgefahr und gezwungen war, sich zu verteidigen.« So begann das Urteil, das Richter Witberg fällte. »Herr Watson hat genau dasselbe erklärt. Beide haben geschworen, daß der Gegner als erster schlug, jeder hat geschworen, daß der andere ihn ohne Grund überfallen hat. Es ist ein Grundsatz des Gesetzes, daß der Zweifel dem Angeklagten zugute kommt. Es gibt in dieser Sache guten Grund zum Zweifel. Deshalb wird in der Sache gegen Carter Watson besagtem Carter Watson der Zweifel zugute gehalten, und er ist freizusprechen. Ebenso steht es in der Sache gegen Patsy Horan. Auch ihm wird der Zweifel zugute gehalten, und er ist freizusprechen. Mein Rat ist daher, daß beide Angeklagten sich die Hände geben und sich vergleichen.«

Die erste Überschrift, auf die Watsons Blick an diesem Nachmittag in den Zeitungen fiel, war: »Carter Watson freigesprochen.« In einer zweiten Zeitung stand: »Carter Watson straflos ausgegangen.« Den Vogel aber schoß eine Zeitung ab, die so begann: »Carter Watson ein guter Kerl.« Im Text las er, daß Richter Witberg beiden Gegnern geraten hätte, sich die Hand zu geben, was sie auch sofort getan hatten. Ferner las er:

»Wollen wir nicht einen darauf trinken?‹ sagte Patsy Horan.

›Jawohl, das wollen wir‹, sagte Carter Watson. Und Arm in Arm wanderten sie in die nächste Gastwirtschaft.«

IV

Die ganze Geschichte ließ durchaus keine Bitterkeit in Watson zurück. Es war eine Erfahrung ganz neuer Art, die er gemacht hatte, und sie gab ihm die Idee zu einem neuen Buch.

Ein Jahr darauf stieg er eines Sommermorgens auf seinem Landsitz vom Pferde und kletterte eine kleine Schlucht hinan, um sich einige Bergfarne anzusehen, die er im vorigen Winter gepflanzt hatte. Als er die Schlucht hinter sich gelassen hatte, gelangte er auf eine seiner von Blumen übersäten Wiesen, ein herrliches, einsames Plätzchen, das durch niedrige Berge und Baumgruppen von der Welt abgesondert war. Und hier traf er einen Mann, der offenbar von dem Sommerhotel in dem ungefähr eine Meile von hier liegenden Städtchen kam und sich auf einem Spaziergang befand. Sie stießen aufeinander und erkannten sich gegenseitig. Es war Richter Witberg. Im übrigen war es ausgesprochener Hausfriedensbruch, denn Watson hatte an der Grenze seines Besitzes Schilder mit der Aufschrift »Zutritt verboten« aufgestellt, wenn er dies Verbot auch nie streng handhabe. Richter Witberg reichte ihm die Hand, aber Watson nahm sie nicht.

»Es war eine schmutzige Sache, nicht wahr, Herr Richter«, meinte er. »Ach ja, ich sehe Ihre Hand gut, aber ich mache mir nichts daraus, sie zu drücken. Die Zeitungen schrieben, daß ich Patsy Horan nach der Gerichtsverhandlung die Hand gegeben hätte. Sie wissen, daß ich es nicht tat, aber ich kann Ihnen versichern, daß ich tausendmal lieber ihm und seinen schuftigen Freunden die Hand drücken würde als Ihnen.«

Richter Witberg war unangenehm berührt und verwirrt, er räusperte sich, stotterte und versuchte etwas zu sagen, und da hatte Watson, der dastand und ihn ansah, plötzlich einen Einfall.

»Ich habe es nicht erwartet, bei einem Manne von Ihrem Wissen und Ihrer Bildung persönlicher Abneigung zu begegnen«, antwortete Witberg.

»Nein, natürlich nicht, das liegt mir durchaus nicht. Und um Ihnen das zu beweisen, will ich Ihnen etwas Merkwürdiges zeigen. Etwas, das Sie noch nie gesehen haben.« Watson sah sich um und hob einen scharfen Stein von Faustgröße auf. »Sehen Sie! Passen Sie auf!«

Indem Watson das sagte, schlug er sich selbst kräftig auf die Backe. Der Stein zerriß ihm das Fleisch, und das Blut spritzte heraus. »Der Stein war zu scharf«, sagte er zu dem verblüfften Richter, der meinte, daß er wahnsinnig geworden wäre. »Ich muß mir ein paar Beulen schlagen. In so etwas muß man sehr realistisch sein.«

»Sie sind wahnsinnig«, sagte Richter Witberg mit zitternder Stimme.

»Gebrauchen Sie nicht so häßliche Worte, wenn Sie von mir sprechen«, sagte Watson. »Können Sie kein zerschlagenes, blutendes Gesicht sehen? Das ist Ihr Werk, das haben Sie mit Ihrer rechten Hand getan. Sie haben mich zweimal geschlagen. Das ist ein brutaler Überfall ohne jede Veranlassung. Ich befinde mich in Lebensgefahr. Ich muß mich verteidigen.«

Erschrocken über die drohenden Fäuste des andern, wich Witberg zurück.

»Wenn Sie mich schlagen, lasse ich Sie verhaften«, drohte er.

»Genau die Worte, die ich zu Patsy sagte«, lautete die Antwort. »Und wissen Sie, was er tat, als ich ihm das sagte?«

»Nein.«

»Das!«

Und im selben Augenblick schlug Watson mit seiner rechten Faust dem Richter Witberg ins Gesicht, daß der Herr auf den Rücken ins Gras fiel.

»Stehen Sie auf!« kommandierte Watson. »Wenn Sie ein Gentleman sind, so stehen Sie auf, das sagte Patsy zu mir, wie Sie wissen.«

Richter Witberg war nicht imstande, selbst aufzustehen. Ein Griff am Rockschoß brachte ihn auf die Beine, aber nur, um ihn mit einem blauen Auge wieder zu Boden zu schicken. Und nun wurde Richter Witberg nach allen Regeln der Kunst verprügelt. Seine Backen wurden in boxerische Behandlung genommen, seine Ohren gequetscht und sein Gesicht gegen den Rasen geschleudert. Und Watson erklärte ihm dabei unaufhörlich, wie Patsy Horan es gemacht hätte. Gelegentlich versetzte ihm der vergnügte Mann einen sorgfältig gezielten gehörigen Schlag. Einmal stieß er, nachdem er den armen Richter wieder auf die Beine gekriegt hatte, seine eigene Nase gegen den Kopf des Richters. Die Nase begann sofort zu bluten.

»Sehen Sie!« rief Watson, trat zurück und ließ das Blut auf seine Hemdbrust fließen. »Das haben Sie getan. Das haben Sie mit Ihrer Faust getan. Das ist schrecklich. Ich bin halb totgeschlagen. Ich muß mich wieder verteidigen.«

Und noch einmal fuhr eine Faust in Richter Witbergs Gesicht und schickte ihn zu Boden.

»Ich lasse Sie bestimmt verhaften.«

»Das tun Sie nicht, und wenn ich Sie halb totschlagen würde.«

Und mit diesen Worten nahm Carter Watson Abschied, stieg den Hügel hinab, sprang auf sein Pferd und ritt nach der Stadt.

Als Richter Witberg eine Stunde später durch die Bergschlucht nach seinem Hotel gehinkt kam, wurde er von einem Dorfpolizisten wegen gewalttätigen Überfalls auf Carter Watson verhaftet.

V

»Herr Richter«, sagte Watson am nächsten Tage zu dem Dorfrichter, einem wohlhabenden Farmer, der vor dreißig Jahren sein Examen an einer landwirtschaftlichen Hochschule gemacht hatte, »da dieser Sol Witberg sich veranlaßt gesehen hat, mich wegen gewalttätigen Überfalls anzuzeigen, nachdem ich ihn wegen desselben Delikts angezeigt habe, beantrage ich, daß beide Sachen zusammengelegt werden. Zeugen und Tatsachen sind in beiden Sachen dieselben.«

Der Richter willigte ein, und die Verhandlung nahm ihren Anfang. Watson betrat als Angeklagter zuerst den Zeugenstand und machte seine Aussagen.

»Ich pflückte Blumen«, erklärte er. »Pflückte Blumen auf meinem eigenen Grund und Boden und witterte kein Unheil. Plötzlich sprang dieser Mann aus seinem Versteck hinter den Bäumen auf mich los. ›Ich bin Dodo‹, sagte er, ›und ich kann Hackfleisch aus dir machen. Hebe die Hände hoch!‹

Ich lächelte, aber im selben Augenblick schlug er zu, warf mich zu Boden und verdarb meine Blumen. Die Sprache, die er mir gegenüber führte, war entsetzlich. Es war ein ganz grundloser, brutaler Überfall. Sehen Sie nur meine Backe! Sehen Sie meine Nase! Ich konnte es überhaupt nicht begreifen. Er muß betrunken gewesen sein. Ehe ich mich von meiner Überraschung erholte, hatte er mir schon diesen Schlag zugefügt. Ich fühlte mein Leben bedroht und mußte mich verteidigen. Das ist alles, Herr Richter, aber ich muß noch einmal gestehen, daß ich mich von meiner Überraschung gar nicht erholen kann. Warum hat er sich Dodo genannt? Warum hat er mich so leichtfertig angegriffen?«

Und so erhielt Sol Witberg eine gründliche Belehrung in der Kunst, einen Meineid zu schwören.

Er hatte oft auf seinem hohen Richterstuhl im Schnellgericht nachsichtig meineidigen Zeugenaussagen und erdichteten Geschichten gelauscht; aber zum ersten Mal richtete sich jetzt eine meineidige Aussage gegen ihn selbst, und diesmal saß er nicht mit Gerichtsdienern, Polizeiknüppeln und Gefängniszellen hinter sich auf dem Richterstuhl.

»Herr Richter«, rief er, »ich habe noch nie eine solche Sammlung von Lügen und einen so frechen Lügner gehört –«

Aber im selben Augenblick sprang Watson auf. »Herr Richter, ich protestiere. Es ist Sache des hohen Gerichtshofes, zwischen Wahrheit und Lüge zu unterscheiden. Der Zeuge hat nur über die wirklichen Geschehnisse auszusagen. Seine persönliche Meinung von den Dingen im allgemeinen und von mir im besonderen hat nicht das geringste mit der Sache zu tun.«

Der Richter kratzte sich den Kopf und wurde aufgeregt, ohne jedoch seine Ruhe zu verlieren.

»Der Protest ist berechtigt«, entschied er. »Ich bin erstaunt, daß Sie, Herr Witberg, der Sie Richter und wohlbewandert in Gesetz und Recht sein wollen, sich eines so wenig korrekten Benehmens schuldig machen. Wir sind hier, um festzustellen, wer zuerst geschlagen hat, und Ihre Ansichten über den persönlichen Charakter des Herrn Watson interessieren uns nicht. Fahren Sie in Ihrer Darstellung fort.«

Sol Witberg würde sich vor Wut gern in seine zerschlagene und geschwollene Lippe gebissen haben, wenn es nicht so weh getan hätte, aber er beherrschte sich und erstattete einen klaren, aufrechten und wahren Bericht.

»Herr Richter«, sagte Watson. »Ich beantrage, ihn zu fragen, was er auf meinem Grund und Boden zu tun hatte.«

»Eine sehr berechtigte Frage. Was hatten Sie, mein Herr, auf Herrn Watsons Grund und Boden zu tun?«

»Ich wußte nicht, daß es sein Grund und Boden war.«

»Es war eine Übertretung meines gegen Unbefugte erlassenen Verbots, Herr Richter«, rief Watson. »Die entsprechenden Schilder sind in auffälliger Weise angebracht.«

»Ich habe kein solches Schild gesehen«, sagte Sol Witberg.

»Ich habe sie selbst gesehen«, warf der Richter grimmig ein. »Sie sind sehr auffällig. Und zur Warnung will ich Sie, mein Herr, wissen lassen, daß Sie, wenn Sie in solchen Kleinigkeiten leichtfertig mit der Wahrheit umgehen, Gefahr laufen, auch auf Ihre bedeutsameren Aussagen ein schlechtes Licht zu werfen. Warum haben Sie Herrn Watson geschlagen?«

»Herr Richter, wie ich unter Eid ausgesagt habe, habe ich ihm nicht einen einzigen Schlag gegeben.«

Der Richter betrachtete Carter Watsons zerschlagenes und geschwollenes Gesicht, wandte sich dann um und blickte Sol Witberg an.

»Sehen Sie die Backe des Mannes«, donnerte er. »Wenn Sie ihm keinen Schlag gegeben haben, wie kommt es dann, daß er so zugerichtet ist?«

»Wie ich unter Eid ausgesagt habe —«

»Nehmen Sie sich in acht!« warnte der Richter.

»Ich werde mich schon in acht nehmen. Ich gedenke nichts zu sagen als die reine Wahrheit. Er hat sich selbst mit einem Stein geschlagen. Er hat sich mit zwei verschiedenen Steinen geschlagen.«

»Ist es wahrscheinlich, daß irgendein Mensch, der nicht wahnsinnig ist, sich selber so zurichten soll, indem er die weichen, empfindlichen Teile seines Gesichts mit einem Stein zerschrammt?« fragte Carter Watson.

»Es klingt wie ein Märchen«, meinte der Richter. »Herr Witberg, hatten Sie getrunken?« – »Nein.«

»Trinken Sie nie?« »Gelegentlich.«

Der Richter dachte mit schlauer, tiefsinniger Miene über diese Antwort nach.

Watson benutzte die Gelegenheit, um Sol Witberg gemütlich anzublinzeln, aber dieser arg mißbrauchte Herr sah nichts Humoristisches in der Situation.

»Sehr merkwürdig, sehr merkwürdig«, erklärte der Richter und ging daran, sein Urteil zu fällen.

»Die Aussagen der beiden Parteien widersprechen einander vollkommen. Außer den beiden Hauptpersonen sind keine Zeugen vorhanden. Jeder behauptet, daß der andere ihn überfallen hat, und ich bin außerstande, rechtsgültig zu entscheiden, wer von Ihnen die Wahrheit spricht. Aber ich habe meine persönliche Ansicht, Herr Witberg, und ich möchte Ihnen raten, sich in Zukunft von Herrn Watsons Grund und Boden und überhaupt aus dieser Gegend fernzuhalten —«

»Das ist eine Beleidigung!« brauste Witberg auf.

»Setzen Sie sich«, donnerte der Richter ihn an. »Wenn Sie das Gericht noch einmal auf diese Weise unterbrechen, nehme ich Sie in Strafe wegen achtungswidrigen Benehmens, und ich sage Ihnen jetzt schon, daß ich Sie streng bestrafen werde! Sie sind selbst Richter und müßten die Achtung kennen, die die Würde des Gerichts fordert. Und jetzt fälle ich mein Urteil: Es ist ein Grundsatz des Gesetzes, daß der Zweifel dem Angeklagten zugute kommt. Wie schon gesagt, bin ich nicht imstande, rechtsgültig zu entscheiden, wer zuerst geschlagen hat. Deshalb bin ich zu meinem größten Bedauern —« hier machte er eine Pause und starrte Sol Witberg an – »genötigt, in beiden Fällen dem Angeklagten den herrschenden Zweifel zugute kommen lassen zu müssen. Meine Herren; Sie sind freigesprochen.«

»Lassen Sie uns darauf einen genehmigen«, sagte Watson zu Witberg, als sie den Gerichtssaal verließen. Der bestürzte Mann aber weigerte sich, Arm in Arm mit ihm in die nächste Gastwirtschaft zu gehen.

Das Ende vom Lied

Der Tisch war aus ungehobelten Brettern verfertigt, und es wurde daher den Männern, die an ihm saßen und spielten, oft schwer genug, ihre Stiche auf der rauhen Fläche einzuheimsen. Obgleich alle in Hemdsärmeln dasaßen, perlte doch der Schweiß auf ihren Gesichtern, was indessen nicht verhinderte, daß ihre Füße, die in Mokassins und dicke, wollene Strümpfe gehüllt waren, vor Kälte schmerzten. So groß war der Temperaturunterschied zwischen der Luft am Fußboden und der höher im Raum, obwohl die Decke niedrig war. Der gußeiserne Yukonofen glühte und summte, aber auf dem Fleischgerüst, das nur acht Fuß von ihm unten am Fußboden neben der Tür angebracht war, lagen große Stücke Elchfleisch und Bacon, die völlig gefroren waren. Das unterste Drittel der Tür war mit einer dicken Eiskruste bedeckt. Durch die Ritzen zwischen den Planken hinter den Betten sah man den weißglitzernden Schnee draußen. Ein Fenster aus Ölpapier ließ das Licht herein. Den unteren Teil des Papiers hatte der Atem der Männer auf der Innenseite einen Zoll dick mit gefrorener Feuchtigkeit beschlagen.

Sie spielten einen höchst spannenden Rubber-Whist, denn das Paar, das ihn verlor, hatte durch die sieben Fuß dicke Eis- und Schneekruste des Yukons ein Loch zum Fischen zu bohren.

»Es ist auch verflucht selten, daß wir im März solche Kälte haben«, bemerkte der Mann, der gerade mischte. »Wieviel meinst du, sind es heute, Bob?«

»Na, fünfundfünfzig bis sechzig Grad unter Null, denke ich. Mehr nicht. Was meinen Sie, Doktor?«

Der Doktor wandte den Kopf und betrachtete den unteren Teil der Tür mit einem prüfenden Blick.

»Nicht um ein Tüttelchen mehr als fünfzig Grad. Wenn das nicht genau stimmen sollte, so ist es eher ein bißchen wärmer – neunundvierzig vielleicht! Guckt euch das Eis an der Tür an. Es ist gerade bei der Marke für fünfzig Grad angelangt, aber der obere Rand ist, wie ihr seht, nicht ganz regelmäßig. Als es seinerzeit siebzig Grad waren, stieg das Eis um vier Zoll höher.« Er nahm seine Karten, und während er sie sortierte, rief er, als an die Tür geklopft wurde, laut »Herein!«

Der Mann, der jetzt eintrat, war ein großer, breitschultriger Schwede. Freilich erkannte man seine Nationalität erst, als er seine Mütze mit den Ohrenklappen abgenommen und das Eis aufgetaut hatte, das sich in seinem Bart gebildet und sein Gesicht unkenntlich gemacht hatte. Unterdessen spielten die Männer ruhig weiter.

»Ich hab' gehört, daß es einen Doktor hier in diesem Lager gibt«, sagte der Schwede fragend und sah ängstlich von einem zum andern. Sein Gesicht war abgemagert und durch andauernde starke Schmerzen verzerrt. »Ich habe einen weiten Weg hinter mir. Ich komme aus der Gegend nördlich von Whyo.«

»Ich bin der Doktor! Was ist denn mit Ihnen los?«

Als Antwort hob der Mann seine linke Hand, deren Zeigefinger furchtbar angeschwollen war. Gleichzeitig begann er eine weitschweifige, ziemlich unzusammenhängende Geschichte über Zeit und Art seines Unfalls zu erzählen.

»Zeigen Sie mal her«, unterbrach ihn der Doktor ungeduldig. »Legen Sie den Finger auf den Tisch. Hier, so!«

Vorsichtig gehorchte der Mann, als sei es ein gefährliches Geschwür.

»Hm«, knurrte der Doktor. »Eine Sehnenzerrung. Und dreihundert Meilen sind Sie gereist, um den Dreck in Ordnung zu kriegen. Ich werde Sie im Handumdrehen kurieren. Passen Sie gut auf, wie ich es mache, dann können Sie es das nächste Mal selber.«

Ohne den Mann gewarnt zu haben, schlug der Arzt mit der Handkante auf den geschwollenen Finger. Der Schwede stieß einen Ruf der Verblüffung und des Schmerzes aus. Es klang eher wie der Schrei eines wilden Tieres, und sein Gesichtsausdruck war so erregt und wütend, als wollte er sich auf den Mann stürzen, der sich diesen Spaß erlaubt hatte.

»Schon in Ordnung«, erklärte der Doktor in scharfem, gebieterischem Ton. »Wie fühlen Sie sich jetzt? Besser, nicht wahr? Selbstverständlich! Das nächste Mal können Sie es selber. Sie geben, Strothers. Ich glaube, die Reihe ist an Ihnen.«

Der Stier von einem Schweden begriff anscheinend schwer. Erst allmählich wurde ihm das Geschehene klar, und er beruhigte sich. Der stechende Schmerz war vorbei, der Finger fühlte sich schon besser an. Er tat auch nicht mehr weh. Er betrachtete neugierig den Finger, seine Augen waren voller Staunen, und er bewegte die Hand hin und her. Dann steckte er sie in die Tasche und holte seinen Geldbeutel hervor.

»Wieviel?«

Der Arzt schüttelte ungeduldig den Kopf. »Nichts, ich praktiziere im Augenblick nicht – Sie spielen aus, Bob!«

Der Schwede trat schwerfällig von einem seiner riesigen Füße auf den andern, besah sich den Finger wieder und wandte sich dann mit einem bewundernden Blick an den Doktor.

»Sie sind ein guter Mensch. Wie heißen Sie?«

»Linday, Dr. Linday«, antwortete Strothers kurz, als wollte er seinen Spielgegner nicht noch mehr reizen.

»Der Tag ist ja schon halb vorbei«, sagte Dr. Linday zu dem Schweden, als das Spiel fertig war und er die Karten zu mischen begann. »Es ist besser, Sie bleiben die Nacht über hier. Es ist zu kalt zum Fahren heute. Drüben ist eine Reservekoje.«

Er war ein schlanker, dunkelhaariger Mann mit hagerem Gesicht und dünnen Lippen und kräftig gebaut. Sein glattrasiertes Gesicht war blaß, aber gesund. Alle seine Bewegungen waren schnell und entschieden. Er suchte nicht, wie die andern, in seinen Karten. Seine schwarzen Augen hatten einen offenen, scharfen Blick, der den Eindruck machte, als könnte er die Oberfläche aller Sachen durchdringen. Seine Hände waren schlank, fein und nervig. Sie schienen für Arbeiten geschaffen, die Zartheit und feines Empfinden erforderten, und machten dabei doch selbst auf den unerfahrensten Beobachter einen Eindruck von Kraft.

»Gewonnen«, sagte er, als er den letzten Stich einstrich. »Jetzt gilt es den Rubber, und wer das Loch ins Eis machen muß.«

Ein energisches Klopfen an der Tür hatte einen schnellen Ausruf von ihm zu Folge.

»Wir sollen, scheint's, nie mit diesem Rubber fertig werden«, sagte er, als die Tür sich öffnete. »Was bringen Sie denn?« Diese letzten Worte galten einem Fremden, der soeben eintrat.

Der Ankömmling bemühte sich vergeblich, die Eiskruste von Wangen und Kinn zu entfernen. Es war deutlich zu sehen, daß er lange Stunden und Tage unterwegs gewesen war. Die Haut über den Backenknochen war infolge mehrfacher Erfrierungen schwarz geworden. Das Gesicht war von der Nase bis zum Kinn mit Eis bedeckt. Ein Loch, das sein warmer Atem darin geschmolzen hatte, zeigte, wo sein Mund sein mußte. Durch dieses Loch hatte er Kautabaksoße gespieen, die, sobald sie den Mund verließ, gefroren war. Es sah deshalb aus, als ob er einen ambrafarbenen Van-Dyck-Bart trüge. Aber es war nur der gefrorene Tabaksaft.

Ohne ein Wort zu sprechen, schüttelte er den Kopf, lächelte freundlich mit den Augen und schob sich näher an den Ofen heran, um sich dort den Mund aufzutauen und dann sein Anliegen vorbringen zu können. Dieses Vorhaben verschaffte ihm reichliche Verwendung für seine Finger, mit denen er sich ganze Eisstücke aus dem Bart riß, die er auf den Ofen warf, wo sie knisterten und zischten.

»Ich bringe gar nichts«, erklärte er schließlich. »Wenn es hier im Lager aber einen Doktor gibt, so brauche ich ihn trotzdem. Am Kleinen Peco liegt ein Mann, der einen Zusammenstoß mit einem Panther gehabt hat, und das Biest ist dabei ganz ruppig mit ihm umgegangen.«

»Ist es weit von hier?« fragte Doktor Linday.

»Na – hundert Meilen mindestens.«

»Und wie lange ist es her?«

»Ich bin drei Tage unterwegs gewesen.«

»Schlimm?«

»Die Schulter ist ausgerenkt. Und einige Rippen sind totsicher gebrochen. Der rechte Arm auch. Und das Fleisch ist fast am ganzen Körper – außer dem Gesicht – bis zu den Knochen abgerissen. Zwei oder drei Stellen haben wir ihm notdürftig zusammengenäht und die Arterien mit Bindfaden abgebunden.«

»Das wird schön sein«, knurrte Linday spöttisch. »Wo sind die Stellen denn?«

»Am Bauch.«

»Dann ist er schon erledigt.«

»Nein, so wahr ich lebe. Wir haben alles, bevor wir ihn nähten, mit desinfizierenden Mitteln gebeizt. Nur bis auf weiteres natürlich. Wir hatten eben nichts anderes als gewöhnlichen Bindfaden, aber wir haben ihn wenigstens gewaschen.«

»Er ist so gut wie tot«, erklärte Dr. Linday, während er ärgerlich mit den Karten herumhantierte.

»Keine Rede davon. Der Mann wird nicht sterben. Er weiß, daß ich den Doktor hole, und wird schon dafür sorgen, daß er noch am Leben ist, wenn ich wiederkomme. Er denkt nicht daran, zu sterben. Ich kenne ihn.«

»Christian Science und kalter Brand, nicht wahr?« knurrte der Arzt. »Nun, ich praktiziere überhaupt nicht. Und außerdem sehe ich nicht ein, warum ich bei einer Temperatur von fünfzig Grad unter Null wegen eines toten Mannes hundert Meilen weit fahren sollte.«

»Aber ich sehe es ein. Es handelt sich um einen Mann, der gar nicht daran denkt, zu sterben ...«

Linday schüttelte den Kopf. »Tut mir leid, daß Sie den weiten Weg umsonst gemacht haben. Es ist besser, Sie bleiben die Nacht über hier.«

»Ausgeschlossen. In zehn Minuten fahre ich ab.«

»Wieso sind Sie Ihrer Sache denn so sicher?« fragte Linday mürrisch.

Und dann kam der Augenblick, da Tom Daw die längste und beste Rede seines Lebens hielt.

»Weil er am Leben bleiben wird, bis Sie kommen, und wenn es eine Woche dauern sollte, Sie zu überreden. Und weil seine Frau bei ihm ist. Und sie heult nicht und weint nicht, sondern hilft ihm ganz still, am Leben zu bleiben, bis Sie kommen. Sie haben einander mächtig lieb, und sie hat genau so einen Willen wie er. Wenn er abfahren wollte, würde sie einfach ihre unsterbliche Seele in seine hineinpusten und ihn wieder lebendig machen. Obgleich es ihm ja gar nicht so schlecht gehen wird. Aber Sie können darauf schwören, daß sie es tun würde. Ich gehe jede Wette ein. Ich halte drei gegen eins, in reinem Gold, daß er noch am Leben ist, wenn Sie hinkommen. Ich habe ein frisches Gespann am Ufer. Sie müssen in zehn Minuten zum Abfahren fertig sein. Und ich glaube, wir brauchen nicht mal drei Tage für die Fahrt, weil der Schnee auf meiner Fährte schon festgefahren ist. Ich gehe jetzt zu den Hunden; in zehn Minuten komme ich und hole Sie ab.«

Tom Daw band sich wieder die Ohrenklappen herunter, zog sich die Fäustlinge an und verschwand.

»Der Teufel soll ihn holen!« rief Dr. Linday und warf einen rachsüchtigen Blick nach der geschlossenen Tür.

Erst lange nach Eintritt der Dunkelheit schlugen Dr. Linday und Tom Daw am selben Abend ihr erstes Lager auf. Sie hatten bereits fünfundzwanzig Meilen zurückgelegt. Das Lagern war eine sehr einfache Sache. Sie machten Feuer im Schnee, neben das Feuer legten sie ihre Schlafsäcke auf eine Unterlage von Fichtenzweigen. Hinter diesem provisorischen Bett wurde ein großes Stück Leinwand aufgehängt, um die Wärme des Feuers zurückzuwerfen. Daw gab den Hunden zu fressen und schlug Eis und Brennholz. Lindays Wangen brannten von der Kälte, als er am Kochtopf hockte. Sie aßen reichlich, rauchten eine Pfeife und plauderten miteinander, während sie ihre Mokassins am Feuer trockneten. Dann krochen sie in ihre Schlafsäcke, um den traumlosen Schlaf der Müden und Gesunden zu schlafen.

Am nächsten Morgen war die ungewöhnliche Kälte vorbei. Linday schätzte die Temperatur auf fünfzehn Grad unter Null, und sie schien sogar noch zu steigen. Daw wurde von schwerer Sorge gequält. Sie würden noch am selben Tag den Cañon erreichen, erklärte er, wenn aber der Frühling mit seinem Tauwetter schon jetzt einsetzte, würde der Cañon mit offenem Wasser gefüllt sein. Die Wände der Schlucht seien indessen nicht weniger als zwischen hundert und tausend Fuß hoch. Man könne sie natürlich besteigen, aber es sei eine verdammt langweilige Arbeit, die viel Zeit erfordere.

Als sie an diesem Abend in der dunklen, unheimlichen Schlucht lagerten und ihre Pfeife rauchten, klagten sie über die Wärme und waren sich einig, daß das Thermometer über Null stehen müßte ... und zwar zum erstenmal seit sechs Monaten.

»Man hat noch nie so weit im Norden etwas von Panthern gehört«, erzählte Daw. »Rocky nannte ihn einen Kuguar. Aber ich habe viele in Curry County geschossen – in Oregon, wo ich her bin, und da nannten wir sie immer Panther. Jedenfalls war es eine größere Katze, als ich je eine gesehen habe. Es war ein richtiges Ungetüm von Katze. Jetzt bleibt nur die Frage übrig, wie, zum Teufel, sie auf einen solchen Jagdausflug abseits von allen gewohnten Pantherwegen gekommen war? Das ist die Frage ...«

Linday bemerkte nichts hierzu – er nickte nur zustimmend. Seine Mokassins waren auf kleine Stöcke gehängt und dampften, ohne daß er darauf achtete und sie umdrehte. Die Hunde lagen zusammengekauert wie pelzbekleidete Bälle da und schliefen. Das Knistern der glühenden Scheite machte die überall herrschende Stille nur noch tiefer. Der Doktor erwachte plötzlich aus seinen Träumen und starrte Daw an, der ebenfalls nickte und den fragenden Blick beantwortete. Beide lauschten. Aus weiter Ferne ertönte ein undeutliches Geräusch, das allmählich zu einem gewaltigen, unheimlichen Brüllen anschwoll. Es kam immer näher, es stieg und nahm zu, es hallte von den Gipfeln der Berge und aus den Tiefen der Schluchten wider, der Wald neigte sich unter dem mächtigen Tosen, die schlanken Fichten, deren Wurzeln aus den Spalten in den Wänden des Cañons herauslugten, beugten sich zitternd. Da erkannten sie, was es war. Ein starker und balsamischer Wind wehte zu ihnen herüber und schleuderte glühende Partikel aus dem Feuer wie Sternschnuppen in die milde Luft. Die Hunde erwachten, setzten sich auf und begannen, die schwarzen Schnauzen zum Himmel gehoben, wie Wölfe zu heulen.

»Der Chinook«, sagte Daw.

»Das heißt, denke ich, daß der Weg auf dem Fluß gefährdet ist?«

»Ganz recht. Und zehn Meilen auf dem Fluß sind leichter als eine Meile über die Berge.« Daw blickte Linday eine lange Minute prüfend an. »Wir hätten noch genau fünfzehn Stunden zu gehen«, rief er mit einer Stimme, die den Wind überschrie. Er wartete einen Augenblick auf Antwort. Dann sagte er schließlich: »Doktor – machen Sie mit?«

Statt zu antworten, klopfte Linday seine Pfeife aus und begann sich die dampfenden Mokassins anzuziehen. Es dauerte nur wenige Minuten, so hatten sie, unter dem Druck des Sturmes gebeugt, die Hunde angeschirrt, das Lager abgebrochen und das Kochgerät und die unbenutzten Schlafsäcke auf dem Schlitten verstaut. Dann bogen sie in der Dunkelheit auf den Weg ein, den Daw vor fast einer Woche getreten hatte. Sie hatten eine lange nächtliche Wanderung vor sich. Und immerfort hörten sie den Chinook brüllen und hetzten die müden Hunde und spornten ihre eigenen erschöpften Muskeln an. Zwölf Stunden hielten sie durch. Dann machten sie halt und frühstückten, nachdem sie vierundzwanzig Stunden lang ununterbrochen auf den Beinen gewesen waren.

»Eine Stunde können wir schlafen«, sagte Daw, nachdem sie dicke Streifen Elchfleisch, die mit Räucherspeck gebraten waren, pfundweise verzehrt hatten.

Er ließ seinen Begleiter zwei Stunden schlafen, selbst fürchtete er sich, die Augen zu schließen. Er hielt sich wach, indem er in dem weichen, schon schmelzenden Schnee zeichnete. Im Laufe dieser beiden Stunden sank der Schnee um drei Zoll. Man konnte das Sinken geradezu sehen. Von allen Seiten kam – schwach aus der Ferne, stark in der Nähe – das Geräusch der bisher verborgenen Gewässer, die jetzt hervorsickerten und sich einen Weg bahnten. Trotz dem Brüllen des Frühlingswindes hörte man sie. Der Kleine Peco, der durch viele andere noch kleinere Flüsse Zuwachs erhielt, erhob sich gegen den Zwang des Winters und zersprengte unter Krachen und Knallen das Eis.

Daw berührte Lindays Schulter. Er berührte sie noch einmal. Schüttelte. Und schüttelte noch kräftiger.

»Doktor«, murmelte er voller Bewunderung. »Ich räume ohne weiteres ein, daß Sie gut laufen können.«

Die müden schwarzen Augen unter den schweren Lidern nahmen das Kompliment an.

»Aber darum handelt es sich jetzt nicht! Rocky ist ganz niederträchtig verschandelt worden. Wie ich Ihnen vorher sagte: Ich habe geholfen, ihm die Eingeweide zusammenzunähen, Doktor!« Er schüttelte den Mann, dessen Augen sich schon wieder geschlossen hatten. »Ich sage Ihnen, Doktor. Es handelt sich jetzt nur darum, ob Sie imstande sind weiterzugehen? Hören Sie, was ich sage? Ich frage, ob Sie imstande sind, weiterzugehen?«

Die müden Hunde schnappten nach ihnen und winselten, als sie in ihrem Schlaf gestört wurden. Es ging nur langsam vorwärts. Mehr als zwei Meilen in der Stunde schafften sie nicht, und die Tiere nahmen jede Pause wahr, um sich in den nassen Schnee zu legen.

»Noch zwanzig Meilen, und wir haben die Schlucht hinter uns«, ermunterte Daw seinen Begleiter. »Und wenn wir so weit sind, kann das Eis meinetwegen zum Teufel gehen. Dann können wir am Ufer weitermarschieren und haben nur noch zehn Meilen bis zum Lager, sind also schon beinah da, Doktor! Und wenn Sie Rocky zusammengekleistert haben, können Sie mit einem Kanu in einem Tage zurück sein.«

Aber das Eis wurde immer unsicherer unter ihren Füßen, es begann sich vom Ufer loszureißen und hob sich Zoll um Zoll. An einigen Stellen hielt es noch am Ufer fest; dann lag aber schon Wasser darüber, und sie mußten hindurchwaten. Der Kleine Peco knurrte und murrte. Spalten und Risse bildeten sich überall, während sie sich Meile um Meile vorwärts kämpften, von denen jede einzelne zehn Meilen über die Berge entsprach.

»Legen Sie sich auf den Schlitten, dann können Sie ein bißchen schlafen, Doktor«, meinte Daw.

Der Blick aus den schwarzen Augen verbot ihm, die freundliche Aufforderung zu wiederholen.

Schon gegen Mittag erhielten sie eine Warnung, daß das Ende sich näherte. Eisschollen, die von der rasenden Strömung abwärts geschoben wurden, begannen unter dem Eis, auf dem sie gingen, zu donnern und zu toben. Die Hunde winselten ängstlich und strebten nach dem Ufer.

»Das heißt offenes Wasser weiter oben«, erklärte Daw. »Bald wird irgendwo Packeis kommen, und dann wird der Fluß im Laufe von hundert Minuten um hundert Fuß steigen. Jetzt gilt es für uns, die Hänge zu erklimmen, wenn es uns überhaupt gelingt, eine Stelle zu finden, wo wir aus dieser Mausefalle entschlüpfen können. Na, nur los! Jetzt haben wir die Schweinerei – und da hatte man nun geglaubt, daß der Yukon noch einige Wochen halten würde.«

An dieser Stelle war die Schlucht außergewöhnlich eng, und ihre Wände waren so schroff, daß man sie nicht erklimmen konnte. Daw und Linday mußten deshalb weitergehen – und das taten sie auch, bis die Katastrophe über sie hereinbrach. Mit einem mächtigen Knall zerbarst das Eis unter ihren Füßen und dem Gespann. Die beiden Tiere, die in der Mitte des Geschirrs gingen, stürzten in den Spalt, und die Strömung riß ihre Körper mit solcher Kraft mit, daß sie auch den Leithund ins Wasser zogen. Und als die drei Körper unter der Eiskruste den Strom hinabgezogen wurden, wurden auch die beiden letzten winselnden Hunde, die noch übriggeblieben waren, fortgerissen. Die Männer hielten aus allen Kräften den Schlitten zurück, aber auch sie wurden langsam mitgezogen. Das alles spielte sich im Laufe weniger Sekunden ab. Daw durchschnitt die Sielen des letzten Hundes mit seinem Fahrtenmesser, und das unglückliche Tier schoß über den Eisrand ins Wasser und verschwand. Die Eisfläche, auf der sie standen, zerbrach und wurde zu einer großen, rotierenden Scholle, die gegen das Eis und die Klippen am Ufer geschleudert und dort zersplittert wurde. Aber es gelang ihnen doch noch, den Schlitten ans Land zu ziehen und in Sicherheit zu bringen, unmittelbar bevor die Eisscholle, auf der sie gestanden hatten, umkippte, sank und unter dem Packeis aus ihrem Gesichtskreis verschwand.

Aus Fleisch und Schlafsäcken machten sie jetzt große Bündel und ließen den Schlitten zurück. Linday ärgerte sich, daß Daw das größere Bündel nahm, aber Daw setzte seinen Willen durch.

»Sie müssen, sobald wir da sind, an die Arbeit. Nur weiter!«

Es war gegen ein Uhr nachmittags, als sie zu klettern begannen. Um acht Uhr abends hatten sie den Kamm erreicht, und die nächste halbe Stunde blieben sie liegen, wo sie hingesunken waren. Dann machten sie Feuer, setzten den Kaffeetopf auf und verschlangen eine ungeheure Menge Elchfleisch. Vorher aber hatte Linday die beiden Bündel gehoben und dabei festgestellt, daß das seine um die Hälfte leichter war als dasjenige Daws.

»Sie sind aus Eisen, Daw«, sagte er bewundernd.

»Wer? Ich – Quatsch! Da sollen Sie Rocky erst sehen. Er ist aus Platin gemacht, eine Panzerplatte, das pure Gold und alles, was es an Stärke und Kraft gibt. Ich bin Gebirgler, aber er schlägt mich glatt knockout. In Curry County pflegte ich die anderen Burschen totzulaufen, wenn wir auf die Bärenjagd gingen. Und als ich Rocky auf unsere erste gemeinsame Jagd mitnahm, dachte ich mir wunder, was ich ihm zeigen würde. Ich gebrauchte meine Beine, kann ich Ihnen sagen, und hielt mich fast die ganze Zeit neben den Hunden, aber Rocky war mir immer auf den Fersen. Ich wußte, daß er auf diese Weise noch durchhalten würde. Ich legte mich deshalb noch mehr ins Geschirr und tat mein Allerbestes. Als aber eine weitere Stunde vergangen war, war er noch immer da und trat mir auf die Fersen. Es war zum Knochenkotzen! ›Vielleicht willst du lieber vorangehen und mir das Laufen beibringen‹, sagte ich zu ihm. Und das tat er, so wahr ich hier stehe. Ich konnte natürlich Schritt mit ihm halten. Aber ich gestehe Ihnen gern, daß ich, als wir den Bären schließlich gestellt hatten, ganz ausgepumpt war.

Es gibt nichts, was den Mann halten kann. Angst kennt er nicht. Letzten Herbst waren wir beide nach dem Lager unterwegs. Es war um die Dämmerung vor Beginn der Schnee-schmelze. Ich hatte alle meine Patronen verbraucht – wir hatten Schneehühner geschossen –, aber er hatte noch eine in seiner Kammer. Und die Hunde witterten eine Bärin. Eine kleine freilich. Sie hatte nur ein Gewicht von dreihundert Pfund, aber Sie wissen ja, wie Grizzlybären sind. ›Tu es lieber nicht‹, sagte ich, als er anlegte. ›Du hast nur den einen Schuß, und es ist zu dunkel, um ordentlich zielen zu können.‹

›Kannst ja auf einen Baum klettern‹, sagte er. Das tat ich natürlich nicht; als der Bär aber mitten in die Hunde hinein-sauste und mit den Vordertatzen herumfuchtelte, da – das kann ich Ihnen sagen – guckte ich mich doch nach einem ordentlichen Baum um. Es gab eine nette Bescherung! Es ging natürlich gleich schief. Der Bär rutschte den Hang hin-unter bis zu einem dicken Baumstumpf. Auf der Rückseite war der vielleicht vier Fuß hoch und ganz senkrecht. Von dort aus konnten die Hunde nicht an den Bären heran. Vorn war ein schroffer Kiesabhang, und über den rutschten die Hunde dem Bären direkt in die Arme. Zurück konnten sie nicht mehr, und das Biest hatte daher nichts anderes zu tun, als sie sich einen nach dem andern, so schnell sie kamen, vorzunehmen. Und dabei war es im dichten Busch und be-gann schon verdammt dunkel zu werden, und wir hatten keine Patronen ...

Und was, glauben Sie, tat Rocky? Er ging von hinten her-an, hob die Hand mit dem Messer über den Baumstumpf und stach von dort auf das Tier los. Aber er konnte ja nur den Rücken erreichen, und inzwischen wurden die Hunde eins, zwei, drei erledigt. Rocky wurde wild. Es paßte ihm nicht, daß seine Hunde so behandelt wurden. Er sprang auf den Baum-stumpf, packte den Bären am Pelz und zog das Biest nach hinten über den Stumpf ... und dann rutschten sie alle zu-sammen, in einem wüsten Haufen, den Hang hinunter – Hunde und Bär und Rocky, mindestens zwanzig Fuß tief, rutschten und glitten, plumps, in den Fluß, der zehn Fuß tief war. Jeder von ihnen schwamm schleunigst seiner Wege. Na, den Bären kriegte er also nicht, aber er rettete doch jedenfalls die Hunde. So ist Rocky. Wenn der erst mal losgeht, ist er nicht zu halten.«

Als sie das nächste Mal lagerten, erfuhr Doktor Linday, wie Rocky verwundet worden war.

»Ich war ein Stück gegangen – ungefähr eine Meile von unserer Hütte, um mir eine Birke auszusuchen, die ich für einen Axtstiel verwenden konnte. Als ich zurückkam, hörte ich schon aus der Ferne einen wilden Radau von der Stelle, wo wir eine Bärenfalle aufgestellt hatten. Irgendein Jäger hatte die Falle in einem alten Versteck zurückgelassen, Rocky hatte sie dort gefunden und wieder aufgestellt. Aber einen Radau machten sie jetzt – es waren Rocky und sein Bruder Harry! Zuerst hörte ich den einen brüllen und lachen und dann den andern, als sei es ein Spiel. Und worin, glauben Sie, bestand das verrückte Spiel? Ich habe viele verfluchte Streiche in Curry County erlebt, aber das war doch das tollste Stück! Sie hatten einen riesigen Panther in der Falle gefangen, und jetzt schlugen sie dem Biest abwechselnd mit einem leichten Stock über die Schnauze. Aber das nicht allein! Ich kam gerade rechtzeitig, um Harry schlagen zu sehen. Als er es getan hatte, schnitt er mit seinem Messer sechs Zoll von dem Stock ab und gab ihn dann Rocky. Sie verstehen: Sie verkürzten den Stock nach jedem Schlage. Das ist nicht ganz so einfach, wie Sie es sich vielleicht denken. Der Panther krümmte sich, schnellte dann vor, fauchte und zischte und war mörderisch gewandt, wenn es galt, dem Stock zu entgehen. Er wurde an dem einen Hinterbein festgehalten, was ganz lächerlich aussah, aber sich krümmen und vorwärtsschnellen, das konnte er, das kann ich Ihnen sagen. Das Ganze war ja nur ein Spiel, um zu zeigen, wie tollkühn sie waren. Und der Stock wurde immer kürzer und der Panther immer wilder. Schließlich war kein Stock mehr da, nur ein kleines Stäbchen, kaum vier Zoll lang. Und jetzt war die Reihe zu schlagen an Rocky. ›Laß es lieber‹, sagte Harry. ›Warum denn?‹ fragte Rocky. ›Weil kein Stock mehr für mich übrigbleibt, wenn du geschlagen hast‹, antwortete Harry. ›Dann brauchst du ja nur aufzugeben, und ich habe gewonnen‹, sagte Rocky und lachte und ging auf den Panther los.

Und ich möchte, beim lebendigen Gott, nicht zum zweiten Male so etwas mit ansehen. Die Katze krümmte sich und kauerte sich zusammen, so daß ihr sechs Fuß langer Körper nur wie eine einzige große Schlinge war. Und Rockys Stock war nur vier Zoll lang, vergessen Sie das nicht! Natürlich kriegte ihn die Katze. Man konnte die beiden nicht trennen. Es war unmöglich zu schießen, ohne beide zu treffen. Schließlich zerschnitt Harry mit seinem Messer dem Panther die Halsschlagader.«

»Wenn ich das gewußt hätte, wäre ich nicht mitgekommen«, erklärte Dr. Linday.

Daw nickte bestätigend.

»Ja, das sagte sie auch. Sie bat mich dringend, auf keinen Fall zu sagen, wie es zugegangen war.«

»Ist er verrückt?« fragte Linday in seinem gerechten Zorn.

»Sie sind beide verrückt. Er und sein Bruder hetzen sich gegenseitig immer in die tollsten Geschichten hinein. Vor nichts schrecken sie zurück. Und sie ist beinahe ebenso toll. Kennt keine Furcht, wenn es sie selber gilt. Sie tut alles, wenn Rocky es ihr nur erlaubt. Aber er ist in dieser Beziehung mächtig vorsichtig und bedachtsam. Behandelt sie wie eine Königin. Sie darf nicht die geringste Lagerarbeit tun. Deshalb haben sie mich und noch einen für gutes Geld engagiert. Geld haben sie überhaupt scheffelweise und schmeißen es beide mit vollen Händen hinaus. ›Sieht aus, als ob die Jagd hier gut sein würde‹, sagte Rocky, als sie im letzten Herbst in diese Gegend kamen. ›Dann wollen wir hier unser Lager aufschlagen‹, erklärte Harry. Und ich hatte immer geglaubt, daß sie Gold suchten! Den ganzen Winter haben sie nicht ein einziges Mal eine Goldpfanne ausgewaschen.«

Lindays Zorn wurde noch größer durch diesen Bericht.

»Für Verrückte hab' ich nichts übrig«, sagte er. »Ich würde glatt umkehren, und wenn man mir nur zwei Cent gäbe.«

»Nein, das würden Sie nicht tun«, versicherte Daw ihm vertraulich. »Sie haben nicht Lebensmittel genug, um umzukehren, und morgen sind wir schon da. Wir brauchen nur noch die letzte Wasserscheide zu überqueren und rutschen dann direkt in die Hütte hinein. Und außerdem gibt's noch einen besseren Grund. Sie sind viel zu weit von Hause weg, und ich würde Sie auch gar nicht umkehren lassen.«

So erschöpft Linday auch war, zeigte das Funkeln der schwarzen Augen Daw dennoch, daß er zu weit gegangen war. Er streckte die Hand aus.

»Es war dumm von mir, Doktor. Vergessen Sie es, bitte. Ich glaube, der Verlust der Hunde hat mir die Laune verdorben.«

Nicht am nächsten, sondern erst am vierten Tage schritten die beiden Männer, die auf den Bergen von einem Schneesturm überfallen worden waren, zur Hütte hinab, die in einem fruchtbaren Tal am Ufer des brüllenden Kleinen Peco stand. Als sie aus dem grellen Sonnenschein in den dunklen Raum traten, konnte Linday zunächst nur wenig von ihren Bewohnern sehen. Das einzige, was er erkannte, war, daß zwei Männer und eine Frau drinnen waren. Er interessierte sich nicht für sie. Er trat sofort an das Bett, in dem der Verwundete untergebracht war. Er lag auf dem Rücken, und seine Augen waren geschlossen. Aber Linday bemerkte gleich den feinen Schwung der Augenbrauen und den seidigen Glanz des leicht gewellten braunen Haares. Das Gesicht war eingefallen und fahl und schien zu klein für den muskulösen Hals, aber trotz dem elenden Zustand, in dem der Mann sich befand, sah man, daß die feinen Züge fest und energisch waren.

»Womit haben Sie desinfiziert?« fragte Linday die Frau.

»Mit Sublimat, normale Lösung«, lautete die Antwort.

Er warf ihr einen schnellen Blick zu. Dann einen noch schnelleren auf den Verwundeten. Er blieb stehen, ohne sich zu rühren. Die Frau atmete schwer, nahm sich aber dann mit einer starken Willensanspannung zusammen und hielt den Atem an. Linday wandte sich zu den Männern.

»Geht hinaus – schlagt Holz, oder tut, was ihr sonst wollt! Verschwindet!«

Einer von ihnen murrte.

»Es ist ein ernster Fall«, fuhr Linday fort. »Ich wünsche mit seiner Frau allein zu sprechen.«

»Ich bin aber sein Bruder«, sagte der, welcher gemurrt hatte. Die Frau warf ihm einen bittenden Blick zu. Er nickte unwillig und ging zur Tür.

»Ich auch?« fragte Daw von der Bank, wo er sich soeben hingeworfen hatte.

»Sie auch.«

Um sich, während die anderen den Raum verließen, zu beschäftigen, unterwarf Linday den Verwundeten einer oberflächlichen Untersuchung.

»Nun«, sagte er, »das ist also dein Rex Strang ...« Sie senkte den Blick und sah den Mann im Bett an, als ob sie sich noch einmal seiner Identität vergewissern wollte. Dann blickte sie Linday stumm in die Augen.

»Warum sagst du nichts?«

Sie zuckte die Achseln. »Warum soll ich etwas sagen? Du weißt ja, daß es Rex Strang ist.«

»Ich danke. Im übrigen muß ich dich wohl daran erinnern, daß ich Rex Strang heute zum erstenmal sehe. Setz dich.« Er wies auf einen Stuhl, während er selbst auf der Bank am Fenster Platz nahm.

»Ich bin wirklich ein bißchen lange unterwegs gewesen, weißt du. Es ist eben kein Sonntagsspaziergang vom Yukon hierher.«

Er nahm sein Federmesser heraus und begann sich einen Dorn aus dem Daumen zu ziehen.

»Was willst du machen?« fragte sie, nachdem sie eine Minute vergebens gewartet hatte.

»Essen und mich ausruhen, bevor ich zurückgehe.«

»Und was willst du mit ...« Sie zeigte mit dem Kopf nach dem bewußtlosen Mann im Bett.

»Gar nichts.«

Sie trat an das Bett und legte ihre Hand leise auf das lockige Haar.

»Du willst ihn also töten«, sagte sie langsam. »Ihn töten, indem du nichts tust – denn du kannst ihn retten, wenn du willst.«

»Meinetwegen kannst du es so auffassen.« Er überlegte einen Augenblick und bekräftigte dann seinen Gedanken durch ein barsches Lächeln. »Seit undenklichen Zeiten war es in dieser bösen alten Welt Brauch, Männer so zu behandeln, die andern ihre Frauen stehlen.«

»Du bist ungerecht, Grant«, antwortete sie sanft. »Du vergißt ganz, daß ich ihm freiwillig folgte, daß ich selbst den Wunsch hatte zu gehen. Ich handelte selbständig. Rex hat mich nie gestohlen. Du hattest mich verloren. Ich ging mit ihm, freiwillig und freudig, ein Lied auf den Lippen. Ebensogut kannst du mich anklagen, ihn gestohlen zu haben. Wir gingen zusammen.«

»Eine originelle und bequeme Art, die Sache zu betrachten«, räumte Linday ein. »Ich sehe, du denkst noch ebenso scharfsinnig wie früher, Madge. Das muß ihm manchmal ein bißchen unbequem sein.«

»Wer gut denkt, kann auch gut lieben ...«

»Jedenfalls nicht so töricht«, unterbrach er sie.

»Dann räumst du also ein, daß ich klug gehandelt habe.«

Er hob entrüstet die Hände. »Das ist ja eben das Verfluchte, daß man mit gescheiten Frauen nicht reden kann. Ein Mann vergißt sich stets und geht in seine eigene Falle. Ich würde mich nicht wundern, wenn du ihn durch eine logische Schlußfolgerung erobert hättest.«

Die einzige Antwort, die er bekam, war eine Andeutung von Lächeln in den klaren, offen blickenden blauen Augen. Ihr ganzes Wesen schien den Stolz ihres Geschlechtes zu atmen.

»Nein – das nehme ich gern zurück, Magde. Selbst wenn du ganz unbegabt gewesen wärest, hättest du ihn oder jeden x-beliebigen andern auch erobert – allein durch dein Wesen und durch deine Blicke und dein Auftreten. Ich hätte es besser wissen müssen. Ich bin durch diese ganz spezielle Mühle gegangen – und, hol mich der Teufel, ich bin noch immer nicht ganz hindurch.«

Er redete schnell und nervös und ein wenig gereizt, wie er es immer zu tun pflegte. Und sie wußte auch, daß er ganz aufrichtig war.

Sein letztes Geständnis diente ihr als Stichwort. »Denkst du noch an den Genfer See?«

»Wie sollte ich nicht? Ich war fast übermenschlich glücklich.«

Sie nickte, und ihre Augen leuchteten.

»Es gibt so etwas wie alte Erinnerungen. Willst du nicht einmal daran zurückdenken, Grant ... ein kleines bißchen, oh, nur ein ganz klein wenig ... was wir damals einander waren ... nicht?«

»Jetzt verschaffst du dir inkorrekte Vorteile«, lächelte er und begann wieder an seinem Daumen zu arbeiten. Er zog den Dorn heraus und untersuchte ihn kritisch. Dann sagte er: »Nein, ich danke schön. Ich empfinde nicht das Bedürfnis, hier den barmherzigen Samariter zu spielen.«

»Und doch hast du diese schwere Reise gemacht, um einem Unbekannten zu helfen«, meinte sie.

Er gab sich nicht die Mühe, seine Ungeduld zu verbergen. »Glaubst du vielleicht, daß ich die Reise gemacht haben würde, wenn ich geahnt hätte, daß es sich um den Liebhaber meiner Frau handelte?«

»Aber jetzt bist du einmal hier. Und dort liegt er. Was willst du jetzt tun?«

»Nichts, sage ich ja. Ich bin nicht der Angestellte dieses Herrn. Er hat mich bestohlen.«

Sie wollte etwas sagen, als an der Tür geklopft wurde.

»Verschwinden Sie«, rief er.

»Wenn Sie Hilfe brauchen ...«

»Gehen Sie, zum Teufel. Holen Sie einen Eimer Wasser. Stellen Sie ihn vor die Tür.«

»Du willst also doch ...«, begann sie mit zitternder Stimme.

»Mir die Hände waschen.«

Sie zuckte zurück, als sie seine brutale Antwort hörte, und ihre Lippen schlossen sich fest und hart. Dann sagte sie trotzig: »Jetzt höre, Grant. Ich werde seinem Bruder erzählen, was du tust. Ich kenne die Strangs. Kannst du die Vergangenheit vergessen, so kann ich es auch. Wenn du nichts tun willst, wird er dich töten. Selbst Tom Daw würde es tun, wenn ich ihn darum bäte.«

»Du solltest mich zu gut kennen, um mir zu drohen«, rügte er ernst. Dann fügte er spöttisch hinzu: »Außerdem sehe ich nicht ein, was es Rex Strang helfen sollte, wenn ich ermordet würde.«

Sie ließ ein leises Stöhnen hören und schloß ihren Mund fest. Sie merkte, daß seine scharfblickenden Augen schon entdeckt hatten, wie sie am ganzen Körper zitterte. »Es ist keine Hysterie, Grant«, rief sie schnell und voller Angst, mißverstanden zu werden. Ihre Zähne klapperten beim Sprechen. »Du hast mich nie hysterisch gesehen. Ich bin es nie gewesen. Ich weiß nicht, was mit mir ist, aber ich werde mich beherrschen. Ich bin nur so ganz anders als sonst. Zum Teil ist es Zorn ... Zorn auf dich. Und es ist Unruhe und Angst. Ich möchte ihn nicht verlieren. Ich liebe ihn, Grant! Er ist mein Herr und mein Gebieter! Und ich habe so viele furchtbare Tage und Nächte hier neben ihm gewacht. Oh, Grant, ich bitte dich ... bitte dich ...«

»Natürlich sind es deine Nerven«, erklärte er trocken. »Du mußt dich beherrschen. Du kannst dich schon zusammennehmen. Wärst du ein Mann, so würde ich dir den Rat geben, eine Pfeife zu rauchen.«

Sie trat unruhig wieder an den Stuhl und beobachtete ihn von dort aus. Sie tat, was sie konnte, um sich zu beherrschen. Von dem roh erbauten Herd hörte man das Zirpen einer Grille. Draußen keiften die Wolfshunde. Die Brust des Verwundeten hob und senkte sich sichtbar trotz der Pelzdecken. Sie sah, daß ein nicht allzu liebenswürdiges Lächeln seine Lippen kräuselte.

»Wie sehr liebst du ihn?« fragte er. Sie reckte sich, und ihre Augen begannen von unverhohlener und stolzer Liebe zu leuchten. Er nickte zum Zeichen, daß er die Antwort verstanden hatte.

»Hast du etwas dagegen, wenn ich ein wenig weit aushole?« Er schwieg, während er nachdachte, wie er beginnen sollte. »Mir fällt eine Geschichte ein, die ich einmal gelesen habe. Herbert Shaw hat sie geschrieben, glaube ich. Ich will dir den Inhalt erzählen. Es war einmal eine Frau. Sie war jung und schön. Und es war ein Mann, ein prachtvoller Mann, ein Liebhaber der Schönheit und ein unsteter Wanderer. Ich weiß nicht, ob er Rex Strang sehr ähnlich sah, aber ich denke mir, daß sie einige Ähnlichkeit miteinander hatten. Nun, dieser Mann war ein Maler, ein Bohemien, ein Vagabund. Er küßte – oh, mehrmals und auch mehrere Wochen hindurch ... und verschwand dann wieder. Sie fühlte für ihn, was du, wie ich glaubte, für mich fühltest – dort am Genfer See. Zehn Jahre weinte sie ihm nach. Dann hatten die Tränen ihre Schönheit verdorben. Du weißt, es gibt Frauen, die gelb werden, wenn die Trauer ihre natürlichen Säfte verbraucht hat.

Nun geschah es, daß dieser Mann blind wurde und nach zehn Jahren, wie ein Kind an der Hand geführt, zu ihr zurückkehrte. Es war ihm nichts geblieben. Er konnte nicht mehr malen. Aber sie war sehr glücklich, und namentlich war sie glücklich, weil er ihr Gesicht nicht mehr sehen konnte. Vergiß nicht, daß er alles Schöne anbetete. Und er hielt sie wieder in seinen Armen und glaubte, daß sie schön wäre. Die Erinnerung an ihre Schönheit lebte immer noch in seinem Herzen. Er sprach auch stets davon und klagte, daß er sie nicht mehr sehen könnte.

Eines Tages erzählte er ihr von fünf großen Bildern, die er malen wollte. Wenn es nur möglich wäre, daß er seine Sehkraft wiederbekäme – dann könnte er zufrieden den Pinsel niederlegen. Da kam ihr – gleichgültig wie – ein Elixier in die Hände. Wenn seine Augen damit bestrichen wurden, erhielt er seine volle Sehkraft zurück.« Linday zuckte die Achseln. »Du verstehst, worin der Konflikt bestand und wie sie kämpfte. Sah er wieder, so konnte er seine fünf Bilder malen. Aber dann verließ er sie auch. Schönheit war seine Religion. Es war ganz ausgeschlossen, daß er ihr Gesicht ertragen könnte. Fünf Tage kämpfte sie diesen Kampf mit sich. Dann bestrich sie ihm die Augen mit dem Elixier.«

Linday unterbrach seine Erzählung und suchte die Frau mit seinen Blicken. In den glänzend schwarzen Pupillen leuchtete es scharf und stechend auf.

»Die Frage ist jetzt, ob du Rex Strang ebenso liebst, wie jene Frau ihren Liebhaber liebte?«

»Und wenn ich es tue?« gab sie zurück.

»Tust du es?«

»Ja.«

»Und du kannst Opfer bringen? Kannst ihn aufgeben?«
Ihr Ja kam langsam und zögernd.

»Und du wirst mit mir zurückkehren?«

»Ja.« Diesmal flüsterte sie ihr Ja. »Wenn er wieder ganz gesund ist ... ja.«

»Du hast mich voll und ganz verstanden? Es muß wieder werden wie am Genfer See. Du mußt meine Frau sein.«

Es sah aus, als ob sie zusammenschrumpfte und zerbräche. Aber sie nickte.

»Gut.« Er stand rasch auf, schritt zu seinem Bündel und begann es auszupacken. »Ich werde Hilfe brauchen. Rufe seinen Bruder. Laß alle kommen. Kochendes Wasser ich brauche viel. Ich habe Bandagen mitgebracht ... aber laß mich sehen, was du dergleichen hast ... Hier, Daw, machen Sie so schnell wie möglich Feuer und kochen Sie Wasser. Und Sie da ...«, sagte er zu dem andern Mann, »Sie tragen den Tisch hinaus, stellen ihn vor das Fenster und säubern ihn, schrubben ihn, brühen ihn ab. Sauber, Mensch, sauber, wie Sie noch nie in Ihrem Leben etwas sauber gemacht haben. Und Sie, meine Gnädigste, werden mir helfen. Laken haben Sie wohl nicht, vermute ich? Nun, ich werde es schon irgendwie schaffen. Sie sind sein Bruder? Ich werde ihn selbst betäuben, aber Sie müssen mir nachher helfen ... Und hören Sie jetzt genau zu, wenn ich Ihnen die nötigen Instruktionen gebe! Zunächst ... aber sagen Sie mir zunächst, ob Sie wissen, wie man den Puls fühlt?«

Linday hatte längst einen Ruf als kühner und erfolgreicher Chirurg, aber in den Tagen und Wochen, die jetzt folgten, übertraf er sich selbst in jeder Beziehung. Die furchtbare Verstümmelung sowie die lange Verzögerung der Operation durch die lange Reise machten es zum schlimmsten Fall, den er je erlebt hatte. Andererseits hatte er auch nie ein so gesundes Exemplar der menschlichen Rasse unter seinem Messer gehabt. Und doch hätte er auch jetzt noch Mißerfolg haben können, wäre sein Patient nicht von einer katzenhaften Vitalität und einem fast unheimlichen physischen wie geistigen Lebenswillen gewesen.

Es gab Tage, an denen er mit hohem Fieber lag und phantasierte. Tage voller Hoffnungslosigkeit, an denen sein Puls kaum zu spüren war. Andere Tage, an denen er bei vollem Bewußtsein und mit müden Augen, den Schweiß der Qual auf dem verzerrten Gesicht, dalag. Linday war unermüdlich tätig – bis zur Grausamkeit, verwegen und erfolgreich. Immer wieder wagte er Unglaubliches und siegte. Er begnügte sich nicht damit, das Leben dieses Mannes zu retten. Er widmete sich dem gefährlichen und schwierigen Problem, ihn wieder vollkommen heil und kräftig zu machen.

»Wird er ein Krüppel bleiben?« fragte Madge.

»Er soll nicht nur reden und gehen und eine humpelnde Karikatur seines früheren Ichs werden«, erklärte ihr Linday. »Er soll springen und laufen, im Strudel schwimmen, Bären jagen, mit Panthern kämpfen und alles tun können, was er in seiner Verrücktheit zu tun wünscht. Und er wird – ich warne dich –, er wird Frauen bezaubern. Ganz wie in früheren Tagen. Wünschest du das wirklich? Bist du zufrieden damit? Vergiß nicht, daß du nicht bei ihm sein wirst!«

»Mach nur weiter«, stöhnte sie. »Mach ihn heil. Mach ihn zu dem, was er war.«

Mehr als einmal geschah es, daß Linday, wenn Strangs Zustand es erlaubte, ihn wieder betäubte und Furchtbares mit ihm vornahm, schnitt und nähte, Teile von dem zerrissenen Organismus auseinandernahm und wieder zusammenfügte. Später zeigte es sich, daß der eine Arm steif geblieben war. Linday vertiefte sich in dieses Problem. Wieder waren Versuche nötig, eingeschrumpfte Sehnen wurden gedehnt, Glieder auseinandergenommen, und dann wurde abermals genäht, zusammengefügt und gereckt. Und das, was Strang rettete, waren seine unerhörte Gesundheit und die Sauberkeit seines Fleisches und Blutes.

»Sie werden ihn noch töten«, klagte der Bruder. »Lassen Sie ihn. Um Gottes willen, lassen Sie ihn in Ruhe. Ein Krüppel, der lebt, ist immerhin besser als ein heiler Mann, der tot ist.«

Linday wurde wild vor Zorn. »Hinaus mit Ihnen, aus der Hütte mit Ihnen, bis Sie wiederkommen und einsehen, daß ich ihn lebendig mache. Bei Gott im Himmel, Mensch, nehmen Sie sich zusammen, so weit Sie können. Das Leben Ihres Bruders steht in diesem Augenblick auf der Messerschneide. Verstehen Sie denn nicht? Ein Gedanke kann ihn erschlagen. Und jetzt hinaus, und kommen Sie ganz sanft und ruhig wieder, vollkommen überzeugt, daß er am Leben bleiben und wieder werden wird, wie er war, bevor Sie und er wie die Idioten miteinander spielten. Hinaus, sage ich!«

Mit geballten Fäusten und drohenden Augen stand der Bruder da und fragte Madge mit Blicken um Rat.

»Bitte geh«, bettelte sie. »Er hat recht. Ich weiß, daß er recht hat.«

Als aber der Zustand Strangs ein andermal zu Hoffnungen Anlaß gab, sagte der Bruder:

»Doktor, Sie sind ein Wundertäter. Und die ganze Zeit habe ich doch vergessen, nach Ihrem Namen zu fragen.«

»Der geht Sie auch gar nichts an, zum Teufel. Ärgern Sie mich nicht. Hinaus mit Ihnen!«

Der zerrissene rechte Arm wollte plötzlich nicht weiterheilen, sondern wurde eine einzige gräßliche Wunde.

»Brand«, sagte Linday.

»Jetzt ist es genug«, knurrte der Bruder.

»Halten Sie den Mund!« fauchte Linday. »Gehen Sie hinaus. Nehmen Sie Daw mit. Bill ebenfalls. Bringen Sie Kaninchen ... aber lebendige! Gesunde! Fangen Sie die Tiere in Fallen. Stellen Sie überall Fallen auf.«

»Wie viele?« fragte der Bruder.

»Vierzig ... viertausend ... vierzigtausend ... soviel Sie kriegen können. Sie helfen mir, gnädige Frau. Ich muß den Arm aufschneiden und den Schaden wieder gutmachen. Also los, Burschen! Ihr müßt die Karnickel beschaffen.«

Und er schnitt in den Arm, schnell und sicher, säuberte den angegriffenen Knochen und stellte die Ausbreitung des Herdes fest.

»Das wäre nie geschehen«, sagte er zu Madge, »wenn nicht so viel anderes gewesen wäre, das seine Lebenskraft angegriffen hat. Nicht einmal er hat Lebenskraft genug gehabt, daß alles gleichzeitig heilen konnte. Ich habe es kommen sehen,

170

aber ich mußte abwarten, bis es so weit war. Wir müssen das kranke Stück herausschneiden. Er könnte es freilich entbehren, aber ein Karnickelknochen wird ihn zu dem machen, was er war.«

Unter den Hunderten von Kaninchen, die sie mit heimbrachten, machte er eine Auslese, verwarf, wählte, prüfte, wählte wieder und prüfte aufs neue, bis er sich endlich entschied. Dann verwandte er sein letztes Chloroform und machte die Knochenpfropfung ... fügte einen lebenden Knochen an einen anderen lebenden Knochen, verband den lebenden Mann mit dem lebenden Kaninchen, unbeweglich und unlösbar wurden sie miteinander verbunden und zusammengefesselt, während ihre gemeinsamen Lebensprozesse einen vollkommenen Arm herstellten.

Und während dieser ganzen Versuche und namentlich, als Strang sich zu erholen begann, kamen immer wieder Augenblicke, in denen Linday und Madge aufeinander angewiesen waren und sich miteinander unterhielten. Er war durchaus nicht freundlich. Sie war aber nie aufrührerisch.

»Es ist natürlich sehr langweilig«, sagte er zu ihr. »Aber Gesetz ist nun mal Gesetz, und du wirst dich deshalb wieder scheiden lassen müssen, ehe wir zum zweitenmal heiraten. Was meinst du dazu? Wollen wir auch diesmal eine Hochzeitsreise nach dem Genfer See machen?«

»Ganz wie du willst«, sagte sie.

Und bei einer anderen Gelegenheit sagte er zu ihr: »Was, zum Teufel, hast du denn eigentlich für einen Narren an ihm gefressen? Ich weiß schon, daß er Geld hat. Aber du und ich waren auf dem besten Wege. Meine Praxis brachte doch immerhin durchschnittlich vierzigtausend im Jahr – ich habe nachher die Bücher durchgesehen. Paläste und Dampfjachten waren das einzige, was du dir nicht erlauben konntest.«

»Vielleicht liegt in dem, was du jetzt sagst, die ganze Erklärung unseres Schiffbruchs«, antwortete sie. »Nämlich darin, daß du allzusehr für deine Praxis lebtest. Vielleicht vergaßest du über ihr, daß ich da war.«

»Hm«, meinte er spöttisch. »Und fürchtetest du denn nicht, daß dein Rex sich allzusehr für Panther und kurze Stöcke interessierte?«

Er suchte sie stets zu reizen, damit sie ihm erklärte, warum sie sich – wie er sich ausdrückte – in diesen andern »vergafft« hatte.

»Es gibt keine Erklärung«, lautete ihre Antwort. Aber schließlich fügte sie hinzu: »Kein Mensch kann Liebe erklären, ich am allerwenigsten. Ich liebe einfach, ich kenne nur die göttliche und unzerstörbare Tatsache der Liebe, das ist alles, was ich sagen kann. Da war einmal in Fort Vancouver ein Baron von der Hudson-Bay-Company, der den Pfarrer der englischen Kirche rügte, weil er nach Hause geschrieben und sich beklagt hatte, daß alle Angestellten der Company vom Chef bis zum kleinsten Beamten sich Indianerfrauen nahmen. ›Warum haben Sie denn nicht die mildernden Umstände angeführt?‹ fragte der Baron. Und der Pfarrer gab zur Antwort: ›Der Schwanz einer Kuh wächst nach unten. Ich versuche erst gar nicht zu erklären, warum der Schwanz der Kuh nach unten wächst. Ich stelle nur die Tatsache fest.‹«

»Verdammt gescheites Weib!« rief Linday, und seine Augen blitzten vor Ärger.

»Was in aller Welt hat dich denn ausgerechnet nach Klondike geführt?« fragte sie eines Tages.

»Zuviel Geld. Keine Frau, die es ausgeben konnte. Ich wollte auch mal Ruhe haben. Vielleicht ein bißchen überarbeitet. Ich versuchte es mit Colorado, aber ihre Telegramme verfolgten mich, und einige kamen sogar höchst persönlich. Da ging ich nach Seattle. Genau dieselbe Geschichte! Ransom brachte mir seine Frau in einem Extrazug. Ich konnte mich nicht davon drücken. Die Operation war erfolgreich. Die Zeitungen kriegten Wind davon – den Rest kannst du dir denken. Ich mußte mich irgendwo verstecken. Also ging ich nach Klondike ... Und ... da fand Daw mich, als ich in einer Hütte am Yukon saß und Whist spielte.«

Es kam der Tag, an dem Strangs Bett in die freie Luft getragen wurde und er im Sonnenschein liegen durfte.

»Laß mich ihm jetzt sagen, was kommen soll«, sagte sie zu Linday.

»Nein, warte«, antwortete er.

Einige Zeit darauf konnte Strang auf dem Rand seines Bettes sitzen. Und bald konnte er, auf beiden Seiten gestützt, die ersten unsicheren Schritte wagen.

»Laß mich jetzt mit ihm sprechen«, bat sie.

»Nein. Ich will diese Sache zuerst voll und ganz durchführen. Noch ist eine kleine Starre im linken Arm übrig. Es ist an sich nur eine unbedeutende Geschichte, aber ich will ihn so machen, wie Gott ihn einst gemacht hat. Ich habe mir vorgenommen, den Arm morgen noch einmal zu operieren und den Dreck in Ordnung zu bringen. Er wird wieder ein paar Tage auf dem Rücken liegen müssen. Schade, daß ich kein Chloroform mehr habe. Er muß eben die Zähne zusammenbeißen und aushalten. Das kann er auch. Er hat Energie für ein ganzes Dutzend Männer.«

Es wurde Sommer. Der Schnee schmolz – nur die fernen Gipfel der Rocky Mountains schimmerten noch weiß. Die Tage wurden länger, bis es überhaupt keine Dunkelheit mehr gab. Die Sonne tauchte nur gegen Mitternacht wenige Minuten hinter den Horizont – so hoch im Norden waren sie. Linday hörte nie mit der Arbeit an Strang auf. Er studierte seinen Gang, seine Bewegungen, untersuchte ihn immer wieder, ließ zum tausendsten Male alle seine Muskeln spielen. Er ließ ihn ins Unendliche massieren, bis er erklärte, daß Tom Daw, Bill und der Bruder glänzend vorbereitet für eine Anstellung als Masseure in einem türkischen Bad oder einem Schönheitsinstitut wären. Aber Linday war immer noch nicht zufrieden. Er ließ sein ganzes Repertoire von medizinischen Kunststücken und Kniffen spielen, um nachzuprüfen, ob irgendwo noch eine Schwäche verborgen läge. Er befahl ihm, wieder eine Woche zu Bett zu bleiben, öffnete das eine Bein, machte ein paar Kniffe mit den Adern, schabte ein Stück des Knochens, das nicht größer als eine Kaffeebohne war, bis nur die rosig-gesunde Oberfläche übrigblieb, die er mit dem lebendigen Fleisch zunähte.

»Laß mich jetzt mit ihm reden«, bettelte Madge.

»Noch nicht«, lautete seine Antwort. »Du darfst es ihm erst sagen, wenn ich ganz fertig bin.«

Der Juli verging. Der August näherte sich bereits seinem Ende. Da geschah es, daß Linday Strang aufforderte, auf die Elchjagd zu gehen. Linday ging mit, um ihn zu beobachten und zu studieren. Strang war schon von der schlanken Kraft einer Katze. Er ging, wie Linday noch nie einen Mann gehen gesehen, ohne die geringste Mühe. Er ging mit dem ganzen Körper. Es war, als ob alle schmiegsamen und weichen Muskeln des Rückens bis zu den Schultern hinauf beim Gehen verwendet würden. Aber es war keine Schwere dabei zu spüren. Er ging so leicht, daß die Bewegung voll geschmeidigster Anmut war. So mühelos, daß das Auge sich in bezug auf die Schnelligkeit der Bewegungen täuschen ließ und sie unterschätzte. Es war der unbezwingliche Schritt, von dem Tom Daw gesprochen hatte. Linday folgte ihm mit Mühe; er schwitzte und stöhnte vor Anstrengung. Hin und wieder, wenn der Boden sich dazu eignete, lief er kurze Strecken, sonst hätte er überhaupt nicht mitkommen können. Und als sie zehn Meilen gegangen waren, machte er halt und warf sich ins Moos.

»Genug«, rief er. »Ich kann nicht mehr Schritt mit Ihnen halten.«

Er wischte sich das schweißbedeckte Gesicht, während Strang sich auf einen Fichtenstamm setzte. Er lächelte dem Arzt freundlich zu. Und mit dem tiefen Gemeinschaftsgefühlt des Pantheisten umfaßte er die ganze Landschaft mit seinem Lächeln.

»Und Sie fühlen keinen Stich, keine Schmerzen oder nur die Andeutung von Schmerzen?« fragte Linday.

Strang schüttelte den Kopf mit dem lockigen Haar und reckte seinen geschmeidigen Körper. Und jede Fiber an ihm lebte und freute sich des Lebens.

»Es wird schon gehen, Strang. Einen Winter oder zwei müssen Sie freilich noch damit rechnen, daß Sie Kälte und Feuchtigkeit in den alten Wunden spüren. Aber das wird vorübergehen, und es ist auch möglich, daß Sie überhaupt nichts merken werden.«

»Mein Gott, Doktor, Sie haben wahre Wunder mit mir vollbracht. Ich weiß nicht, wie ich Ihnen danken soll. Ich kenne ja nicht einmal Ihren Namen.«

»Spielt auch gar keine Rolle. Ich habe Sie durchgebracht, und das ist die Hauptsache.«

»Aber Ihr Name muß doch sicher bei den Menschen draußen in der Welt bekannt sein«, erklärte Strang hartnäckig. »Ich wette, daß ich ihn kennen würde, wenn ich ihn erführe!«

»Das glaube ich auch«, lautete Lindays Antwort. »Aber das hat nichts mit der Sache zu tun. Ich will nur noch eine letzte Prüfung vornehmen, und dann bin ich fertig mit Ihnen. Jenseits der Wasserscheide, an der Quelle dieses Baches, liegt ein Nebenfluß des Großen Windy. Daw erzählte mir, daß Sie letztes Jahr drüben waren, nach der mittleren Verzweigung und wieder zurück gingen und nur drei Tage dazu brauchten. Er sagte auch, daß Sie ihn bei dem Spaziergang beinahe kaputt gemacht hätten. Jetzt müssen Sie hier warten und heute noch hier lagern. Ich werde Daw mit der Lagerausrüstung schicken. Dann müssen Sie nach der Verzweigung und wieder zurück gehen und zwar ebenso schnell wie voriges Jahr.«

»Jetzt hast du eine Stunde zum Packen«, sagte Linday zu Madge. »Ich werde vorausgehen und das Kanu fertigmachen. Bill wird den Elch holen. Er kann erst gegen Abend wieder da sein. Wir können heute noch meine Hütte erreichen, und in einer Woche sind wir bereits in Dawson.«

»Ich hatte gehofft ...« Sie schwieg stolz.

»Daß ich die Verabredung vergessen würde?«

»Nein. Vertrag ist Vertrag; aber du hättest ihn nicht in so gehässiger Weise auszuführen brauchen. Du bist nicht korrekt gewesen. Du hast ihn für drei Tage weggeschickt und es mir dadurch unmöglich gemacht, Abschied von ihm zu nehmen.«

»Kannst ja einen Brief hinterlassen ...«

»Ich werde ihm alles sagen.«

»Selbst das Geringste weniger als alles würde inkorrekt gegen uns alle drei sein«, lautete die Antwort Lindays.

Als er alles im Kanu verstaut hatte und zurückkehrte, war der Brief schon geschrieben.

»Laß mich ihn lesen«, sagte er. »Wenn du nichts dagegen hast.«

Sie zögerte einen Augenblick. Dann reichte sie ihm den Brief.

»Sehr offenherzig«, sagte er, als er ihn gelesen hatte.

»Nun, bist du fertig?«

Er trug ihr Bündel zum Kanu hinunter. Dann kniete er nieder, um mit der einen Hand das Boot festzuhalten, während er die andere ausstreckte, um ihr behilflich zu sein. Er beobachtete sie sehr scharf, aber sie reichte ihm ihre Hand, ohne zu zittern, und schickte sich, ruhig und entschlossen, an, hineinzusteigen.

»Warte einen Augenblick«, sagte er. »Du erinnerst dich sicher der Geschichte, die ich dir damals erzählte ... der Geschichte von dem Wunderelixier. Ich vergaß dir den Schluß zu erzählen. Als die Frau seine Augen bestrichen und sich bereit gemacht hatte, abzureisen, sah sie sich zufällig in einem Spiegel und bemerkte, daß sie ihre Schönheit wiedererlangt hatte. Und er öffnete die Augen, konnte sehen und schrie auf vor Glück, als er ihre Schönheit sah. Und dann nahm er sie in seine Arme ...«

Sie stand da, voller Spannung, aber doch beherrscht, und wartete, was er weiter sagen würde. Eine wundervolle Hoffnung begann ihren Glanz über ihr Gesicht und ihre Augen zu breiten.

»Du bist wirklich sehr schön, Madge«, sagte er. Und er machte eine kleine Pause. Dann fügte er trocken hinzu:

»Was weiter geschah, ist unschwer zu denken. Und ich bilde mir ein, daß Rex Strangs Arme auch nicht sehr lange leer bleiben werden. Und jetzt – leb wohl!«

»Grant ...«, sagte sie. Sie flüsterte es nur. Und in ihrer Stimme verbargen sich alle die Worte, die sie nicht auszusprechen brauchte, um verstanden zu werden.

Er ließ ein kleines spöttisches Lachen hören.

»Ich wollte dir nur zeigen, daß ich doch nicht so schlimm bin, wie du gedacht hast. Glühende Kohlen, du weißt ja ...«

»Grant ...«

Er sprang ins Kanu und streckte ihr eine schlanke, nervige Hand entgegen.

»Leb wohl!« sagte er.

Sie legte ihre beiden Hände um die seine.

»Du liebe starke Hand«, murmelte sie. Und sie beugte sich und küßte die Hand.

Er stieß sie zurück, schob das Kanu vom Ufer ab und tauchte die Paddel in den schnell strömenden Fluß. Dann glitt das Boot in den Bannkreis des Strudels, wo das Wasser glasig quoll, bevor es in weiße Wolken brodelnden Gischtes verwandelt wurde.

Das Wort der Männer

Ich will dir sagen, was wir tun: »Wir würfeln darum.«

»Einverstanden«, sagte der andere und wandte sich an den Indianer, der in einer Ecke der Hütte saß und Schneeschuhe ausbesserte. »Hör, du, Billebedam, lauf so schnell du kannst nach der Hütte von Oleson und sag ihm, daß wir seinen Würfelbecher leihen möchten.«

Diese plötzliche Aufforderung während einer ernsten Besprechung über Arbeiterlöhne und Holz- und Lebensmittelpreise überraschte Billebedam. Zudem war es sehr früh am Tage, und er hatte noch nie erlebt, daß Männer von der Art Pentfields oder Hutchinsons gewürfelt oder gespielt hätten, ehe die Arbeit des Tages getan war. Als er aber seine Wanten anzog und zur Tür hinausging, blieb sein Gesicht so ausdruckslos wie das Gesicht eines Yukonindianers.

Obgleich die Uhr schon acht zeigte, war es draußen noch ganz dunkel, und in der Hütte selbst brannte eine Talgkerze, die in einer leeren Whiskyflasche steckte. Sie stand auf dem tannenen Tisch inmitten eines Wirrwarrs von schmutzigen Zinntellern. Der Talg von unzähligen Kerzen war an dem langen Hals der Flasche herabgeträufelt und zu einem Gletscher in Taschenformat erstarrt. Der kleine Raum, der das Innere der Hütte bildete, war so wenig aufgeräumt wie der Tisch. In einer Ecke an der Schirmwand waren zwei Schlafstellen übereinander eingerichtet. Die Decken lagen noch so unordentlich da wie am Morgen, als die beiden Männer aus ihnen herausgekrochen waren.

Lawrence Pentfield und Corry Hutchinson waren Millionäre, obgleich sie nicht danach aussahen. Es war gar nichts Außergewöhnliches an ihnen zu sehen, wenn sie auch in jedem Michiganlager als hervorragende Typen von Holzhändlern gegolten hätten. Aber draußen in der Dunkelheit, wo viele Löcher in der Oberfläche der Erde klafften, waren zahlreiche Männer damit beschäftigt, Schmutz, Kies und Gold aus der Tiefe dieser Löcher heraufzuholen, und andere Männer erhielten fünfzehn Dollar täglich, um das alles aus dem Felsgrund zu kratzen. Jeden einzigen Tag wurden Tausende von

Dollars in Gold dort abgekratzt und an die Oberfläche gebracht, und alles gehörte den Herren Pentfield und Hutchinson, die ihren Platz unter den reichsten Goldkönigen der Bonanza einnahmen.

Pentfield brach zuerst das Schweigen, nachdem Billebedam gegangen war, indem er die schmutzigen Teller weiter auf den Tisch schob und auf dem frei gemachten Raum einen Zapfenstreich mit seinen Knöcheln schlug. Hutchinson putzte die blakende Kerze und rieb den Ruß nachdenklich mit Daumen und Zeigefinger vom Docht.

»Ich möchte wirklich, Teufel noch mal, daß wir beide aus diesem Dreck herauskämen!« rief er plötzlich. »Dann würde alles wieder in Ordnung sein.«

Pentfield blickte ihn düster an.

»Wenn deine verfluchte Hartnäckigkeit nicht wäre, würde es sowieso in Ordnung sein. Du brauchst doch nur aufzustehen und zu fahren. Ich werde inzwischen nach dem Rechten sehen, und nächstes Jahr reise ich dann.«

»Warum sollte ich weggehen? Ich habe niemand, der auf mich wartet.«

»Deine Familie«, unterbrach Pentfield ihn grob.

»Ganz wie bei dir«, fuhr Hutchinson fort. »Ein Mädel, meine ich, und das weißt du auch ...«

Pentfield zuckte finster die Achseln. »Sie kann warten, denke ich.«

»Aber jetzt wartet sie schon zwei Jahre.«

»Und ein drittes wird sie nicht übermäßig älter machen.«

»Das wären also drei Jahre! Denk daran, alter Knabe, drei Jahre an diesem Ende der Erde, diesem Abladeplatz der Verdammten.« Hutchinson hob seinen Arm und stieß einen Seufzer aus, der fast wie Worte klang.

Er war einige Jahre jünger als sein Partner, nicht älter als sechsundzwanzig Jahre, und doch stand eine gewisse Schwermut in seinem Gesicht geschrieben – jene Schwermut, welche die Gesichter von Männern prägt, die sich vergeblich nach etwas sehnen, das ihnen lange vorenthalten wird. Dieselbe Schwermut stand auch in Pentfields Gesicht geschrieben und hatte sich in seinem Achselzucken ausgedrückt.

»Mir träumte heute nacht, ich wäre bei Zinkand«, sagte er. »Die Musik spielte, Gläser klirrten, Stimmen summten, Frauen lachten, und ich selbst bestellte Eier – ja, mein Lieber, Eier, Spiegeleier und hartgesottene Eier und weiche Eier und Rühreier und Eier auf jede denkbare Art zubereitet. Und ich verschlang sie ebenso schnell, wie sie mir gebracht wurden.«

»Ich würde Salate und Gemüse bestellt haben«, kritisierte Hutchinson hungrig. »Dazu einen mächtigen, blutigen Braten und junge Zwiebeln und Radieschen, so knusprig, weißt du, die knacken, wenn man sie zwischen die Zähne kriegt.«

»Ich hätte das wahrscheinlich auch nach den Eiern bestellt, wenn ich nicht aufgewacht wäre«, antwortete Pentfield.

Er nahm ein von den Fahrten stark mitgenommenes Banjo vom Fußboden und begann einige unzusammenhängende Töne zu klimpern. Hutchinson wurde unruhig und atmete schwer.

»Laß das ...«, platzte es in plötzlicher Wut aus ihm heraus. »Laß das, zum Teufel! Es macht mich verrückt. Ich halte es nicht mehr aus.«

Pentfield schleuderte das Banjo auf das eine Bett und zitierte:

»Hör mich flüstern, was der Schwächste nicht gesteht:
Ich bin ja Vergangenheit und Qual: die Stadt!
Ich bin alles, was in Abendkleidung geht!«

Der andere Mann rückte auf seinem Platz hin und her und stützte schließlich seinen Kopf auf den Tisch. Pentfield nahm wieder das eintönige Trommeln mit den Knöcheln auf. Ein lautes Knacken der Tür erregte seine Aufmerksamkeit. Der Frost kroch wie ein weißes Laken an der Innenseite empor. Pentfield begann leise vor sich hin zu singen:

»Die Vögel sammeln sich zum Zug,
zu Meere schwimmt der Lachs, und kahl
sind alle Bäume. Und wir zwei mein
Kind, wo hausen wir einmal?«

Wieder herrschte Schweigen, das erst gebrochen wurde, als Billebedam kam und den Würfelbecher brachte.

»Sehr kalt«, sagte er ... »Oleson sagen mir, Yukon sein heute nacht zugefroren.«

»Hörst du, alter Freund!« rief Pentfield und klopfte Hutchinson auf die Schulter. »Wer gewinnt, darf morgen früh um diese Zeit nach dem Lande Gottes abfahren!«

Er hob den Becher und ließ die Würfel fröhlich rasseln.

»Was spielen wir?«

»Richtiges Pokerwürfeln«, antwortete Hutchinson.

»Los, laß sie rollen!«

Pentfield schob die Teller mit lautem Geklirr vom Tisch hinunter und warf alle fünf Würfel. Beide sahen eifrig hin. Der Wurf war ohne Paare und ein Fünfer die höchste Zahl.

»Niete«, seufzte Pentfield.

Nach langem Zögern nahm Pentfield alle fünf Würfel vom Tisch auf und legte sie in den Becher.

»Ich würde an deiner Stelle auf den Fünfer halten«, schlug Hutchinson vor.

»Nein, das würdest du nicht, wenn du dieses siehst«, antwortete Pentfield und würfelte wieder. Wieder kam kein Paar, die Würfel zeigten aber diesmal in ununterbrochener Reihenfolge zwei bis sechs.

»Das war mein zweiter Wurf«, seufzte er. »Du brauchst gar nicht zu würfeln, Corry. Du kannst gar nicht mehr verlieren.«

Der andere schob ohne ein Wort die Würfel zusammen, schüttelte den Becher und ließ sie in einem Bogen auf den Tisch fallen. Dann sah er, daß in dem Wurf ebenfalls nur ein Sechser war.

»Ebensoviel wie du, das schon, aber ich muß es besser machen«, sagte er, nahm die vier Würfel und ließ die Sechs liegen. »Aber jetzt bist du hin!«

Aber sie rollten und zeigten zwei, drei, vier und fünf also auch nur eine Niete und weder besser noch schlechter als Pentfields Würfe.

Hutchinson seufzte.

»Kommt nicht einmal unter Millionen Würfen vor«, sagte er.

»Auch nicht in Millionen Leben«, fügte Pentfield hinzu. Dann nahm er den Würfelbecher und warf schnell. Drei Fünfer erschienen, und als er nach einigem Zögern zum zweitenmal warf, erhielt er einen vierten Fünfer. Hutchinson schien jede Hoffnung auf einen Sieg aufgeben zu sollen.

Aber schon beim ersten Wurf erhielt er drei Sechser. Ein großer Zweifel tauchte in den Augen des andern auf, während er selbst wieder Hoffnung schöpfte. Er hatte noch einen Wurf übrig. Noch eine Sechs – und er konnte über das Eis nach dem salzigen Meere und den Staaten wandern!

Er schüttelte die Würfel im Becher, tat, als ob er werfen wollte, zögerte und schüttelte sie noch einmal.

»Na, los, los doch! Brauch nicht den ganzen Tag dazu«, rief Pentfield ein wenig scharf, seine Nägel bogen sich, so fest drückte er die Finger gegen die Tischplatte, um seine Erregung zu beherrschen.

Der Würfel rollte; eine Sechs begegnete ihren Blicken. Beide Männer saßen da und starrten sie an. Hutchinson warf einen verstohlenen Blick auf seinen Partner, der ihn – noch verstohlener – auffing und den Mund verzog, um zu zeigen, wie gleichgültig es ihm sei.

Hutchinson lachte, als er aufstand. Es war ein nervöses, ängstliches Lachen. Hier schien es fast unangenehmer zu gewinnen, als zu verlieren. Er trat zu seinem Partner, der ihm übermütig zurief: »Jetzt hör aber auf, Corry. Ich weiß schon genau, was du sagen willst: Daß du lieber bleiben und mich reisen lassen willst und dergleichen. Brauchst es also gar nicht erst zu sagen. Du hast deine Familie in Detroit, die du besuchen kannst, und das genügt. Außerdem kannst du ja das einzige für mich erledigen, was ich besorgt hätte, wenn ich selbst gefahren wäre ...«

»Und das ist?«

Pentfield las die ganze Frage in den Augen seines Partners und antwortete:

»Jawohl, eben das ist 'es. Bring sie mit hierher. Der ganze Unterschied besteht also darin, daß wir in Dawson und nicht in San Franzisko Hochzeit halten ...«

»Aber, lieber Junge«, wandte Corry Hutchinson ein. »Wie in aller Welt soll ich sie denn hierherbringen? Wir sind doch nicht Bruder und Schwester. Und die Sache ist um so schlimmer, als ich sie ja noch gar nicht gesehen habe. Außerdem wäre es auch nicht ganz einfach, zusammen zu reisen, weißt du. Natürlich würde es ja alles in Ordnung sein – das wissen wir beide ja am besten. Aber bedenke doch, wie es nach außen hin aussehen würde, Mensch!«

Pentfield fluchte in seinen Bart und wünschte das »Aussehen« nach einer weniger kühlen Gegend als Alaska.

»Wenn du mal zuhören und dich nicht gleich auf das hohe Roß setzen wolltest«, sagte sein Partner. »Dann wirst du merken, daß das einzige Anständige, das ich unter diesen Umständen tun kann, wäre, dich statt meiner dieses Jahr reisen zu lassen. Es ist ja nur ein Jahr bis zum nächsten Jahr, und dann werde ich meinen Ausflug machen ...«

Pentfield schüttelte den Kopf, obgleich man sehen konnte, daß er bei dieser Versuchung schwankte.

»Es geht nicht, Corry, alter Bursche. Ich weiß deine Freundlichkeit zu schätzen und so weiter, aber es geht nicht. Ich würde mich jede Stunde bei dem Gedanken schämen, daß du hier an meiner Stelle schuften müßtest.«

Plötzlich schien ihm ein Gedanke zu kommen. Er suchte in seinem Bett und brachte es in seinem Eifer ganz in Unordnung, fand aber schließlich doch eine Schreibunterlage und einen Bleistift, setzte sich an den Tisch und begann schnell und sicher zu schreiben.

»Hier«, sagte er, als er den schnell hingekritzelten Brief seinem Partner überreichte. »Das brauchst du nur abzuliefern, und die Sache ist in Ordnung.«

Hutchinson ließ seinen Blick darüber schweifen und legte es wieder auf den Tisch.

»Aber wie kannst du wissen, daß ihr Bruder bereit ist, die niederträchtige Reise hierher zu machen?« fragte er.

»Oh, er wird es schon für mich tun – für mich und seine Schwester«, antwortete Pentfield. »Er ist ein Chechaquo, weißt du, und ich würde sie ihm allein nicht anvertrauen. Aber mit dir zusammen ist es ja eine leichte und ganz sichere Reise. Sobald du angekommen bist, gehst du zuerst zu ihr und bereitest sie vor. Dann kannst du zu deiner eigenen Familie im Osten fahren, und im Frühling werden sie und ihr Bruder dann bereit sein, mit dir zu reisen. Sie wird dir sehr gut gefallen, das weiß ich, auf den ersten Blick sogar. Und hiernach wirst du sie erkennen, sobald du sie siehst.«

Er öffnete die Kapsel seiner Uhr und zeigte ihm das an der Innenseite des Deckels aufgeklebte Bild eines jungen Mädchens. Corry Hutchinson betrachtete sie, und Bewunderung trat in seine Augen.

»Mabel heißt sie«, fuhr Pentfield fort. »Und es ist vielleicht gut, daß du gleich weißt, wo du ihr Haus zu finden hast. Sobald du in San Franzisko angekommen bist, nimmst du eine Droschke und sagst nur: ›Holmesplatz, Myrdon Avenue.‹ Ich glaube nicht einmal, daß es nötig ist, Myrdon Avenue hinzuzufügen. Der Droschkenkutscher wird schon wissen, wo Richter Holmes wohnt.«

»Und weißt du«, fügte Pentfield nach einer Pause hinzu, »es wäre keine schlechte Idee, wenn du mir noch einige Sachen mitbringen wolltest, die ... hm ...«

»Ein verheirateter Mann muß seine Sachen in Ordnung haben«, platzte Hutchinson grinsend heraus. Pentfield grinste ebenfalls.

»Natürlich — Servietten und Tischtücher, Laken und Kissenbezüge und dergleichen. Und bring eine Garnitur aus guter Seide mit. Weißt du, es ist ja kein Spaß für sie, sich hier niederzulassen. Du kannst das ganze Zeugs mit dem Dampfer durch die Beringstraße schicken. Und wie wäre es mit einem Klavier?«

Hutchinson fand diese Idee glänzend. Sein Widerstand war verschwunden, und er begann, sich für seine Mission zu erwärmen.

»Weiß Gott, Lawrence«, sagte er, als die Beratung vorbei war und sie beide aufstanden. »Ich werde dir dein Mädel in der richtigen Aufmachung herbringen. Ich werde das Kochen besorgen und für die Hunde sorgen, und ihr Bruder braucht nur für ihre Bequemlichkeit zu sorgen und alles zu tun, was ich etwa vergessen sollte. Und ich werde verflucht wenig vergessen, darauf kannst du dich verlassen.«

Am nächsten Tage schüttelte ihm Lawrence Pentfield zum letzten Male die Hand und folgte ihm mit den Blicken, als er mit seinen Hunden den zugefrorenen Yukon aufwärts in der

Richtung der salzigen See und der großen Welt verschwand. Pentfield ging zu seiner Bonanzamine zurück, die ihm jetzt tausendmal trauriger als sonst erschien, aber er sah dem langen Winter tapfer entgegen. Es gab Arbeit genug zu tun, Männer mußten beaufsichtigt, Anleitungen für das Schürfen nach der unregelmäßigen Goldader gegeben werden. Aber sein Herz war nicht bei dieser Arbeit. Er hatte überhaupt kein Interesse für irgendwelche Arbeit, bevor die aufgestapelten Stämme für die neue Hütte, die auf dem Hügel hinter der Mine erbaut werden sollte, eingerammt wurden. Es sollte eine große Hütte werden, recht gemütlich und in drei schöne Räume geteilt. Jeder Stamm mit der Hand gehobelt und viereckig zugeschnitten – ein kostspieliger Einfall, da die Arbeiter einen Tagelohn von fünfzehn Dollar erhielten. Aber nichts erschien ihm zu kostspielig, wenn es sich um das Heim handelte, in dem Mabel Holmes leben sollte.

So ging er also an den Bau der Hütte und sang dabei: »Und wir zwei – mein Kind, wo hausen wir einmal?« Er hatte auch einen Kalender an die Wand über den Tisch gehängt, und das erste, was er jeden Morgen tat, war, daß er den Tag durchstrich und nachzählte, wie viele Tage es noch dauerte, bis sein Partner im Frühling das Yukoneis herabgesaust käme. Eine andere Idee, die er hatte, bestand darin, daß niemand in der Hütte am Hügel schlafen durfte. Sie mußte jungfräulich dastehen, bis sie bezogen wurde, wie es auch die viereckigen gehobelten Stämme aus frischem Holz waren. Und als sie fertig dastand, ließ er ein großes Schloß an der Tür befestigen. Kein anderer als er selbst durfte eintreten, und er gewöhnte sich daran, viele Stunden dort zu verbringen. Und wenn er die Hütte verließ, strahlte sein Gesicht wie eine Sonne, und ein warmes, frohes Licht leuchtete in seinen Augen.

Im Dezember erhielt er einen Brief von Corry Hutchinson. Er hatte gerade Mabel Holmes kennengelernt. Sie sei genau, wie sie sein sollte, um Lawrence Pentfields Gattin zu werden, schrieb er. Er war begeistert, und sein Brief brachte das Blut in den Adern Pentfields zum Brausen. Andere Briefe folgten, einer unmittelbar auf den andern, und manchmal zwei oder drei auf einmal, wenn der Dampfer die Post sackweise brachte. Und alle waren im selben Ton gehalten. Corry war soeben von der Myrdon Avenue gekommen, Corry war gerade unterwegs nach der Myrdon Avenue, oder Corry war in der Myrdon Avenue. Und er blieb länger und immer länger in San Franzisko, und von der Reise nach Detroit war überhaupt nicht mehr die Rede.

Lawrence Pentfield begann zu finden, daß sein Partner doch ziemlich viel Zeit in Mabels Gesellschaft verbrachte, wenn man bedachte, daß er seine Familie im Osten besuchen wollte. Er ertappte sich sogar dabei, daß er sich bisweilen darüber grämte, wenn er sich auch mehr gegrämt haben würde, wenn er Mabel und Corry nicht so gut gekannt hätte. Andererseits hatten Mabels Briefe immer so viel von Corry zu erzählen. Es ging auch als roter Faden durch sämtliche Briefe eine gewisse Furcht, ja, beinahe ein Unwille vor der Fahrt über das Eis und der Hochzeit in Dawson. Pentfield antwortete herzlich und verlachte ihre Furcht, denn er glaubte, daß eher physische Angst vor den Gefahren und Entbehrungen dahinter steckte, und verstand nicht, daß nur frauenhafte Scheu sie diktierte.

Jedoch der lange Winter und das unerträgliche Warten, dem schon zwei lange Winter vorausgegangen waren, übten doch einen großen Einfluß auf seine Stimmung aus. Die Beaufsichtigung der Arbeiter und das Interesse für die Goldader konnten die Langeweile des täglichen Einerleis nicht unterbrechen, und gegen Ende Januar machte er verschiedene Ausflüge nach Dawson, wo er sie für eine Weile an den Spieltischen vergessen konnte. Und da er einen Verlust ertragen konnte, gewann er natürlich, und »Pentfields Glück« wurde eine stehende Redensart unter den Pharaospielern.

Sein Glück folgte ihm bis in die zweite Woche vom Februar. Wie lange es ihm sonst gefolgt wäre, ist schwer zu sagen, denn da hörte er, nach einem größeren Gewinn, überhaupt auf zu spielen.

Es war in der Oper, und eine Stunde hatte es schon ausgesehen, als ob er auf keine Karte setzen könnte, ohne zu gewinnen. In einer Pause, als gerade ein Spiel beendet war, und während der Croupier die Karten zusammenraffte, bemerkte Nick Inwood, der Besitzer der Spielhölle, ohne Zusammenhang: »Hören Sie, Pentfield, Ihr Partner macht aber schöne Geschichten in den Staaten!«

»Lassen Sie Corry sich nur amüsieren«, antwortete Pentfield. »Er hat es sich redlich verdient.«

»Jeder nach seinem Geschmack«, lachte Nick Inwood. »Aber ich würde heiraten doch nicht sich amüsieren nennen ...«

»Corry verheiratet!« rief Pentfield ungläubig, aber doch verblüfft.

»Jawohl«, sagte Inwood. »Ich habe es in der Friskoer Zeitung gelesen, die heut morgen über das Eis gebracht wurde.«

»Nun – und wie heißt das Mädel?« fragte Pentfield, sein Gesicht hatte den Ausdruck geduldiger Tapferkeit, mit dem ein Mann den Köder schluckt und sich dabei klar ist, daß gleich ein mächtiges Gelächter auf seine Kosten folgen wird.

Nick Inwood nahm die Zeitung aus der Tasche und suchte darin, während er sagte:

»Ich hab' leider kein gutes Gedächtnis für Namen, aber ich glaube, es war so was wie Mabel – ja richtig, hier steht es – Mabel Holmes, Tochter von Richter Holmes, mag der nun sein, wer er will ...«

Lawrence Pentfield ließ sich nicht das geringste anmerken, obgleich er sich fragte, wie in aller Welt ihr Name hier im Nordland bekannt sein könnte. Er blickte ruhig von Gesicht zu Gesicht, um irgendwelche Anzeichen von dem Streich zu entdecken, den man ihm spielen wollte, aber abgesehen von einer selbstverständlichen Neugier war nichts zu bemerken. Dann wandte er sich an den Spielbesitzer und sagte kühl und ruhig:

»Inwood, ich habe hier eben einen Fünfhunderter bekommen, der mir zuflüstert, daß das, was Sie da erzählen, nicht in der Zeitung steht.«

Der Spielbesitzer sah ihn mit komischer Neugierde an.

»Gehen Sie, mein Junge ... ich will Ihr Geld nicht haben.«

»Ich dachte nur«, knurrte Pentfield, wandte sich wieder dem Spiel zu und setzte auf einige Karten. Nick Inwood bekam einen roten Kopf, ließ den Blick sorgfältig über die

Spalten der Zeitung schweifen, als ob er selbst seinen Sinnen nicht recht traute. Dann wandte er sich an Pentfield.

»Sehen Sie selbst hier«, sagte er schnell und nervös. »Ich kann das nicht zugeben, verstehen Sie.«

»Was zugeben?« fragte Pentfield brutal.

»Ihre Andeutung, daß ich gelogen hätte.«

»Unsinn«, lautete die Antwort. »Ich wollte nur andeuten, daß Sie versuchten, einen taktlosen Witz zu machen.«

»Machen Sie Ihre Einsätze, meine Herren«, rief der Croupier.

»Aber ich sage Ihnen, daß es wahr ist«, beharrte Nick Inwood.

»Und ich habe gesagt, daß ich fünfhundert darauf wette, daß es nicht in der Zeitung steht«, sagte Pentfield und zog gleichzeitig einen schweren Goldbeutel aus der Tasche.

»Ich habe keine Lust, Ihnen Ihr Geld zu nehmen«, lautete die Antwort, als er Pentfield die Zeitung in die Hand steckte.

Pentfield sah es, obgleich es ihm kaum möglich war, es zu glauben. Er warf einen flüchtigen Blick auf die Überschrift »Jung Lochinvar kam aus dem Norden« und las den Artikel flüchtig durch, bis die beiden nebeneinanderstehenden Namen Mabel Holmes und Corry Hutchinson ihm buchstäblich in die Augen sprangen. Dann blickte er nach dem Kopf des Blattes und sah, daß es eine San Franziskoer Zeitung war.

»Das Geld gehört Ihnen, Inwood«, bemerkte er mit einem kurzen Lachen. »Aber da steht nichts davon, was mein Partner tun wird, wenn er abgereist ist.«

Dann nahm er die Zeitung wieder in die Hand und las die Notiz Wort für Wort, sehr langsam und sorgfältig. Er konnte nicht länger zweifeln. Es stand fest, daß Corry Hutchinson Mabel Holmes geheiratet hatte. »Einer der Bonanzakönige«, so wurde er geschildert, »Partner von Lawrence Pentfield (den die vornehme Gesellschaft San Franziskos noch nicht vergessen haben wird) und gemeinsam mit diesem Herrn an anderen reichen Minenunternehmungen beteiligt.« Ferner las er, »daß Herr und Frau Hutchinson nach einem kurzen Ausflug nach Detroit ihre eigentliche Hochzeitsreise nach dem bezaubernden Klondikelande machen wollen.«

»Ich komme später wieder«, sagte Pentfield. »Halten Sie bitte den Platz für mich frei.« Er stand auf und nahm seinen Beutel, der inzwischen beim Kassierer gewesen und um fünfhundert Dollar leichter zurückgekehrt war.

Er trat auf die Straße hinaus und kaufte sich eine Seattlezeitung. Sie enthielt denselben Bericht, wenn auch ein wenig gekürzt. Es war nicht mehr zu bezweifeln, daß Corry und Mabel verheiratet waren. Pentfield kehrte nach der Oper zurück und nahm wieder seinen Platz am Spieltisch ein. Er bat die Höchstgrenze aufzuheben.

»Wollen wohl versuchen, etwas Leben in die Bude zu kriegen«, sagte Nick Inwood und nickte dem Croupier sein Einverständnis zu. »Ich wollte gerade in den A.C.-Laden gehen, aber jetzt glaube ich doch, daß ich lieber bleibe und zusehe, wie es Ihnen ergeht.«

Nach zweistündigem Kampf zeigte es sich, wie es Lawrence Pentfield ergangen war. Der Croupier biß die Spitze einer frischen Zigarre ab, zündete ein Streichholz an und verkündete, daß die Bank gesprengt sei. Pentfield steckte die Vierzigtausend ein, gab Nick Inwood die Hand und teilte ihm mit, daß es das letztemal sei, daß er an seinem Spieltisch oder an einem andern gespielt hätte.

Keiner ahnte oder vermutete, daß er getroffen, noch weniger, daß er schwer getroffen war. Seinem Auftreten war kein Unterschied anzumerken. Eine Woche ging er seiner Arbeit nach, ganz wie er es immer getan, bis er einen Bericht über die Hochzeit in einer Portlandzeitung las. Dann rief er einen Freund, bat ihn, sich seiner Mine anzunehmen, und reiste hinter seinen Hunden den Yukon hinauf. Bis White River folgte er dem Wege nach dem Salzwassersee, dort aber bog er ab. Fünf Tage später stieß er auf ein Jagdlager der White-River-Indianer. Abends wurde ein Fest abgehalten, und er saß auf dem Ehrenplatz neben dem Häuptling. Am nächsten Morgen lenkte er seine Hunde nach dem Yukon zurück. Aber er reiste nicht mehr allein. Eine junge Squaw fütterte an diesem Abend seine Hunde für ihn und half ihm das Lager bereiten. Sie war in ihrer Kindheit von einem Bären überfallen worden und hinkte immer noch leicht. Sie hieß Laschka, und sie war anfangs etwas mißtrauisch gegen den fremden weißen Mann, der plötzlich aus dem Unbekannten aufgetaucht war, sie heiratete, ohne ihr ein Wort oder einen Blick zu schenken, und der sie jetzt mit sich in das Unbekannte nahm.

Aber Laschkas Schicksal war besser als das, welches wilden Indianermädchen sonst zuteil wird, wenn sie weiße Männer im Nordland heiraten. Sobald sie Dawson erreicht hatten, wurde die indianische Ehe, die sie verband, nach Art der weißen Männer feierlich vor dem Priester bestätigt. Von Dawson, wo ihr alles als Traum und Wunder erschien, brachte er sie direkt nach der Bonanzamine und in das aus viereckigen Planken erbaute Haus auf dem Hügel.

Das neuntägige Staunen, das die Folge davon war, wurde nicht so sehr durch den Umstand hervorgerufen, daß Lawrence Pentfield sich eine Squaw für Bett und Tisch gewählt hatte, wie durch die Feierlichkeit, durch die er den Bund legalisierte. Daß er diese Heirat besonders sanktionieren ließ, war das einzige, was der Gesellschaft unverständlich erschien. Aber niemand ließ Pentfield etwas merken. Solange die Launen eines Mannes der Gemeinschaft nicht schaden, läßt man ihn in Ruhe, und Pentfield wurde nicht einmal aus den Hütten der Männer verbannt, die weiße Frauen hatten. Die Trauzeremonie hatte die Wirkung, daß er nicht zu den Squawmännern gerechnet wurde, und enthob ihn jedes moralischen Vorwurfs, wenn es auch Männer gab, die seinen Geschmack kritisierten.

Von der Außenwelt bekam er keine Briefe mehr. Sechs Schlittenladungen mit Post waren am großen Lachsfluß verlorengegangen. Außerdem wußte Pentfield auch, daß Corry und seine Braut zu dieser Zeit schon unterwegs sein mußten. Sie mußten sich eben jetzt auf der Hochzeitsreise befinden ... Auf der Hochzeitsreise, von der er zwei Jahre lang geträumt hatte. Er verzog bei diesem Gedanken bitter den Mund. Aber er ließ sich nichts merken, abgesehen davon, daß er freundlicher zu Laschka wurde.

Der März war schon längst vorbei, und der April näherte sich seinem Ende, als Laschka ihn um die Erlaubnis bat, den Yukon einige Meilen abwärts nach der Hütte Siwash Petes zu fahren. Petes Frau, die vom Stewart River stammte, hatte Bescheid geschickt, daß ihr kleines Kind krank war. Und Laschka, die außerordentlich mütterlich veranlagt war und sich selbst für erfahren in bezug auf Kinderkrankheiten hielt, ließ keine Gelegenheit vorübergehen, um sich der Kinder anderer Frauen anzunehmen, die glücklicher waren als sie.

Pentfield schirrte die Hunde an, und Laschka hinter sich, schlug er den Weg das Bett des Bonanza hinab ein. Frühling lag in der Luft. Die Kälte hatte ihre schneidende Schärfe verloren, und wenn auch der Schnee immer noch das Land bedeckte, so erzählte doch das Murmeln und Rieseln des Wassers, daß der eiserne Griff des Winters sich lockerte. Der Weg war grundlos, hier und dort hatte man einen neuen Weg um die Löcher herum geschaffen. An einer solchen Stelle, wo nicht genügend Platz war, daß zwei Schlitten einander ausweichen konnten, hörte Pentfield das Läuten von Schellen, die sich näherten, und ließ deshalb seine Hunde haltmachen.

Ein Gespann müder Hunde kam um die nächste Ecke, von einem schwerbeladenen Schlitten gefolgt. An der Lenkstange ging ein Mann, der auf eine Art steuerte, die Pentfield bekannt vorkam, und hinter dem Schlitten kamen zwei Frauen. Sein Blick suchte wieder den Mann an der Lenkstange. Es war Corry. Pentfield stand auf und wartete. Er war froh, daß er Laschka bei sich hatte. Wenn die Begegnung arrangiert worden wäre, hätte sie nicht unter günstigeren Bedingungen stattfinden können, dachte er. Und während er dastand und wartete, überlegte er, was sie wohl sagen würden, was sie sagen könnten. Er selbst brauchte ja nichts zu erklären. Das war ihre Sache, und er war bereit, sie anzuhören.

Als sie einander gegenüberstanden, erkannte Corry ihn und blieb stehen. Mit einem »Hallo, Alter!« streckte er die Hand aus.

Pentfield nahm die Hand, aber ohne Wärme, ohne Worte. Jetzt hatten die beiden Damen sie erreicht, und er sah, daß die eine Dora Holmes war. Er nahm seine Pelzmütze ab, deren Ohrenklappen flatterten, gab ihr die Hand und wandte sich dann zu Mabel. Sie näherte sich mit wiegenden Schritten, strahlend und blendend, zögerte aber vor seiner ausgestreckten Hand. Er hatte eigentlich die Absicht gehabt zu sagen:

»Wie geht es Ihnen, Frau Hutchinson?« ... aber irgendwie hatte das »Frau Hutchinson« ihn verwirrt, und er war deshalb nur imstande, ein »Wie geht es Ihnen?« hervorzustottern.

Die Lage war genau so gezwungen und unbequem, wie er es gewünscht hatte. Mabel verriet die Erregung, die sie ihrer persönlichen Lage entsprechend empfand, während Dora offenbar die Rolle einer Art Friedensvermittlerin spielen wollte und sagte: »Was ist denn mit dir los, Lawrence?«

Bevor er antworten konnte, nahm Corry ihn beim Ärmel und zog ihn beiseite.

»Sag mal, Alter, was bedeutet denn das?« Corry stellte die Frage im Flüsterton und wies mit den Augen auf Laschka.

»Ich verstehe nicht, Corry, was diese Sache dich angehen sollte«, gab Pentfield spöttisch zur Antwort.

Aber Corry ging geradeswegs auf die Sache los.

»Was macht diese Frau auf deinem Schlitten? Eine schöne Aufgabe, die du mir stellst, dies zu erklären. Ich hoffe nur, daß es überhaupt gehen wird! Wer ist sie denn? Wessen Squaw ist sie?«

Da führte Lawrence Pentfield seinen vernichtenden Schlag, und noch dazu mit einem gewissen Übermut, der ihn für das ihm angetane Unrecht ein wenig zu entschädigen schien.

»Sie ist meine Squaw«, sagte er. »Frau Pentfield, wenn Sie gestatten.«

Corry Hutchinson stöhnte, aber Pentfield ließ ihn stehen und wandte sich zu den beiden Frauen. Mabel stand mit gequälter Miene da und schien sich nur mit Mühe aufrechtzuhalten. Er wandte sich zu Dora und fragte, sehr freundlich, als ob die ganze Welt nur Sonnenschein wäre:

»Wie haben Sie die Fahrt überstanden? War es schwer, sich nachts warm zu halten? – Und wie ist sie Frau Hutchinson bekommen?« fragte er dann und warf einen Blick auf Mabel.

»Oh, du lieber Kindskopf!« rief Dora, schlang ihm beide Arme um den Hals und drückte ihn an sich. »Dann hast du es also auch gesehen! Ich dachte mir ja schon, daß etwas los sein müßte, weil du dich so sonderbar benahmst.«

»Ich verstehe nicht recht«, stammelte er.

»In der Nummer vom nächsten Tage wurde es schon berichtigt«, plauderte Dora weiter. »Wir ließen uns ja nicht träumen, daß du gerade diese Zeitung in die Hand bekommen solltest. In allen anderen stand es richtig, und natürlich ist diese dumme Zeitung die einzige, die du gelesen hast ...«

»Wart einen Augenblick! Wie meinst du das?« fragte Pentfield, und auf einmal wurde sein Herz von einer furchtbaren Angst ergriffen, und er hatte das Gefühl, am Rande eines tiefen Abgrundes zu stehen.

Aber Dora fuhr mit ungeheurer Zungenfertigkeit fort:

»Und weißt du, als es bekannt wurde, daß sowohl Mabel wie ich nach Klondike gingen, schrieb die ›Wochenpost‹, daß es, wenn wir weggingen, ›wunderbar‹ in der Myrdon Avenue werden würde. Das Blatt meinte natürlich ›sonderbar‹.«

»Dann – —«

»Ich bin Frau Hutchinson«, antwortete Dora. »Und du hast die ganze Zeit geglaubt, Mabel wäre es.«

»Ja, so ist es gewesen«, antwortete Pentfield langsam. »Aber jetzt verstehe ich. Der Reporter hat die beiden Namen verwechselt. Die Zeitungen in Seattle und Portland haben es dann nachgedruckt.«

Eine Minute stand er schweigend da. Mabels Gesicht war ihm zugewandt, und er konnte den erwartungsvollen Ausdruck sehen. Corry betrachtete mit ungeheurem Interesse die zerrissenen Zehen seines einen Mokassins, während Dora lange Seitenblicke auf das unbewegliche Gesicht Laschkas warf, die im Schlitten saß. Lawrence Pentfield starrte vor sich hin – und schaute in eine unendlich traurige Zukunft, in deren grauer Monotonie er sich selbst auf einem Schlitten neben Laschka hinter laufenden Hunden sah.

Dann sprach er ganz einfach und sah Mabel dabei in die Augen.

»Es tut mir grenzenlos leid. Das hätte ich mir nie träumen lassen. Ich glaubte, du hättest Corry geheiratet. Es ist meine Frau, die auf dem Schlitten dort sitzt.«

Mabel Holmes wandte sich halb ohnmächtig ihrer Schwester zu. Es sah aus, als ob die ganze Müdigkeit der langen Reise sie jetzt mit einem Male überfiele. Dora legte ihren Arm um sie. Corry Hutchinson war immer noch mit seinen Mokassins beschäftigt. Pentfield blickte schnell von Gesicht zu Gesicht. Dann wandte er sich nach dem Schlitten.

»Wir können nicht den ganzen Tag hier stehenbleiben, wenn Petes Kindchen auf uns wartet«, sagte er zu Laschka.

Die lange Hundepeitsche zischte durch die Luft, die Hunde warfen sich in die Sielen, und der Schlitten wurde schlingernd vorwärts geschleudert.

»Hör, Corry«, rief Pentfield über die Schulter zurück. »Du kannst ruhig die alte Hütte nehmen. Ich habe sie einige Zeit nicht benutzt. Ich habe eine neue oben auf dem Hügel gebaut.«

Die Liebe zum Leben

Sie humpelten unter Schmerzen den Hang hinunter, und einmal stolperte der vorderste der beiden Männer über einen der herumliegenden Felsblöcke. Sie waren sehr erschöpft und kraftlos. Ihre Gesichter trugen den Ausdruck bitterer Geduld, der eine Folge allzulang ertragener Entbehrungen ist. Sie schleppten schwere Lasten auf dem Rücken, Deckenbündel, die mit Riemen an den Schultern befestigt waren. Auch um die Stirn hatten sie einen Riemen gelegt, um den Druck der Bündel auf die Schultern zu erleichtern. Jeder trug ein Gewehr. Sie gingen gebückt, die Schultern weit vorgeschoben, den Kopf tief hinabhängend, die Augen starr auf den Boden gerichtet. »Ich wünschte, wir hätten zwei von den Patronen, die wir in unserm Depot liegen haben«, sagte der Mann, der hinterherging.

Seine Stimme hatte einen unheimlich gleichgültigen Klang. Er sprach ohne jeden Eifer, und der vorangehende, der soeben in den milchigen Strom hinaushinkte, der über die Felsblöcke schäumte, würdigte ihn keiner Antwort.

Der andere folgte ihm auf den Fersen. Es fiel ihnen nicht ein, sich die Fußbekleidung auszuziehen, obgleich das Wasser eisig kalt war – so kalt, daß ihnen die Gelenke schmerzten und die Füße ganz unempfindsam wurden. An einzelnen Stellen ging ihnen das Wasser bis zu den Knien, und beide Männer waren nahe daran, das Gleichgewicht zu verlieren.

Der zweite Mann glitt auf einem glatten Kieselstein aus. Er wäre beinahe gestürzt, kam jedoch mit einer gewaltigen Anstrengung wieder auf die Beine und stieß dabei einen scharfen Schmerzensruf aus. Er schien plötzlich kraftlos und schwindlig zu werden, streckte die freie Hand aus und fuchtelte mit ihr in der Luft herum, wie um eine Stütze zu finden. Als er das Gleichgewicht wiedergefunden hatte, ging er einige Schritte vorwärts, taumelte jedoch abermals, fuchtelte mit den Armen und schien fallen zu wollen. Dann blieb er stehen und sah dem andern Manne nach, der nicht ein einziges Mal den Kopf gedreht hatte.

Eine volle Minute blieb er stehen, als ob er etwas ernst überlegte. Dann rief er laut:

»Hörst du denn nicht, Bill, ich hab' mir den Fuß verstaucht.«

Bill wankte weiter durch den milchigen Strom. Er wandte nicht den Kopf, sah sich nicht um. Der andere stand noch immer da und sah ihn gehen. Und obgleich sein Gesicht ausdruckslos wie zuvor war, glichen seine Augen denen eines verwundeten Hirsches.

Bill erkletterte unterdessen das andere Ufer und setzte seinen Weg fort, ohne sich ein einziges Mal umzudrehen. Der Mann im Fluß beobachtete ihn. Seine Lippen zitterten ein wenig, so daß die langen rauhen Haare des braunen Bartes, der sie verbarg, sich sichtlich bewegten. Er befeuchtete sich die Lippen mit der Zunge.

»Bill!« rief er.

Es war der verzweifelte Hilferuf eines starken Mannes, der in Not war, aber Bill wandte nicht einmal den Kopf. Der Zurückgebliebene sah ihn weitergehen. Sah, wie er grotesk dahinhumpelte, sich mit unsicheren Schritten den sanft ansteigenden Hang zu der dunstigen Kuppe des niedrigen Hügels hinauf schlich. Er sah ihm nach, bis er den Kamm erreicht hatte und hinter dem Horizont verschwunden war. Dann wandte er den Blick ab und ließ ihn langsam in dem engen Kreis schweifen, der jetzt nach Bills Verschwinden alles war, was ihm von der Welt geblieben.

Tief am Horizont glomm fahl die Sonne, fast verborgen hinter gestaltlosen Nebeln und Dämpfen, die wie dichte Massen, aber ohne feste Form und Linien wirkten. Der Mann nahm die Uhr heraus, während er sich mit seinem ganzen Gewicht auf das eine Bein stützte. Es war vier. Und da es schon Ende Juli oder Anfang August sein mußte – er wußte seit einer Woche oder vierzehn Tagen das Datum nicht mehr genau –, zeigte die Sonne jetzt, wenn auch nur ungenau, die Nordwestrichtung an. Er warf einen Blick nach dem Süden – irgendwo dort unten jenseits der öden und windigen Hügel lag – das wußte er – der Große Bärensee. Er wußte auch, daß in dieser Richtung der Polarkreis die Einöden Kanadas durchschnitt. Der Fluß, in dem er jetzt stand, war ein Nebenfluß des Coppermine, der nach Norden strömte und in die Coronation-Bucht und in das Nördliche Eismeer mündete. Er war noch nie dort gewesen, hatte es aber einmal auf einer Karte bei der Hudson-Bay-Company gesehen.

Wieder durchmaß sein Blick den Kreis der Welt, die ihm geblieben war. Es war kein sehr erheiterndes Schauspiel, das sich ihm darbot. Wo er hinsah – überall derselbe weiche Horizont. Die Hügel waren alle sehr niedrig. Nirgends waren Bäume, nirgends Gebüsch oder Gras zu sehen ... es gab nichts als erschütternde, furchtbare Öde und Einsamkeit. Langsam und leise tauchte unüberwindbare Furcht in seinen Augen auf.

»Bill!« flüsterte er, einmal, zweimal. »Bill!«

Er watete in das milchige Wasser hinein, als ob die ungeheure Öde ihn mit unwiderstehlicher Schwere weiterschob, während sie ihn mit grausamer, brutaler Freude zermalmte. Wie in einem Anfall von Schüttelfrost zitterte er, bis das Gewehr ihm aus der Hand und mit einem Plätschern ins Wasser fiel. Das brachte ihn wieder zu sich. Er bekämpfte seine Angst und nahm sich gewaltsam zusammen. Er bückte sich, suchte im Wasser, bis er sein Gewehr gefunden hatte, und hob es auf. Dann schob er sich das Bündel weiter auf die linke Schulter hinauf, als ob er dadurch dem rechten Fuß, den er sich verstaucht hatte, das Gewicht abnehmen wollte. Und langsam und vorsichtig näherte er sich, vor Schmerzen zuckend, dem andern Ufer.

Hier blieb er nicht stehen. Mit einer verzweifelten Anstrengung, die an Wahnsinn grenzte, eilte er, ohne auf den Schmerz zu achten, den Hügel hinan, um den Gipfel zu erreichen, hinter dem sein Kamerad vorhin verschwunden war ... noch grotesker und noch tragikomischer anzusehen, als sein humpelnder, springender Genosse es gewesen. Als er aber den Gipfel erreicht hatte, sah er vor sich nur ein flaches Tal, das von allem Leben entblößt war. Wieder bekämpfte er seine Angst, überwand sie, schob sich das Bündel noch weiter nach links hinüber und taumelte den Hang hinunter.

Die Sohle des Tales war feucht. Dichtes Moos klebte wie nasser Schwamm an den Fersen. Das Wasser quoll bei jedem Schritt, den er machte, unter seinen Füßen hervor. Und jedesmal, wenn er den Fuß wieder hob, gab es ein glucksendes, saugendes Geräusch, wie wenn das Moos nur zögernd seinen Griff um den Mokassin aufgab. Er suchte sich vorsichtig die Stellen aus, wo er den Fuß hinsetzen konnte, und folgte dabei nach Möglichkeit der Fährte seines Kameraden zwischen den Felsblöcken, die sich wie kleine Inseln aus dem Meere von Moos erhoben.

Obgleich allein, war er doch nicht verloren. Er wußte, daß er ein Stück weiter eine Stelle erreichen mußte, wo abgestorbene Tannen und Kiefern verwachsen und verdorrt das Ufer eines kleinen Sees umsäumten, der in der Sprache der Eingeborenen Titchinniechilie hieß. Das Land selbst wurde das »Land der kleinen Zweige« genannt. Und durch diesen See strömte ein kleiner Fluß, dessen Wasser nicht milchig war. An diesem Fluß wuchs auch Schilf, dessen entsann er sich noch, aber Wald war nicht da. Diesem Fluß wollte er bis zur ersten Wasserscheide folgen. Die wollte er dann überschreiten, bis er den nächsten Fluß traf, der nach Westen floß, und der ihn bis zu dem größeren Dease-Fluß führen mußte. Hier würde er unter einem umgekippten Kanu und mit vielen großen Steinen bedeckt ihr Depot finden. In diesem Depot befanden sich Munition für sein leeres Gewehr, Angelhaken und -leinen, ja sogar ein kleines Netz – kurz, alles Gerät, das zum Fangen und Töten der verschiedenen Tiere notwendig war. Dort würde er auch Mehl – freilich nicht sehr viel –, ein Stück Räucherspeck und einige Bohnen finden.

Wahrscheinlich wartete auch Bill dort auf ihn. Sie konnten dann gemeinsam den Dease bis zum Großen Bärensee hinunterpaddeln. Den überquerten sie dann in südlicher Richtung, immer weiter nach Süden, bis sie den Mackenzie erreichten. Und weiter, immer weiter nach Süden würden sie ziehen. Während der Winter ihnen vergeblich nachlief und die Eiskruste selbst die Strudel erstarren ließ und die Tage kalt und klingend klar machte, würden sie selbst immer weiter nach Süden wandern, bis sie eine behagliche Station der Hudson-

Bay-Company erreichten, wo der Wald hoch und reich wuchs und wo es Lebensmittel ohne Ende gab.

Solche Gedanken schössen durch den Kopf des Mannes, der sich langsam und mühselig vorwärts kämpfte. Aber wenn er auch große Anforderungen an seinen Körper stellte, so war doch der Kampf, den er mit seiner Seele führte, nicht weniger hart. Vergebens versuchte er sich vorzutäuschen, daß Bill ihn gar nicht verlassen hätte, daß Bill sicher beim Depot auf ihn warten würde. Er war gezwungen, aus allen Kräften an diesem Glauben festzuhalten, denn sonst wäre er gar nicht imstande gewesen weiterzuschreiten; er hätte sich einfach hingelegt und wäre gestorben. Und als der düster glimmende Sonnenball langsam hinter dem nordwestlichen Hügelrand verschwunden war, ging er in Gedanken, immer wieder, jeden Zoll durch, den Bill und er südwärts ziehen mußten, um dem kommenden Winter zu entfliehen. Und ein Mal über das andere stellte er sich die Lebensmittel im Depot und die, welche er bei der Hudson-Bay-Station erhalten würde, vor Augen. Seit zwei Tagen hatte er nichts zu essen bekommen, und schon seit langem hatte er nicht gegessen, was er zu essen wünschte. Manchmal blieb er stehen und pflückte die blassen Moosbeeren, steckte sie in den Mund, kaute und verschlang sie. Eine Moosbeere besteht aber nur aus einem kleinen, von etwas Flüssigkeit umgebenen Samen. Im Munde verschwindet die Flüssigkeit, und der Samen, der übrigbleibt, schmeckt bitter und scharf. Der Mann wußte genau, daß die Beere keinen Nährwert hat, aber er kaute sie trotzdem geduldig mit einer Hoffnungsfreudigkeit, die größer als alles Wissen war und sich den Teufel um alle praktischen Erfahrungen scherte.

Gegen neun Uhr stieß er sich den Zeh an einem Stein, und vor lauter Müdigkeit und Schwäche stolperte er und stürzte. Er lag einige Zeit auf dem feuchten Boden, ohne die Kraft zu haben, wieder aufzustehen. Dann gelang es ihm, die Gepäckriemen abzustreifen, und mühselig und schwerfällig setzte er sich auf. Es war noch nicht ganz dunkel geworden, und in der zögernden Dämmerung suchte er mit den Händen auf dem Boden, um etwas Moos zu finden, das trocken genug war. Als er einen kleinen Haufen zusammengeschabt hatte, machte er ein Feuer – ein schwach glimmendes, rauchendes Feuer und stellte den Zinntopf auf, um Wasser zu kochen.

Er öffnete sein Bündel, und das erste, was er dann tat, war, daß er seine Streichhölzer zählte. Es waren im ganzen siebenundsechzig. Er zählte sie dreimal, um seiner Sache sicher zu sein. Dann teilte er sie in drei Häufchen und packte jedes für sich in Ölpapier ein. Das erste Häufchen tat er hierauf in seinen leeren Tabaksbeutel, das zweite in das Schweißleder seines arg mitgenommenen Hutes, während er das dritte auf der Brust unter dem Hemd verbarg. Als das getan war, überkam ihn plötzlich ein panischer Schrecken, er packte sie alle wieder aus und zählte sie noch einmal. Es waren immer noch siebenundsechzig.

Er trocknete seine Fußbekleidung am Feuer. Die Mokassins waren zu durchnäßten Fetzen geworden. Die Überzugstrümpfe waren durchlöchert, seine Füße zerschunden und blutig. In seinem Fußgelenk hämmerte es, und er untersuchte es deshalb. Es war so stark angeschwollen, daß es ebenso dick wie das Knie war. Er riß einen langen Streifen von einer seiner beiden Decken und band ihn straff um das Fußgelenk. Er riß weitere Streifen ab und band sie um seine Füße, damit sie ihm gleichzeitig als Strümpfe und als Mokassins dienen konnten. Dann trank er den ganzen Topf heißes Wasser aus, zog seine Uhr auf und kroch in seinen Schlafsack.

Er schlief wie ein Toter. Die kurze Dunkelheit um Mitternacht kam und schwand. Im Nordosten ging die Sonne auf – oder richtiger gesagt, die Dämmerung brach drüben an, denn die Sonne selbst blieb hinter grauen Wolken verborgen.

Um sechs Uhr wachte er auf. Er lag ruhig auf dem Rücken, starrte in den grauen Himmel empor und fühlte nur das eine, daß er hungrig war. Als er sich auf die Seite legte und sich auf den Ellbogen stützte, hörte er zu seinem Staunen ein lautes Schnarchen und sah einen Renntierbullen, der ihn wachsam und neugierig betrachtete. Das Tier war kaum zwanzig Schritt von ihm entfernt, und im selben Augenblick schoß dem Mann die Vision und der Geschmack eines Renntierbratens, der auf dem Feuer zischte und schmorte, durch den Kopf. Mechanisch streckte er die Hand nach dem leeren

Gewehr aus, zielte und drückte ab. Der Bulle schnaufte und lief in weiten Sprüngen davon. Seine Hufe klapperten und schlugen, während er über die Felsblöcke hinübersetzte.

Der Mann fluchte und schleuderte das leere Gewehr weit von sich. Laut stöhnend versuchte er, auf die Beine zu kommen. Das war eine langsame und schwierige Arbeit. Die Füße, die noch nicht an ihre neuen Hüllen gewöhnt waren, mühten sich ab und glitten hin und her; jedes Beugen und Strecken gelang nur durch eine ungeheure Willensanspannung. Als er endlich auf den Füßen stand, brauchte er wieder lange Zeit, um sich aufzurichten und wie ein normaler Mensch dazustehen.

Er kroch auf eine kleine Bodenerhöhung und sah sich um. Es gab keinen Baum, keinen Strauch – nur ein graues Meer von Moos, das von den grauen Felsen, den grauen Pfützen und den kleinen grauen Bächlein kaum zu unterscheiden war. Der Himmel war ebenfalls grau. Keine Sonne oder auch nur die Andeutung einer Sonne war zu sehen. Er ahnte nicht mehr, wo Norden sein mochte, und hatte ganz den Weg vergessen, den er in der vorigen Nacht hierhergewandert war. Aber er war nicht verloren. Das wußte er. Bald kam er in das »Land der kleinen Zweige«. Er hatte das Gefühl, daß es irgendwo links vor ihm liegen mußte, gar nicht so weit entfernt – vielleicht schon hinter dem nächsten Hügel.

Er kehrte zu seinem Lagerplatz zurück, um sein Bündel für die Weiterfahrt zu schnüren. Zunächst vergewisserte er sich, daß alle drei Päckchen Streichhölzer vorhanden waren, gab sich aber nicht die Mühe, sie noch einmal zu zählen. Dagegen zögerte er lange und nachdenklich, als er einen strotzenden Beutel aus Elchleder wieder einpacken wollte. Der Beutel war nicht groß. Er konnte ihn in seinen beiden Händen verbergen. Er wußte genau, daß das Ding nur ein Gewicht von fünfzehn Pfund hatte ... genauso viel wie das ganze übrige Bündel ... aber es machte ihm immerhin gewisse Schwierigkeiten. Er blieb einen Augenblick stehen und starrte den dicken elchledernen Beutel an. Schließlich nahm er ihn doch, während er einen mißtrauischen Blick um sich warf, als ob die Einöde versuchen könnte, ihm den Beutel zu stehlen.

Und als er endlich aufstand, um seine Tageswanderung anzutreten, befand sich der Beutel unter den Sachen, die er auf seinem Rücken trug.

Er bog nach links ab. Hie und da blieb er stehen, um Moosbeeren zu essen. Sein Fußgelenk war jetzt ganz steif, er hinkte stärker als zuvor, aber der Schmerz in dem Fuß war nichts gegen die Qualen, die ihm sein leerer Magen verursachte. Der Hunger begann sehr weh zu tun. Er fühlte ihn immer stärker und schmerzhafter, bis er nicht mehr imstande war, seine Gedanken auf den Weg zu richten, den er einschlagen mußte, um nach dem »Lande der kleinen Zweige« zu gelangen. Die Moosbeeren vermochten nichts gegen die Schmerzen. Sie machten nur durch ihre beißende Schärfe seine Zunge und seinen Schlund ganz wund.

Er erreichte ein Tal, wo Bergschneehühner sich auf flatternden Flügeln von Felsblöcken und Moosbeerensträuchern in die Luft erhoben. »Kerr ... Kerr ... Kerr ...« schrien sie. Er warf ihnen Steine nach, konnte sie aber nicht treffen. Er legte sein Bündel auf den Boden und pürschte sich an sie heran, wie eine Katze an einen Sperling. Die scharfen Steine zerrissen ihm die Hosen, bis seine Knie eine Fährte von Blut hinterließen. Aber der Schmerz, den der Hunger verursachte, war so groß, daß er sonst nichts empfand. Er schlüpfte durch das feuchte Moos, seine Kleider wurden durchnäßt, sein Körper zitterte vor Kälte, aber er merkte es gar nicht, so furchtbar brannte das Fieber des Hungers. Und immer wieder erhoben die Schneehühner sich und umflatterten ihn, bis ihm ihr ewiges »Kerr ... Kerr ... Kerr ...« wie ein blutiger Hohn erschien. Und er verfluchte sie und rief ihnen ihren eigenen Schrei zu.

Einmal stolperte er sogar über ein Schneehuhn, das wahrscheinlich eingeschlafen war. Er hatte es gar nicht bemerkt, bis es aus seinem steinigen Winkel ihm direkt ins Gesicht flatterte. Er haschte nach dem Vogel, aber seine Bewegung war ebenso erschrocken und ungeschickt wie der Flug des Schneehuhns aus dem Versteck, und so blieben ihm nur ein paar Schwungfedern in der Hand. Als er es wegfliegen sah, fühlte er einen flammenden Haß gegen den Vogel, als hätte der ihm etwas Furchtbares angetan. Dann kehrte er um und lud sich das Bündel wieder auf die Schultern.

Im Laufe des Tages erreichte er auch andere Täler und Schluchten, wo es reichlich Wild gab. Eine ganze Herde von Renntieren kam an ihm vorbei ... vielleicht zwanzig. Und das Schlimmste war, daß sie innerhalb Schußweite gingen und daß seine Büchse leer war. Er empfand eine wahnsinnige Lust, ihnen nachzulaufen, und war überzeugt, sie einholen zu können. Ein schwarzer Fuchs spazierte einmal dicht vor seiner Nase vorbei – mit einem Schneehuhn im Maul. Der Mann schrie auf. Aber obgleich der Fuchs tödlich erschrak und in großen Sprüngen flüchtete, ließ er doch das Schneehuhn nicht fallen.

Am späten Nachmittag ging der Mann an einem milchigen Fluß entlang, der voll Kalk und an einzelnen Stellen mit Schilf bewachsen war. Er riß die Schilfhalme ab, so nahe an der Wurzel wie möglich, und pflückte ein Stück heraus, das ungefähr wie ganz junge Zwiebelkeimlinge aussah und nicht länger als ein Bildernagel war. Es war zart, und als seine Zähne sich darin vergruben, knackte es knusprig, daß er dachte, eine delikate Speise gefunden zu haben. Aber die Fibern waren zäh, ungenießbare Fasern, die von Wasser durchtränkt waren, ganz wie die Moosbeeren. Nährwert hatten sie überhaupt nicht. Und doch schleuderte er sein Gepäck fort und kroch in das Schilf. Er kaute und fraß wie ein Vieh.

Er war sehr müde und hatte oft genug nur den einen Gedanken, sich hinzulegen und auszuruhen – ganz still zu liegen und zu schlafen. Aber er wurde unaufhaltsam weitergetrieben – nicht so sehr durch den Wunsch, das »Land der kleinen Zweige« zu erreichen, wie durch den ewig nagenden Hunger. Er suchte in den kleinen Pfützen nach Fröschen und grub mit seinen Nägeln in der Erde nach Würmern, obgleich er ganz genau wußte, daß es so hoch im Norden weder Frösche noch Würmer gab.

Vergebens untersuchte er den kleinsten Tümpel, bis er endlich, als die Dämmerung schon längst angebrochen war, in einer Pfütze einen einsamen Fisch entdeckte. Er war nicht größer als eine Elritze. Dennoch steckte der Mann seinen

Arm bis zur Schulter in das eisige Wasser, aber der Fisch entschlüpfte ihm. Er griff mit beiden Händen nach ihm, doch das Wasser wurde durch den milchigen Bodenschlamm so getrübt, daß er kaum etwas sehen konnte. In seiner Aufregung fiel er auch noch selbst in die Pfütze und wurde bis zum Leibe naß. Und jetzt war das Wasser so trübe geworden, daß alles weitere Suchen zwecklos war. Er mußte deshalb warten, bis es schließlich wieder klar geworden war.

Dann erneuerte er seine Anstrengungen, den Fisch zu fangen. Aber er war zu ungeduldig. Deshalb nahm er seinen Zinnbecher aus dem Bündel und begann die Pfütze leer zu schöpfen. Zuerst arbeitete er wie ein Wilder drauflos, bespritzte sich und schleuderte das Wasser nicht weit genug, so daß es wieder in die Pfütze lief. Dann nahm er sich zusammen und machte es mit größerer Sorgfalt. Er bemühte sich, ruhig und kühl zu bleiben, obgleich sein Herz gegen die Brust hämmerte und seine Hände zitterten. Nach einer halben Stunde anstrengender Arbeit war die Pfütze fast leer. Kaum eine Tasse voll war noch übrig. Aber – jetzt war kein Fisch mehr da. Nach langem Suchen fand er dann eine verborgene Ritze im Steingrund, durch die der Fisch in eine größere Pfütze, die daneben lag, entschlüpft war und diese Pfütze war zu groß, als daß er sie hätte leeren können. Hätte er nur eine Ahnung vom Vorhandensein der Ritze gehabt, so hätte er sie gleich mit einem Stein versperren können, und der Fisch wäre ihm leicht zur Beute gefallen.

So dachte er und versuchte aufzustehen, sank aber müde auf dem feuchten Boden um. Anfangs sprach er leise mit sich selbst, dann begann er immer lauter in die unbarmherzige Einöde hinauszurufen, die um ihn her brütete. Und zuletzt wurde er von einem krampfhaften, tränenlosen Schluchzen gerüttelt.

Er machte ein Feuer und wärmte sich durch große Schlucke brühheißen Wassers. Dann bereitete er sich am felsigen Ufer des Stromes ein Lager, wie er es am Abend zuvor getan hatte. Das letzte, was er tat, war, daß er untersuchte, ob seine Streichhölzer trocken waren. Dann zog er seine Uhr auf. Die Decken waren feucht und klamm. In seinem Fußgelenk hämmerte der Schmerz. Aber er dachte nur an eines: daß er hungrig war. Und in seinem unruhigen Schlaf träumte er von Festen und Banketten und von wunderbaren Gerichten, die ihm auf alle mögliche Art und Weise vorgesetzt wurden.

Er wachte frierend und elend auf. Keine Sonne war zu sehen. Das Grau der Erde und des Himmels war noch tiefer geworden, noch undurchdringlicher. Ein rauher Wind wehte, und die ersten Schneefälle hatten die Gipfel der Hügel mit weißem Schimmer verhüllt. Die Luft um ihn wurde dichter und weißer, während er Feuer machte und Wasser kochte. Es war ein nasser Schnee, halbwegs Regen, und die Flocken waren groß und klamm. Anfangs zerschmolzen sie, sobald sie den Boden berührten, aber es fielen immer mehr, und schließlich verhüllten sie die Erde, verlöschten das Feuer und verdarben ihm seinen Vorrat an trockenem Moos, das er zum Feuermachen gesammelt hatte.

Dies war für ihn ein Zeichen, daß er schnell sein Gepäck nehmen und vorwärts gehen sollte, wenn er auch nicht wußte, wohin. Weder das »Land der kleinen Zweige« noch Bill oder das Depot unter dem umgekippten Kanu am Dease-Fluß interessierten ihn jetzt. Es gab für ihn nur ein einziges Wort: »Essen«, und das beherrschte ihn vollkommen. Er war vor Hunger fast wahnsinnig geworden. Er kümmerte sich gar nicht um die Richtung, die er einschlug, solange sie ihn durch die Schluchten führte. Instinktiv fand er unter dem nassen Schnee die wässerigen Moosbeeren. Sein Gefühl half ihm, mitten im Schnee das Schilfgras zu finden und es mit der Wurzel herauszuziehen. Das war jedoch eine Nahrung, die nach nichts schmeckte und in keiner Beziehung befriedigte. Er fand auch ein Kraut, das einen säuerlichen Geschmack hatte, und aß alles, was er davon finden konnte. Aber es war nur sehr wenig, denn es war eine Kriechpflanze, die unter einer mehrzölligen Schneekruste kaum zu finden war.

Diese Nacht schlief er ohne Feuer und ohne heißes Wasser zum Trinken. Wie zerschlagen kroch er in seinen Schlafsack, um den unruhigen Schlaf des Hungernden zu schlafen. Der Schnee wurde zu einem kalten Regen. Sehr, sehr oft wachte er auf, weil es ihm eisig auf sein nach oben gewandtes

Gesicht tropfte. Es wurde Tag – ein grauer Tag ohne Sonne. Es hatte aufgehört zu regnen. Sein Hunger war nicht mehr so ätzend. Der schmerzhafte, fast unerträgliche Drang nach Essen war vorbei, hatte sich erschöpft. Es war nur ein stumpfer, dumpfer Schmerz im Magen geblieben, aber dieser Schmerz störte ihn nicht so sehr. Er war auch wieder vernünftiger geworden und imstande, seine Gedanken auf das »Land der kleinen Zweige« und das Depot am Dease-Fluß zu konzentrieren.

Er riß den Rest einer Decke in Streifen und verband damit seine blutenden Füße. Dann machte er sich einen neuen Verband um das verletzte Fußgelenk und bereitete sich auf eine lange Tagereise vor. Als er sein Bündel zu packen begann, machte er wieder lange und nachdenklich bei dem dicken elchledernen Beutel halt. Aber schließlich entschloß er sich, ihn mitzunehmen.

Der Schnee war durch den Regen geschmolzen, und nur die Gipfel der Hügel schimmerten noch weiß. Die Sonne kam zum Vorschein, und es gelang ihm, die Himmelsrichtungen festzustellen, wenn er auch leider erkennen mußte, daß er sich verirrt hatte. Wahrscheinlich war er an einem der vorhergehenden Tage zu weit nach links abgeschwenkt. Er bog deshalb scharf nach rechts ab, um der möglichen Abweichung von seiner Richtung entgegenzuwirken.

Obgleich die Schmerzen, die der Hunger ihm verursachte, längst nicht mehr so schlimm waren, konnte er doch merken, daß er sehr schwach geworden war. Er mußte öfters haltmachen, um auszuruhen, wenn er Moosbeeren oder mit Schilf bewachsene Stellen aufsuchte. Er merkte, daß seine Zunge dick und geschwollen war und sich anfühlte, als ob sie mit feinen Haaren bewachsen wäre, und er hatte einen bittern Geschmack im Munde. Sein Herz machte ihm viel Sorge. Sobald er einige Minuten gegangen war, begann es unbarmherzig zu klopfen: dump, dump, dump ... und dann wieder hüpfte es wie wild, mit flatternden Schlägen, die ihn erschreckten und seine Schritte schwach und unsicher machten.

Mitten am Tage hatte er das Glück, in einer großen Pfütze zwei Elritzen zu finden. Es war unmöglich, das Wasser auszuschöpfen, aber er war heute ruhiger als am vorhergehenden Tage, und es gelang ihm, sie in seinem Zinnbecher zu fangen. Sie waren freilich nicht länger als sein kleiner Finger, aber merkwürdigerweise hatte er keinen besonderen Hunger. Der dumpfe Schmerz in seinem Magen wurde immer dumpfer und schwächer. Es war fast, als ob der Magen allmählich einschliefe. Er verzehrte die Fische roh und kaute sie mit peinlichster Sorgfalt, denn er aß ja überhaupt nur aus rein vernunftmäßigen Gründen, nicht weil er einem Bedürfnis gehorchte. Er hatte nicht die geringste Lust zu essen, aber er wußte, daß er essen mußte, um zu leben.

Im Laufe des Abends fing er noch drei Elritzen. Zwei davon verzehrte er gleich, die dritte hob er sich für das Frühstück am nächsten Tage auf. Die Sonne hatte hie und da Streifen von Moos getrocknet, so daß es ihm möglich wurde, Feuer zu machen und sich mit heißem Wasser zu erwärmen. An diesem Tage hatte er nicht mehr als zehn Meilen zurückgelegt. Und am nächsten Tage wanderte er, so oft sein hart klopfendes Herz es ihm erlaubte, legte aber auf diese Weise nur fünf Meilen zurück. Sein Magen verursachte ihm nicht mehr das geringste Unbehagen. Der Hunger schien einfach eingeschlafen zu sein. Er befand sich jetzt auch in einem gänzlich unbekannten Lande, und er sah schon viele Renntiere, außerdem auch zahlreiche Wölfe. Oft hörte er ihr Heulen durch die Einöde, und einmal sah er drei Wölfe in kurzer Entfernung seinen Weg kreuzen.

Wieder eine Nacht. Als er gegen Morgen erwachte, war er noch ruhiger und vernünftiger geworden. Er löste den ledernen Riemen, mit dem der Elchlederbeutel zugebunden war. Ein gelber Strom von grobem Goldstaub und -klumpen ergoß sich durch die Öffnung. Er teilte das Gold in zwei ungefähr gleiche Haufen. Die eine Hälfte verpackte er in ein Stück von einer Decke und verbarg es hinter einem hervorspringenden Felsblock, die andere Hälfte tat er in den Sack zurück.

Zum Wickeln seiner Füße mußte er jetzt schon Streifen von seiner letzten Decke schneiden. Sein Gewehr behielt er noch immer bei sich, lagen doch in ihrem Depot am Dease-Fluß Patronen.

Es war ein nebliger Tag, und leider erwachte der Hunger jetzt wieder. Er fühlte sich sehr schwach und litt an einem Schwindel, der ihn hin und wieder vollkommen blind machte. Es war schon längst nichts Ungewöhnliches mehr, daß er strauchelte und stürzte. Und einmal, als er stolperte, fiel er gerade in ein Schneehuhnnest. Es waren vier erst vor kurzem ausgekrochene Kücken darin; sie waren vielleicht einen Tag alt, kleine Klumpen pulsierenden Lebens, jedes kaum mehr als ein Happen, und er verschlang sie gierig. Er steckte sie sich lebendig in den Mund, zerkaute sie wie Eierschalen zwischen seinen Zähnen. Das Muttertier schlug unter lautem Gekreisch auf ihn ein. Mit seinem Gewehr als Keule versuchte er den Vogel zu erschlagen, aber das Tier entkam. Er schleuderte ihm Steine nach, und es gelang ihm, einen Flügel zu zerschmettern. Aber der Vogel entflatterte, bevor er ihn fangen konnte, lief, den verstümmelten Flügel nachschleppend, fort, während er ihn humpelnd verfolgte.

Die kleinen Kücken hatten seinen Appetit nur verschärft. Er hüpfte und hinkte mit seinem kranken Fußgelenk dahin. Ab und zu warf er mit Steinen nach dem Vogel, dann und wann schrie er mit heiserer Stimme. Dann wieder humpelte und hüpfte er in grimmigem Schweigen. Mürrisch und geduldig raffte er sich wieder auf, wenn er hinfiel. Und immer wieder rieb er sich mit der Hand die Augen, wenn der Schwindel ihn zu überwältigen drohte.

Die Verfolgung führte ihn über sumpfiges Gelände in die Tiefe der Schlucht hinab, und dort fand er plötzlich im feuchten Moos Fußstapfen. Es waren nicht die seinigen – das sah er sofort. Es mußte Bills Fährte sein. Aber er konnte nicht stehen bleiben, denn die Schneehuhnmutter lief vor ihm her. Zuerst wollte er sie fangen und dann umkehren und die Fußspuren untersuchen.

Er ermüdete das Schneehuhn allmählich – gleichzeitig aber ermüdete er sich selber. Das Huhn lag, nach Atem ringend, auf der Seite – nur wenige Schritt von ihm entfernt. Und er lag ebenfalls auf der Seite, hatte aber nicht Kraft genug, um hinzukriechen. Und als er sich erholt hatte, hatte der Vogel es auch getan und flatterte fort, als der Mann gerade die

Hand ausstreckte, um ihn zu ergreifen. Die Jagd war zu Ende. Die Nacht brach herein, und der Vogel war damit endgültig entkommen. Vor lauter Schwäche stolperte er und schlug vornüber zu Boden, das Bündel auf dem Nacken. Es dauerte lange, ehe er sich überhaupt rühren konnte. Dann wälzte er sich auf die Seite, zog seine Uhr auf und blieb bis zum nächsten Morgen liegen.

Wieder kam ein nebliger Tag. Die Hälfte seiner letzten Decke hatte er bereits als Fußlappen verwendet. Er war nicht mehr imstande, die Fährte Bills zu finden. Sie war ihm auch völlig gleichgültig. Sein Hunger trieb ihn jetzt wieder weiter, nur dachte er mit Staunen, ob Bill sich vielleicht auch verirrt hätte. Gegen Mittag wurde das Schleppen des schweren Bündels ihm zu ermüdend. Abermals teilte er das Gold in zwei Häufchen, ließ diesmal aber das eine einfach auf den Boden strömen. Im Laufe des Nachmittags warf er auch die andere Hälfte fort. Jetzt blieben ihm überhaupt nur noch eine halbe Decke, der Zinnbecher und das Gewehr.

Eine unangenehme Halluzination begann sich seiner zu bemächtigen. Er war ganz überzeugt, daß er noch eine Patrone übrig hätte. Sie lag in der Kammer des Stutzens, und er hatte sie bisher einfach übersehen. Andererseits aber wußte er die ganze Zeit, daß die Kammer leer war. Die Halluzination wollte jedoch keiner vernunftmäßigen Überlegung weichen. Er konnte sie für Stunden verdrängen, dann aber öffnete er doch schnell die Kammer und mußte feststellen, daß sie leer war. Und die Enttäuschung war genauso bitter, wie wenn er wirklich erwartet hätte, eine Patrone zu finden.

Eine halbe Stunde lang trottete er weiter. Dann tauchte die verrückte Halluzination wieder in seinem Gehirn auf. Und abermals bekämpfte er sie, und dennoch blieb sie hartnäckig, bis er, um sich zu vergewissern und sich von ihr zu befreien, wiederum die Gewehrkammer öffnete und feststellte, daß nichts vorhanden war. Zu andern Zeiten wanderten seine Gedanken seltsamere Wege. Und während er wie ein lebloser Automat weiterwankte, nagten höchst merkwürdige Pläne und Einfälle wie Würmer in seinem Gehirn. Aber all diese Ausflüge aus der Wirklichkeit waren doch nur von kurzer

Dauer, denn der stechende Schmerz, den der Hunger verursachte, rief ihn immer wieder zurück. Einmal wurde er von einem solchen Ausflug in die Welt der Phantasie ganz plötzlich durch ein Gesicht zurückgerufen, das ihn beinahe die Besinnung gekostet hätte. Er schwankte, taumelte und wankte wie ein Betrunkener, der sich vergebens bemüht, das Gleichgewicht zu bewahren. Vor ihm stand ein Pferd! Ein richtiges Pferd! Er wollte seinen Augen nicht trauen. Um ihn her lag ein dichter Nebel, der von flimmernden Lichtflecken gesprenkelt war. Er rieb sich wie ein Wilder die Augen, um klar sehen zu können – und bei Gott: Es war kein Pferd, sondern ein großer brauner Bär! Das Tier beobachtete ihn mit kriegerischer Neugierde.

Der Mann hatte sein Gewehr schon halb an die Schulter gehoben, als er sich klarmachte, daß er ja keine Patrone darin hatte. Er senkte es wieder und zog sein Jagdmesser aus der mit Glasperlen bestickten Scheide an seiner Hüfte. Es war sehr scharf. Und es hatte eine scharfe Spitze. Er wollte sich auf den Bären stürzen und ihn töten. Aber sein Herz begann wieder sein warnendes Pochen: dump ... dump ... dump ... Dann kamen das wilde Hüpfen und das aufgeregte Flattern, der eiserne Ring, der sich um seine Stirn preßte, und dann kroch das Schwindelgefühl schleichend durch sein Gehirn.

Sein verzweifelter Mut wurde von einer mächtigen Woge von Angst besiegt. Was sollte er in seiner verdammten Schwäche tun, wenn das Tier ihn angriff? Er nahm sich zusammen und stellte sich in seine imposanteste Positur, faßte das Messer fest und starrte den Bären scharf an. Das mächtige Tier machte mit plumper Bewegung einige Schritte vorwärts, stellte sich auf die Hinterbeine und ließ versuchsweise ein Knurren hören. Wenn der Mann lief, würde es ihm nachlaufen – aber er lief nicht. Jetzt war er von der Kühnheit der Angst beseelt. Auch er knurrte, wild, schreckenerregend. Und verlieh auf diese Weise der Angst Stimme, die dem Lebenswillen so nahe verwandt und mit den tiefsten Wurzeln des Lebens verbunden und verwachsen ist.

Der Bär entfernte sich langsam, während er drohend knurrte, sich aber in Wirklichkeit selbst vor dem seltsamen

Geschöpf, das so aufrecht und furchtlos dastand, fürchtete. Der Mann aber rührte sich nicht. Wie eine Statue blieb er stehen, bis die Gefahr verschwunden war. Dann gab er der Schwäche nach und sank erschöpft und zitternd in das feuchte Moos.

Wieder raffte er sich auf und wanderte weiter. Aber jetzt hatte er eine neue Art von Furcht kennengelernt. Es war nicht die Furcht vor dem passiven Tod des Verhungerns, sondern die, durch äußere Gewalt vernichtet zu werden, ehe die Entbehrungen das letzte Streben, das den Willen zum Leben aufrecht hielt, in ihm vernichtet hätten. Da waren zum Beispiel die Wölfe. Ihr Heulen erscholl von allen Seiten in der Einöde und verwandelte die Luft in eine Werkstatt der Drohung, der Vernichtung und dunkler Gefahren. Und so erfüllt war die Luft von diesen schreckeinflößenden Tönen, daß er sich selbst dabei ertappte, wie er die Arme emporstreckte und sich körperlich dagegen stemmte, als ob es die Wand eines vom Winde umtobten Zeltes wäre.

Wieder und wieder kreuzten die Wölfe in kleinen Rudeln von zwei oder drei Stück seinen Weg. Aber sie hielten sich von ihm weg. Sie waren nicht zahlreich genug, und außerdem jagten sie die Renntiere, die nicht kämpften, während sie nie wissen konnten, ob dieses seltsame Geschöpf, das auf zwei Beinen aufrecht herumlief, nicht vielleicht doch kratzte oder biß.

Im Laufe des späten Nachmittags kam er an eine Stelle, wo abgenagte Knochen verrieten, daß die Wölfe ein Tier getötet hatten. Es war, wie er aus den Überresten feststellte, ein Renntierkalb, das noch vor einer Stunde munter herumgelaufen und äußerst lebendig gewesen war. Er betrachtete die Knochen, die so sauber abgenagt waren, als ob man sie gewaschen und poliert hätte, und die noch einen rosigen Ton zeigten, weil das Leben, das in ihren Zellen gewirkt hatte, noch nicht endgültig erloschen war. Konnte es geschehen, daß, ehe der Tag zu Ende gegangen, von ihm selbst nichts weiter übrig war? So war das Leben ja. Ein eitles und flüchtiges Etwas. Und nur das Leben war eine Qual. Der Tod hatte keine Stacheln. Der Tod war nur Schlaf. Er bedeutete Aufhören. Ruhe. Frieden. Warum in aller Welt wollte er da nicht gerne sterben?

Aber er moralisierte nicht allzulange. Er hockte im Moos und begann an den Resten vom Leben zu saugen, die noch von dem zarten Rosa der lebendigen Kraft getönt waren. Der süße Geschmack vom Fleisch, der nur leise und unwirklich wie eine Erinnerung war, machte ihn vollkommen verrückt. Seine Kiefer umschlossen die Knochen und kauten drauflos. Zuweilen waren es die Knochen, bisweilen aber auch seine Zähne, die zersprangen. Dann zermalmte er die Knochen zwischen zwei Steinen, mahlte sie zu einem Brei, den er schluckte. Hin und wieder quetschte er sich bei der Eile auch die Finger, und doch fand er einen Augenblick Zeit, darüber zu staunen, daß es nicht besonders wehtat, wenn er die Finger versehentlich mit dem schweren Stein traf.

Es kamen schreckliche Tage mit Schnee und Regen. Er wußte gar nicht mehr, wann er lagerte und wann er wieder aufbrach. Er wanderte ebenso oft nachts wie am Tage. Er blieb liegen, wo er zufällig umfiel, und kroch weiter, sobald der sterbende Lebenswille in ihm aufflackerte und ein wenig klarer brannte. Als Einzelwesen kämpfte er überhaupt nicht mehr. Es war das Leben selbst in ihm, das ihn vorwärts trieb. Er litt nicht mehr. Seine Nerven waren abgestumpft und unempfindlich geworden. Aber seine Seele wurde von wunderbaren Visionen und herrlichen Träumen erfüllt.

Und die ganze Zeit ging er und sog und nagte an den zersplitterten Knochen des Renntiers, denn er hatte die letzten elenden Reste aufgesammelt und schleppte sie überall mit sich. Er überquerte keine Wasserscheiden oder Hügel mehr, sondern folgte rein mechanisch einem großen Fluß, der durch ein weites, seichtes Talgelände strömte. Er sah weder das Tal noch den Fluß. Er sah nichts als seine Visionen. Seele und Körper krochen weiter Seite an Seite, aber doch jede für sich, so dünn war der Faden, der beide miteinander verband.

Er kam plötzlich richtig zum Bewußtsein, als er auf einem Felsen auf dem Rücken lag. Die Sonne schien klar und warm. Aus weiter Ferne hörte er das Quieken der Renntierkälber. Er hatte eine unklare Erinnerung an Regen, Wind und Schnee, ob er aber zwei Tage oder zwei Wochen vom Sturm herumgeschleudert worden war, das ahnte er nicht.

Eine Zeitlang blieb er unbeweglich liegen und ließ den freundlichen Sonnenschein auf sich herabströmen und seinen mißhandelten Körper mit wundervoller Wärme sättigen. Ein herrlicher Tag, dachte er. Vielleicht würde es ihm gelingen festzustellen, wo er war. Mit einer schmerzhaften Anstrengung wälzte er sich auf die Seite. Unter ihm strömte ein breiter, langsam fließender Fluß. Er kam ihm verblüffend unbekannt vor. Langsam folgte er ihm mit den Augen: Der Fluß schlängelte sich in weiten Windungen durch öde, nackte Hügel, die öder und nackter waren als irgendwelche Hügel, die er je gesehen hatte. Langsam, wohlüberlegt, ohne Erregung oder größeres Interesse als sonst, folgte er mit den Augen dem Lauf des unbekannten Stromes bis zum Horizont und sah, daß er sich dort in einen klaren, hell schimmernden See ergoß. Noch immer spürte er keine Erregung. Es ist höchst seltsam, dachte er, es muß eine Vision oder eine Fata Morgana sein – irgendeine Gaukelei seines verworrenen Geistes. Er wurde in dieser Annahme auch dadurch bestärkt, daß er ein Schiff entdeckte, das mitten auf dem schimmernden See vor Anker lag. Er schloß einen Augenblick die Augen und öffnete sie dann wieder. Merkwürdigerweise blieb die Vision immer noch. Und doch war es gar nicht seltsam. Er wußte genau, daß es keinen See und kein Schiff mitten im öden Lande geben konnte, genau wie er wußte, daß er keine Patrone mehr in seinem leeren Stutzen hatte.

Er hörte hinter sich ein sonderbares Schnaufen – ein halberstickes Würgen oder Husten. Infolge seiner unerhörten Schwäche und Steifheit vermochte er sich nur sehr langsam auf die andere Seite zu wälzen. In unmittelbarer Nähe sah er nichts, aber er wartete geduldig. Wieder vernahm er das Husten und Schnaufen, und jetzt erblickte er gerade vor sich, keine fünf Schritt entfernt, den grauen Kopf eines Wolfs zwischen zwei zackigen Steinen hervorlugen. Die aufrechtstehenden Ohren waren nicht ganz so spitz, wie er sie sonst an Wölfen bemerkt hatte. Die Augen schienen entzündet und blutunterlaufen. Der Kopf hing schlaff und verzweifelt herab.

Das Tier blinzelte immerfort in den Sonnenschein. Er hatte den Eindruck, daß es krank sein müßte. Als er hinsah, schnaufte und hustete es wieder.

Das ist doch, zum Teufel, dachte er, unbedingt etwas Wirkliches. Und er drehte sich deshalb wieder auf die andere Seite, um auch hier die wirkliche Umgebung zu sehen, die die Vision ihm vorhin verhüllt hatte. Aber der See lag immer noch schimmernd da, und das Schiff war genauso deutlich zu erkennen wie vorher. War es denn trotz allem etwas Wirkliches? Er schloß die Augen längere Zeit und dachte nach. Dann kam die Erleuchtung über ihn. Er war in nordöstlicher Richtung gewandert, von der Dease-Wasserscheide bis ins Coppermine-Tal. Dieser schimmernde See war nichts anderes als das Polarmeer.

Das Schiff mußte ein Walfänger sein, das von der Mündung des Mackenzie ostwärts, weit ostwärts abgetrieben war. Jetzt lag es in der Coronation-Bucht vor Anker. Er entsann sich der Karte von der Hudson-Bucht, die er vor langer Zeit einmal gesehen hatte, und alles erschien ihm jetzt klar und vernünftig.

Er setzte sich auf und überlegte, was er im Augenblick tun könnte. Die Fußlappen, die er sich aus seinen Decken gemacht hatte, waren schon ganz durchlöchert, und seine Füße waren ungestalte Klumpen von rohem Fleisch. Seine letzte Decke war auch schon längst dahin. Gewehr und Messer hatte er ebenfalls verloren. Irgendwo hatte er auch seinen Hut liegenlassen und damit das Päckchen Streichhölzer, das er unter das Band gesteckt hatte. Aber die, welche er auf seiner Brust trug, waren in Sicherheit im Tabaksbeutel, in Ölpapier gewickelt. Er sah auf die Uhr. Sie zeigte, daß es bereits elf war, und sie ging merkwürdigerweise immer noch. Er hatte sie also offenbar immer aufgezogen.

Er war ruhig und gefaßt. Obgleich äußerst kraftlos, empfand er doch keine Schmerzen. Er war nicht einmal hungrig. Der Gedanke an Essen war ihm sogar unangenehm, und was er in bezug auf Essen tat, geschah nur aus Vernunftsgründen. Er riß sich die Hosen bis zu den Knien ab und wickelte sie um seine Füße. Auf irgendeine geheimnisvolle Weise war es ihm gelungen, seinen Zinnbecher zu behalten. Er wollte etwas heißes Wasser trinken, ehe er die Wanderung nach dem Schiffe antrat, von der er bereits voraussah, daß sie furchtbar werden würde.

Seine Bewegungen waren sehr langsam. Er zitterte, wie wenn er einen Schlaganfall gehabt hätte. Er wollte aufstehen, um trockenes Moos zu sammeln, mußte sich aber damit begnügen, auf Händen und Füßen herumzukriechen. Einmal kroch er ganz nahe an den kranken Wolf heran. Das Tier zog sich zögernd von ihm zurück, während es sich um das Maul leckte mit einer Zunge, die kaum Kraft genug besaß, um sich überhaupt bewegen zu können. Der Mann sah, daß sie nicht die gewöhnliche gesunde, rote Farbe hatte. Sie war von einem gelblichen Braun und, soweit er sehen konnte, mit einem körnigen, halbtrocknen Schleim belegt.

Als er eine Menge heißen Wassers verschlungen hatte, fand der Mann, daß er imstande war, aufzustehen und sogar weiterzuwandern, jedenfalls so gut, wie man es von einem sterbenden Manne erwarten durfte. – Jede Minute beinahe war er genötigt haltzumachen, um auszuruhen. Seine Schritte waren schwach und unsicher, genau wie die Schritte des Wolfes, der ihm nachtrottete. Und als die Nacht kam und die Finsternis die schimmernde See und das Schiff verhüllte, wußte er, daß er ihnen nur um vier Meilen nähergekommen war.

Die ganze Nacht hörte er das Schnaufen und Husten des kranken Wolfes, und hin und wieder vernahm er aus der Ferne des Quieken der Renntierkälber. Rings um ihn war Leben genug, aber es war ein starkes, gesundes Leben, höchst lebendig und lebenslustig. Und er wußte auch, daß der kranke Wolf an der Fährte des kranken Menschen kleben würde in der Hoffnung, daß der Mann zuerst sterben würde. Als er am Morgen aufwachte und die Augen öffnete, sah er, wie der Wolf ihn mit traurigen und hungrigen Augen anstarrte. Das Tier hockte da, die Rute zwischen den Beinen, wie ein elender und verzweifelter Köter. In dem schneidend kalten Morgenwind zitterte und grinste es mutlos, als der Mann es mit einer Stimme anredete, die kaum mehr als ein heiseres Flüstern war.

Die Sonne stieg strahlend empor, und den ganzen Morgen stolperte und strauchelte der Mann vorwärts, dem Schiff auf der schimmernden See zu. Das Wetter war wundervoll. Es war der kurze Spätsommer dieser Breitengrade. Er dauerte vielleicht eine Woche. Morgen oder übermorgen konnte er schon vorbei sein.

Am Nachmittag stieß der Mann auf eine Fährte. Es war ein anderer Mensch gewesen, der nicht mehr gegangen, sondern sich auf allen vieren weitergeschleppt hatte. Er dachte, daß es wohl Bill gewesen sein müßte, dachte es aber dumpf und gleichgültig. Er empfand nicht einmal irgendwelche Neugierde dabei. In Wirklichkeit hatte ihn die Fähigkeit, sich zu erregen und sich rühren zu lassen, längst verlassen. Er war auch nicht mehr imstande, Schmerz zu empfinden. Magen und Nerven hatten sich bereits schlafen gelegt. Es war nur das Leben selbst, das ihn weitertrieb. Er war sehr müde, sehr erschöpft, aber er weigerte sich zu sterben. Und weil das Leben in ihm sich zu sterben weigerte, aß er immer noch Moosbeeren und Elritzen und trank heißes Wasser. Deshalb behielt er auch den kranken Wolf im Auge.

Er folgte der Fährte des andern Mannes, der auf allen vieren weitergekrochen war, bis er schließlich zu einer Stelle kam, wo die Fährte aufhörte. Hier fand er einige frisch abgenagte Knochen und die Fährten vieler Wölfe im feuchten Moos. Er fand auch einen elchledernen Beutel, der genau wie der seine war. Scharfe Zähne hatten ihn zum Teil zerrissen. Er hob ihn auf, obgleich sein Gewicht fast zu schwer für seine schwachen Finger war. Bill hatte das Gold also bis zum letzten mitgeschleppt. Ha, ha ... Jetzt konnte er den guten Bill auslachen! Er allein blieb am Leben und brachte den Beutel mit dem Golde zu dem Schiff in der schimmernden See. Sein Lachen war heiser und gespensterhaft; es klang wie das Krähen eines Raben, und der Wolf schloß sich ihm an und begann melancholisch zu heulen. Der Mann hörte plötzlich auf zu lachen. Wie konnte er über Bill lachen – falls es wirklich Bill war –, wenn diese Knochen, die so rosig und so sauber abgenagt aussahen, tatsächlich die Knochen Bills waren.

Er wandte sich ab. Gut, Bill hatte ihn schmählich im Stich gelassen. Aber dennoch wollte er das Gold nicht nehmen und auch nicht an Bills Knochen saugen! Bill würde es freilich getan haben, wenn die Lage die umgekehrte gewesen wäre, überlegte er, während er weiterhumpelte.

Er gelangte zu einem größeren Tümpel. Als er sich darüber beugte, um nach Elritzen zu sehen, riß er seinen Kopf schnell zurück, als ob er gestochen worden wäre. Er hatte sein eigenes Spiegelbild im Wasser gesehen. So gräßlich war es, daß seine Empfindsamkeit, die sonst eingeschlafen war, lange genug wach blieb, um einen furchtbaren Eindruck auf ihn zu machen. Es waren drei Elritzen im Tümpel, der indessen zu groß war, um ihn trockenlegen zu können. Und nachdem er verschiedene vergebliche Versuche gemacht hatte, sie zu fangen, verzichtete er darauf. Er hatte nämlich Angst, daß er infolge seiner schrecklichen Erschöpfung selbst hineinfallen und ertrinken könnte. Und aus demselben Grunde wagte er es auch nicht, sein Leben dem Fluß anzuvertrauen, obgleich er sonst auf einem der vielen Stämme, die mit der Strömung trieben, den Strom hätte hinabreiten können.

An diesem Tage verringerte sich die Entfernung zwischen ihm und dem Schiffe um drei Meilen, am nächsten nur um zwei – denn jetzt kroch er auf allen vieren, wie Bill es getan. Und als der fünfte Tag vergangen war, befand er sich noch sieben Meilen vom Schiff entfernt und war sich darüber klar, daß er höchstens eine Meile am Tage zurücklegen konnte. Der Spätsommer dauerte immer noch an, und er kroch abwechselnd und ruhte sich erschöpft aus. Und die ganze Zeit hindurch hustete und ächzte der kranke Wolf hinter ihm her. Allmählich waren auch seine Knie zu blutigen Fleischklumpen wie die Füße geworden, und obgleich er ein Stück von seinem Hemd abriß und sie damit verband, hinterließ er doch eine rote Fährte auf Moos und Steinen. Als er einmal einen Blick zurückwarf, sah er, wie der Wolf gierig die blutigen Spuren ableckte, und erkannte klar und deutlich, wie es ihm ergehen würde ... wenn ... ja, wenn er nicht selbst den Wolf erwischte. Dann begann eine grauenhafte Tragödie des Lebens, wie sie je gespielt worden ist: Ein kranker Mann, der auf allen vieren kriecht, ein kranker Wolf, der hinterher humpelt. Zwei sterbende Geschöpfe, die ihre fast leblosen Körper durch die Einöde schleppen und sich gegenseitig nach dem elenden Rest von Leben trachten.

Wäre es ein gesunder Wolf gewesen, es hätte den Mann gar nicht so gestört. Aber der Gedanke, daß er Futter für den Magen dieses ekligen und fast schon verreckten Geschöpfes werden würde, stieß ihn ab. Seine Gedanken begannen wieder weite Wege zu wandeln. Halluzinationen überwältigten ihn, und die Augenblicke klaren Bewußtseins wurden immer kleiner.

Ein Schnaufen dicht neben seinem Ohr weckte ihn aus einer Ohnmacht. Es war der Wolf, der jetzt ungeschickt zurücksprang, dabei das Gleichgewicht verlor und erschöpft hinfiel. Es sah lächerlich aus, aber der Mann war nicht in der rechten Stimmung, sich darüber zu amüsieren. Ebensowenig empfand er irgendwelche Angst. Das Stadium der Furcht hatte er hinter sich. Aber sein Gehirn war wieder klar geworden, und er blieb liegen und überlegte. Das Schiff war nur vier Meilen entfernt. Er konnte es ganz deutlich sehen, wenn er sich den Nebel aus den Augen rieb, und er sah auch die weißen Segel eines kleinen Bootes, welches das Wasser des schimmernden Sees durchschnitt. Er wußte indessen, daß er nie imstande sein würde, diese letzten vier Meilen zu kriechen. Und doch war er trotz dieses verhängnisvollen Wissens – vollständig ruhig ... Er wußte sogar, daß er nicht einmal eine halbe Meile zu kriechen vermochte. Und dennoch wünschte er, am Leben zu bleiben. Es schien ihm ganz irrsinnig, sterben zu wollen, nachdem er so viel ausgehalten hatte. Das Schicksal stellte zu große Ansprüche an ihn. Und selbst jetzt; da er dem Tode nahe war, wollte er nicht sterben. Es war freilich der reine Wahnsinn, aber dennoch verachtete er den Tod noch in dem Augenblick, da er ihn am Kragen packte. Er weigerte sich, zu sterben.

Er schloß die Augen und legte sich mit unendlicher Vorsicht zurecht. Er nahm sich zusammen, um nicht in die quälende Ohnmacht zu sinken, die wie eine steigende Flut alle Quellen seines Wesens überschwemmte. Es war fast wie das

Meer, dieses tödliche Ohnmachtsgefühl, das immer stieg und stieg und Stück für Stück sein Bewußtsein verschlang. Zuweilen tauchte er vollkommen darin unter und schwamm mit unsicheren Schlägen durch das große Vergessen. Und dann gelang es ihm dank irgendeinem seltsamen Element seiner Seele immer wieder, einen neuen Streifen von Willen zu finden, so daß er wieder mit stärkeren Zügen weiterschwimmen konnte.

Unbeweglich blieb er auf dem Rücken liegen. Er konnte den Atem des Wolfes hören, der sich langsam näher schlich. Immer näher kam das Tier, immer näher, obgleich es eine Ewigkeit dauerte. Aber er rührte sich nicht. Jetzt war der Wolf an seinem Ohr. Die rauhe trockene Zunge rieb wie Sandpapier die Haut seiner Wange. Seine Hände stießen hin – oder jedenfalls wollte er, daß sie hinstießen. Die Finger waren gekrümmt wie die Krallen eines Raubvogels – aber sie schlossen sich nur um die leere Luft. Schnelligkeit und Entschluß erfordern Stärke, und der Mann, der hier am Boden lag, besaß keine mehr.

Die Geduld des Wolfes war erschütternd. Aber die des Mannes war nicht weniger unheimlich. Einen halben Tag blieb er unbeweglich liegen, überwand die Bewußtlosigkeit, die sich an ihn heranschlich, und wartete auf dies Geschöpf, das sich an ihm sättigen wollte – und an dem er sich zu sättigen entschlossen war. Hin und wieder quoll die Woge der Ohnmacht über ihn herein, und er träumte lange Träume. Aber stets – ob wachend oder träumend – wartete er auf das Schnaufen des Tieres und die rauhe Liebkosung der Zunge.

Er hörte nicht einmal das Atmen des Tieres und glitt nur langsam aus irgendeinem Traum auf, um die Zunge an seiner Hand zu spüren. Er wartete immer noch. Die Pfoten begannen leise zuzudrücken, und der Druck wurde stärker ... Der Wolf spannte seine letzten Kräfte an, um die Zähne in die Beute zu setzen, auf die er so lange gewartet hatte. Aber auch der Mann hatte lange gewartet, und die eine erschöpfte Hand schloß sich um den Kiefer. Der Wolf konnte nur schwach kämpfen, aber die Hand hatte auch nicht viel Kraft. Deshalb gelang es der andern Hand nur sehr schwerfällig und langsam, sich zu einem zweiten Griff zu heben. Fünf Minuten darauf ruhte das ganze Gewicht des Mannes auf dem Vorderteil des Wolfes. Die Hände hatten nicht Kraft genug, das Tier zu erwürgen, aber der Mann drückte sein Gesicht dicht an die Kehle des Wolfes, und sein Mund füllte sich mit Haaren. Als eine halbe Stunde vergangen war, fühlte er ein warmes Rieseln durch seinen Hals. Angenehm war es nicht. Es war ungefähr, wie wenn er geschmolzenes Blei in den Magen goß, und nur eine starke Willensanspannung ermöglichte es ihm. Darauf drehte der Mann sich auf den Rücken und schlief ein.

An Bord des Walfängerschiffes »Bedford« befanden sich die Mitglieder einer wissenschaftlichen Expedition. Vom Deck sahen sie ein seltsames Ding am Ufer. Es bewegte sich den Strand hinunter auf das Schiff zu. Sie waren nicht imstande festzustellen, was es sein mochte, und da sie Forscher waren, kletterten sie in das Großboot, das längsseits am Schiffe lag, und gingen an Land, es sich anzusehen. Und da erblickten sie etwas, das lebendig war, aber kaum Anspruch darauf erheben konnte, ein Mensch genannt zu werden. Es war blind und bewußtlos. Es kroch am Boden wie ein unheimliches Gewürm. Die meisten Anstrengungen, die es machte, waren vergeblich, aber es war voll zäher Energie, und es wand und krümmte und schlängelte sich weiter, so daß es vielleicht ein halbes Dutzend Schritte in der Stunde weiterkam.

Drei Stunden später lag der Mann in einer Koje des Walfängers »Bedford«. Tränen strömten über seine ausgemergelten Wangen, als er berichtete, wer er war, und was er durchgemacht hatte. Er schwätzte auch unzusammenhängendes Zeug von einer Mutter, von dem sonnigen Kalifornien und von einem Heim zwischen Orangenhainen und Blumen.

Es dauerte nicht mehr viele Tage, so saß er mit den Gelehrten und den Offizieren des Schiffes bei Tisch. Er machte ein ganz dummes Gesicht, als er die vielen Gerichte sah, und folgte mit ängstlichen Blicken jedem Bissen, der im Munde eines anderen verschwand. Und jedesmal, wenn der Bissen verschwunden war, kam ein seltsamer Ausdruck von tiefem Bedauern in seine Augen. Sein Verstand war völlig intakt, aber dennoch haßte er bei jeder Mahlzeit die andern Männer.

Er wurde von der Furcht geplagt, daß die Lebensmittel nicht ausreichen könnten. Er fragte den Kapitän, den Koch, den Kajütsjungen über die Lebensmittelbestände aus. Sie gaben ihm unzählige Male beruhigende Erklärungen. Aber er hatte nicht den Mut, ihnen zu glauben, und bat händeringend, den Vorratsraum besichtigen und mit eigenen Augen die Bestände feststellen zu dürfen.

Man sah, daß der Mann immer dicker wurde. Er nahm tatsächlich mit jedem Tag an Umfang zu. Die Gelehrten schüttelten die Köpfe und versuchten allerlei Erklärungen. Sie setzten seine Rationen bei den Mahlzeiten herab, aber dennoch wurde er immer dicker, und man konnte sehen, wie sein Körper in unheimlicher Weise unter dem Hemd anschwoll.

Die Matrosen grinsten. Sie wußten nämlich Bescheid. Und als die Forscher ihn überwachen ließen, dauerte es nicht lange, so wußten sie auch Bescheid. Sie sahen, wie er sich nach dem Frühstück nach vorn schlich und sich wie ein Bettler mit ausgestreckter Hand einem Matrosen näherte. Der Seemann grinste und reichte ihm einen Brocken von einem Zwieback. Er nahm ihn gierig, betrachtete ihn, wie ein Armer einen Goldklumpen betrachten würde, und steckte ihn unter sein Hemd. Von den andern grinsenden Matrosen bekam er ähnliche Geschenke.

Die Forscher waren diskret und ließen ihn gewähren. In aller Stille untersuchten sie aber seine Koje. Und da entdeckten sie, daß die Koje mit Zwiebäcken gefüttert war. Die Matratzen waren mit Zwiebäcken ausgestopft. Jeder Winkel und jede Ritze war mit Zwiebäcken ausgefüllt. Und doch war sein Verstand völlig in Ordnung. Er wollte sich nur gegen die Möglichkeit eines neuen Verhungerns sichern – das war alles. Die Forscher erklärten, daß er gesund werden würde. Und er war es auch, schon ehe die »Bedford« in der Bucht von San Franzisko vor Anker ging.